中公文庫

江戸の雷神

敵意

鈴木英治

中央公論新社

目次

第一章 7
第二章 96
第三章 194
第四章 280

主な登場人物

伊香雷蔵《いこうらいぞう》……旗本。その勇猛さで「江戸の雷神」と呼ばれ、町人に人気がある火付盗賊改役だったが、罷免された。風葉流の遣い手。亡き父・丙蔵は長崎奉行を務めた。

安斎六右衛門《あんざいろくえもん》……陸奥五本松仁和家で使番を務めていた浪人。用心棒などをしながら暮らしている。真明眼流の達人。

玄慈《げんじ》……身寄りのない子供たちを育てる帆縷寺の住職。裏の顔は「匠小僧」と呼ばれる凄腕の盗賊だったが、雷蔵の忠告に従い盗みをやめた。

松平伊豆守《まつだいらいずのかみ》……老中首座。陸奥藍川十万石藩主。蛇のように執念深い。

市岡三左衛門《いちおかさんざえもん》……若年寄。雷蔵が火付盗賊改だったときの上役。

奈古屋冬兵衛《なごやとうべえ》……北町奉行を務める、雷蔵の歳下の幼馴染み。

長飛《ちょうひ》……鮫ヶ橋谷町で富士診庵という医療所を開く蘭方の女医。

江戸の雷神

敵意

第一章

一

誰かが訪ねてきたのを鷺坂三郎《さぎさかさぶろう》は覚《さと》った。

重いまぶたを持ち上げると、暗い天井が目に入った。刻限は明け六つにもなっていないようだが、闇《やみ》に目が慣れている。

こんな刻限に誰が来たのだろう。もしや中間《ちゅうげん》の善造《ぜんぞう》か。

ならば、町奉行所から急な知らせを持ってきたということか。

——まずまちがいあるまい。

目をこすりつつ三郎は寝床の上に起き上がった。その拍子に、妻の美菜代《みなよ》の寝息が静かになった。

——あと半刻《はんとき》は眠っていたかったが……。

三郎は来年、三十になる。疲れは年々、取れにくくなっている。疲れを取るには、やはり眠るのが一番だ。寝不足が最も仕事にこたえる。

だが、愚痴《ぐち》などいっていられない。事件は待ってくれない。

勝手口のほうから、再び三郎を呼ぶ声がした。あの声は紛れもなく善造である。

へーい、と善造に応《いら》えを返したのは、鷺坂家で下男をつとめている茂木助《もぎすけ》だ。茂木助は、台所にほど近い三畳間を居室としている。善造の二度目の呼びかけに、目を覚ましたのだろう。

茂木助が応対に出たようで、声をひそめているらしい二人の会話が、三郎の耳に届きはじめた。

三郎は立ち上がり、夫婦の寝所を突っ切って、腰高障子に手を触れた。

「あなたさま、おはようございます」

背後から声がかかり、三郎は振り返った。衣擦《きぬず》れの音がし、美菜代が寝床の上に端座したところだった。

「うむ、おはよう」

「善造さんがいらしたのですね」

そうだ、と三郎は首肯した。

「まだ夜は明けておらぬようだが、善造がこれだけ早く来たのは、なにかよからぬ一件が出来《しゅったい》したゆえであろう」

美菜代が動き、枕元にある行灯《あんどん》に手早く火を入れた。寝所が明るさに満たされ、美菜代の顔がよく見えるようになった。

――今朝もかわいらしいな……。

三郎は、四つ下の妻を心から慈しんでいる。夫婦にまだ子はないが、いずれできるであろうと楽観していた。

腰高障子を滑らせ、寝巻のまま三郎は暗くひんやりとした廊下に出た。美菜代が立ち上がり、行灯を手渡してきた。

済まぬ、と三郎は受け取り、腰高障子を閉めようとした。どこか不安げな美菜代の顔が目に入る。

無理もない、と腰高障子を再び横に動かしながら三郎は思った。三郎自身、よからぬ予感が胸にわだかまっているのだ。行灯を手にして廊下を進み、勝手口に向かう。

台所に入ろうとして板戸を開けたとき、茂木助とかち合った。

「ああ、旦那さま。おはようございます」

茂木助があわてて小腰をかがめる。

「おはよう。善造が来たのだな」

「さようにございます」

わかった、と茂木助にうなずいてみせて三郎は台所に入り、式台に腰かけた。行灯をかたわらに置き、勝手口に立っている善造を手招く。

一礼して、台所に足を踏み入れた善造が三郎の前に来た。片膝をついて、三郎を見上げてくる。

「ずいぶんと早いな、善造」

はい、と善造が真剣な顔で顎を引いた。

「なにしろ大変なことが起きましたので……」

善造は、北町奉行所の中間長屋で父の安吉《やすきち》とともに暮らしているのだが、よほど懸命に走ってきたのだろう。胸のあたりが、まだわずかに上下していた。

「いったいなにがあった」

三郎が質《ただ》すと、間髪《かんはつ》を容《い》れずに善造が口を開いた。

善造の言葉を聞き終えた三郎は眉根を寄せた。少しだけ身を乗り出し、七つ下の中間の顔をじっと見る。

――聞きまちがいでないなら、考えていた以上によからぬことが起きたようだ。

「善造、済まぬが、もう一度いってくれぬか」

「あっ、早口すぎましたか」

済まなそうに善造が頭をかく。三郎はかぶりを振った。

「そうではない。今一度、善造の言葉を聞きたいだけだ」

「ああ、へい、わかりやした」

背筋を伸ばし、善造が軽く息をついた。

「市谷《いちがや》柳町《やなぎちょう》で、心の臓のない死骸が見つかったそうです」

「やはり心の臓のない死骸と申したのか」

「はい、そう申し上げました」

元気のよい声で善造が答えた。

「わかった。支度してくるゆえ、善造は門のほうへ回ってくれ」

承知しましたという声を背中で聞いて、三郎は行灯を手に寝所に戻った。

「あなたさま、いったいなにがあったのでございますか」

寝床の横に座した妻の美菜代が、案じ顔できいてくる。すでに着替えを済ませていた。

善造がどんな知らせをもたらしたか、寝巻を脱ぎながら三郎は語った。

えっ、と美菜代が息をのむ。定廻《じょうまわ》り同心の妻としてこれまでさまざまな事件を耳にしてきたはずだが、さすがに心の臓のない骸《むくろ》の儀は初めてなのだ。

「俺も、これまでに経験したことのない一件だ。とにかく、殺しであるのは疑いようがなかろう。一刻も早く、市谷柳町に赴かねばならぬ」

美菜代に着替えを手伝ってもらい、身支度を済ませた三郎は行灯を手に寝所をあとにした。刃引きの長脇差を捧げ持って美菜代が後ろにつく。

行灯を式台の脇に置いて、三郎は玄関の三和土《たたき》で雪駄《せった》を履いた。式台に座した美菜代が長脇差を手渡してくる。

それを受け取って腰に差し、三郎は自らに気合を入れた。

「では、行ってまいる」

美菜代を見つめて三郎は告げた。

「行ってらっしゃいませ。お気をつけて」

式台に両手を揃《そろ》えて、美菜代が頭を下げる。うむ、と首を縦に振って三郎は玄関を出た。

——歯を磨くのはともかく、せめて顔くらい洗いたかったな。

数個だけ並んでいる敷石を踏んで、三郎は木戸門に向かった。秋が深まって大気がだいぶ冷え込んできており、ぶるりと身震いした。

——すぐに冬が来るのだな。

足を止めた三郎は、塀に設けられた木戸の門扉に手をかけた。今年の冬も例年通り、何度か雪が積もるのだろうか。

雪の日の見廻りは難儀としかいいようがない。できれば積もらないでほしいが、そういうわけにはいかないにちがいない。

門扉を手前に引くと、外に善造が立っていた。改めて三郎に辞儀してくる。

「待たせたな」

いえ、と面《おもて》を上げて善造がにこりと笑う。

「全然、待ってなどおりませんよ」

「そうか。ではまいろう」

へい、と善造が返事をして三郎の前を歩きはじめた。東の空はいまだ白んでおらず、江戸の町は闇に覆われている。人の動く物音はほとんどせず、静かだった。善造は、火の入った提灯《ちょうちん》を下げていた。

「心の臓のない死骸が見つかったのは市谷柳町といったが、善造、道はわかるか」

善造の背中に三郎は語りかけた。

「へい、もちろんわかります」

前を向いたまま善造が、張りのある声を上げた。最近までは三郎に質問されるたびに律儀に振り返っていたが、一度、商家の軒柱に後頭部をしたたかぶつけたことがあり、それ以来、こちらを向かずともよいとの三郎の言葉に従っている。

「そうか、わかるか……」

善造は、父の安吉が隠居したのを機に、三月《みつき》前に正式に三郎の中間となった。半年ほど前から見習として、安吉に中間の心得や気構えなどさまざまなことを教わっていたが、それがしっかりと身についているかどうか。

——安吉も相当そそっかしかったが、善造も負けておらぬ。いや、それ以上かもしれぬ。善造に任せておいて、と三郎は危ぶまざるを得なかった。まことに市谷柳町に着くのだろうか。

「でも旦那、なんでそのようなことをきかれるんですかい」

不思議そうに善造が問うてきた。

「善造は、これまでに何度も道をまちがえたであろう」

「まちがえましたねえ」

悪びれることなく善造が認めた。

「でも旦那、最後に道をまちがえてから、もう半月はたちました。あれからあっしもだいぶ成長したんで、今日はきっと大丈夫ですよ」

「うむ、信じておるぞ」

善造はこれまで何度も道に迷ったり、まちがえたりしてきたが、三郎はそのことを一度も指摘したことがない。まちがえるたびにいちいち正していたら、善造が江戸の地理を覚えられぬであろうという考えからである。遠回りになるのを承知で、三郎はこれまでなにもいわずにおいたのだ。

——しかし、今日はそういうわけにはいかぬぞ。

三郎の縄張内で、久しぶりに起きた殺人である。しかも、心の臓のない骸なのだ。

誰が、なんのために骸から心の臓を取ったのか。その謎を解くためにも、それになにより下手人《げしゅにん》を捕らえるためにも、できるだけ早く市谷柳町に着かなければならない。

もっとも、今朝に限っては、三郎は半刻もかからず市谷柳町の土を踏むことができた。善造は本当に道に迷わなかったのだ。

これは善造が正式な中間となって、初めてではないか。成長したというのは事実なのかもしれない。

——むろん、まだまだ油断はできぬが。

市谷柳町に着いた頃には夜はすっかり明け、秋のやわらかな陽射しが降り注ぎはじめていた。善造の先導で、薄暗さがまだ残っている路地を奥へと進む。

すぐに、大勢の者がそこかしこに立っているのが見えた。野次馬だろう。

野次馬たちはひそひそと話をしているくらいで、誰もが平静さを保っているように感じられた。

——骸が見つかってしばらくは大騒ぎしていたのかもしれぬが、さすがにそれにも飽きたということか……。

「定町廻り同心の鷺坂さまがいらしたよ。さあ、道を空けておくれ」

路地を足早に歩きつつ善造が声を張り上げる。それに応じて野次馬たちが、畏《おそ》れ入ったように三郎を見て、そそくさとよけていく。

「鷺坂さま、こちらでございます」

市谷柳町の町役人の麦兵衛《むぎべえ》の案内で、三郎は骸の前に進んだ。

骸には筵《むしろ》がかけられていた。

「旦那、おはようございます」

しゃがれ声で三郎に挨拶してきたのは、このあたりを縄張とする岡っ引の伊都蔵《いとぞう》である。

そばに手下の若者が二人、控えるように立っていた。

「伊都蔵、おはよう」

「旦那、どうぞ、ご覧になってくだせえ」

ぎらりと瞳を光らせて、伊都蔵が筵をはいだ。その途端、むせ返るような血のにおいが三郎の鼻孔を突き刺した。すさまじい量の血が地面に広がっているのが見て取れる。

——この仏がここで殺されたのは、まちがいあるまい。

息を止めてしゃがみ込み、三郎は骸に目を落とした。

仏は男で、うつぶせている。顔は横を向いており、年の頃は四十前後であろうと三郎は見当をつけた。着物は着ておらず、下帯一枚だけである。

背中にぽっかりと穴が空き、そこだけが空洞になっていた。穴のまわりに、他の臓腑《ぞうふ》が赤黒く見えている。

むう、と内心で声を上げ、三郎は奥歯を嚙《か》み締めた。

——いったいどこの誰が、このようなむごい真似《まね》を……。

今ここで考えてみたところで、わかるはずもなかった。これから仏の人相書を描くつもりでいるが、それを見ずとも決して忘れることがないよう、死骸の顔をじっくりと見た。

——うむ、大丈夫だ。

「知った者か」

顔を上げて三郎は伊都蔵にきいた。

「いえ、あっしに見覚えのある男ではありやせん」

「麦兵衛はどうだ」

「手前も存じ上げない方でございます」

そうか、と三郎はつぶやいた。伊都蔵が少しだけ三郎に近寄ってきた。

「旦那が見える前に、あっしも野次馬たちにきいてみたんですが、この仏のことを知っている者は、一人もおりませんでした」

「では、仏はこの町の者ではないということか」

「おそらくそうではないかと……」

伊都蔵が同意してみせた。

「この仏はここで殺されて、背中から心の臓を抜かれたのだな」

「おびただしい血が流れていますから、まちがいなくそういうことでしょう」

「誰がこの仏を見つけた」

「豆腐売りです」

「その豆腐売りはどこにいる」

伊都蔵にききつつ、三郎はあたりを見回した。

「済みません、もう商売に行きました。一応、あっしが話を聞きやしたが、なにも見ちゃおりません」

「そうか……」

「まだ暗い中、提灯を下げて得意先に向かおうとしていたら、ここに人が横たわっていて、足を引っかけそうになったらしいんですよ。この寒さの中、酔っ払いが寝ているのかと思ったそうですが、すぐに猛烈な血のにおいに気づき、人が死んでいると覚ったそうです」

伊都蔵が少し間を置いた。

「それで、あわてて自身番に駆け込んだらしいんで。それが、七つ頃のことだそうです」

それだけ早い刻限に死骸が見つかったから、明け六つ前に善造が三郎に知らせに来ることができたのだ。

「その豆腐売りの名は」

「柿之助《かきのすけ》さんといいやす。住処《すみか》は四谷須賀町《よつやすがちょう》の八兵衛店《はちべえだな》とのことです」

「この仏を見つけたとき、柿之助は怪しい人影を見てはおらぬのか」

伊都蔵が少し悔しそうな顔をする。

「なにも見ていないようです。もしそのとき近くに下手人がいたとしても、七つ頃というとあたりはまだ真っ暗ですからね。提灯の頼りない明かりが一つあるだけでは、闇を見通すというわけにもいきやせんし……」

確かにその通りだ、と三郎は思った。

「ところで、まだ検死医師はいらっしゃらぬのか。市谷なら、涼貫《りょうかん》先生が見えるはずだが……」

眼差《まなざ》しを向けて、三郎は伊都蔵にきいた。

「使いの者は、とうに医療所に走らせました。じきに見えると思うのですが……」

「あっ、いらっしゃいましたよ」

弾んだ声を上げたのは善造である。

「ああ、本当だ」

伊都蔵がほっと息をついた。つられるようにして、三郎もそちらを見た。

薬箱を手に下げた助手を連れて、涼貫が路地を急ぎ足でやってくるところだった。三郎たちのそばまで来て、頭を下げる。よほど急いできたようで、呼吸が荒い。

「遅くなって済みません。伊都蔵親分の使いが見えてすぐに医療所を出ようとしたのですが、まさにそのとき急病人が出たという知らせが来ましてね。そちらへ往診に行っておりました」

申し訳なさそうに涼貫がわけを語る。

「いえ、先生、なにも問題はありませぬ」

笑みを浮かべて三郎は請け合った。

「お忙しい中、よくぞいらしてくださいました。もう息はととのいましたか」

「大丈夫です」

涼貫が胸を大きく上下させた。

「では先生、さっそく検死をお願いできましょうか」

「承知しました」

深くうなずいて涼貫が骸の前に立った。身じろぎ一つせずに死骸をじっと見下ろす。

「まことに心の臓を取られておりますな」

つぶやきを漏らして、涼貫がしゃがみ込んだ。手を伸ばし、死骸に触れる。そっと顔を持ち上げ、のぞき込む。

「ふむ、首の横のところをすぱりと切られておりますな」

「えっ、どこですか」

「こちらです」

涼貫が死骸の頭を傾け、首筋の傷を三郎に見せた。その拍子に、二寸ほどの長さの赤黒い傷が、ぱくりと口を開けた。

「この傷がこの仏の命を奪いました。動脈がきれいに切れています」

動脈が、と三郎は思った。

「では、このおびただしい血は動脈が切れたせいで流れたのですね」

「さようです」

「心の臓は、この仏を殺したあと下手人が持ち去ったということですか」

「おそらくそうでしょう」

死骸に目を当てたまま涼貫が認めた。

「背中を切り開き、心の臓を取り出したのでしょうね」

「いったいなんのために下手人がそのような真似をしたか、先生はおわかりになりますか」

「いえ、手前にはわかりかねます」

眉根を寄せて涼貫が首を横に振った。

「なにしろ、手前もこのような仏を見るのは初めてなものですから」

その通りであろうな、と三郎は思った。涼貫は五十をいくつか過ぎており、医者としての経験は豊富といってよい。その医者が初めて目にしたといっているのだ。心の臓を取り去るという行いが、どれだけ尋常でないものか、わかろうというものである。

「首筋の傷の凶器はなんですか」

三郎は新たな問いを涼貫にぶつけた。

「鋭利な刃物ですね。匕首《あいくち》ではないかと思いますが、かなりの手練《てだれ》の仕業であるのはまちがいないでしょう」

「手練ですか」

「さよう。迷うことなく、すぱりと動脈を切っています。素人では、なかなかこうはいかないでしょう。動脈がどこを走っているかもわからないでしょうし……」

「人を殺すことに慣れているのでしょうか」

「そうかもしれません。心の臓を取り出す際の傷も、きれいなものですからね。手慣れていないと、このようにはできないでしょう」

さようですか、と三郎はいった。

「先生、この仏が殺されたのが何刻頃か、教えてくださいますか」

そうですね、と口にして涼貫が考え込む。

「おそらく昨夜の四つから八つ半までのあいだではないかと……。夜明け前の七つ頃ということは、仏の体がかなり硬くなっていることからして、まずないと思います」

「わかりました」

三郎は大きく顎を引いた。

「鷺坂さま、ほかになにかおたずねになりたいことはございますかな」

丁寧な口調で涼貫がきいてきた。三郎は、なにかあるだろうか、と思案した。

「いえ、ありませぬ。先生、検死をありがとうございました」

「いえ、これも手前の大事な仕事ですからね。この仏についての留書《とめがき》は、できるだけ早く出すようにいたします」

「はい、どうか、よろしくお願いします」

三郎と善造が低頭すると、涼貫が辞儀を返してきた。

「では、これで失礼します」

立ち上がった涼貫が助手を促し、足早に歩きはじめた。すぐに二人の姿は野次馬たちに遮られ、見えなくなった。

「よし、探索に取りかかるとするか」

自らに気合を入れて三郎は善造に告げた。

「旦那、あっしはなにを調べたら、よろしいんですかい」

三郎を横から見つめて伊都蔵がきいてきた。

「まずは、この仏の身元を明かさなければならぬ。伊都蔵は手下とともにそれを調べてくれ。今から仏の人相書を描くゆえ、少し待っていてくれ」

承知しました、と伊都蔵が答える。善造から矢立と紙を受け取るや、三郎はかがみ込み、すらすらと筆を動かしはじめた。

すぐに描き終え、出来を確かめる。悪くないな、と三郎は思った。

「似ていますね」

感心したように善造がいい、三郎は、うむ、と相槌《あいづち》を打った。

「これを元に、仏の身元を調べてみてくれ」

三郎は伊都蔵に人相書を手渡した。

「わかりました」

「伊都蔵、頼んだぞ」

へい、と答えて伊都蔵が手下と一緒にその場を去っていく。

再びしゃがみ込み、三郎はもう一枚の人相書を描いた。墨が乾くのを待って折りたたみ、懐《ふところ》にしまい入れた。

立ち上がり、少し離れたところに立っている麦兵衛を手招く。

「済まぬが、この仏は自身番に運んでおいてくれ。身元が知れたら、縁者に引き取りに来させるゆえ」

「わかりました。では今から運んでおきます」

「よろしく頼む」

はい、と麦兵衛が腰を折った。

「旦那、あっしらはどうしますか」

瞳を輝かせて善造が問うてきた。心の臓のない死骸という事件を自分たちの力で解決しようと、心を奮い立たせているようだ。

「いったん番所に戻る」

三郎の言葉を聞いて善造が、えっ、と意外そうな声を漏らす。

「なにゆえですか。今から探索をするんじゃないんですかい」

「番所に戻り、例繰方《れいくりかた》の同心に会わねばならぬ」

「ああ、前に同じような一件がなかったか、確かめるわけですね」

「そういうことだ。もし同じような一件があったら、意外にあっさりと下手人を捕らえられるかもしれぬ」

「わかりました。では旦那、まいりましょう」

善造が勇んで歩き出した。三郎はその後ろについた。

二

ここ半月ばかり、伊香雷蔵《いこうらいぞう》は右肩が痛くてならない。まったく治らない。それどころか、痛みは増している。右肩や右腕を動かすたびに激痛が走るのだ。気持ちが暗澹《あんたん》として仕方がない。

朝餉《あさげ》の給仕をしてくれている五十江《いそえ》が雷蔵を心配する。

「五十肩だろうか」

伊香雷蔵は五十江に語りかけた。だが、まだ自分は三十二である。五十肩には早いのではあるまいか。

――まさか誰かが呪いをかけているのではあるまいな。

冗談ではなく、そんなことまで考えた。庭に出て剣の稽古《けいこ》をしようとしても、竹刀《しない》がほとんど持ち上がらず、素振りすらできない。

こんなとき、もし前に襲ってきた三人組の殺し屋があらわれたら、どうなるか。

だが、今のところそんな気配はまったくない。剣呑《けんのん》さなど、かけらも感じていない。もう二度とあらわれぬのではないか、と思えるほどである。雷蔵の身辺は最近、平穏そのものだ。

あの殺し屋が誰かから頼まれて雷蔵を殺しに来たのは、まちがいない。

殺し屋は辻斬《つじぎ》りを装って商人、僧侶、大工という三人を殺した。雷蔵を単身で辻斬り退治におびき寄せるためだ。

秘剣土竜《もぐら》を用い、雷蔵は辻斬りの男の足に傷を負わせたが、逃してしまった。それまで姿を見せずにいた殺し屋の仲間の二人に、邪魔されたのである。

怪我《けが》が治り次第、また襲ってくるのではないかと思っていたが、それらしい気配は感じない。まだあの殺し屋の傷が癒えていないだけのことなのか。

——きっとそうであろう。

兄の要太郎《ようたろう》が江戸を騒がせた押し込みの一人だったこともあり、雷蔵は火盗改《かとうあらため》の頭《かしら》を罷免《ひめん》された。もしかすると、火盗改ではなくなった雷蔵を殺しても、もう意味はないのかもしれない。

だとしたらどういうことになるのか。

——火盗改の座を欲した者が、俺を狙《ねら》ったのか。

今、火盗改の頭は林勇之助《はやしゆうのすけ》という者がなっている。先手鉄砲組の頭だ。

——まさか林どのが……。

勇之助は狷介《けんかい》な性質《たち》で、火盗改の頭に向いているとは思えない男だが、さすがにそこまでやるとは考えにくい。

今はとにかく、と雷蔵は思った。江戸に住む者すべてが幸せになれるようにという思いをうつつのものにしたい。道のりは長いだろうが、なんとしても実現しなければならない。困っている者を助け、悪い者を懲《こ》らしめる。雷蔵がやりたいのは、ただそれだけだ。そのために、匠小僧《たくみこぞう》と安斎六右衛門《あんざいろくえもん》に声をかけた。匠小僧は快諾してくれた。もし六右衛門も力になってくれるのなら、きっとうまくいくにちがいない。

雷蔵は右腕を恐る恐る動かしてみた。相変わらず右肩がひどく痛い。寝返りを打つだけで、あまりの痛みに目が覚め、悲鳴を上げそうになる。そういうことがここのところ毎晩、繰り返されている。安眠できていない。

――今日にでも鍼医《はりい》に行ってみるか。

たまにしか行かず、馴染《なじ》みというほどでもないが、腕のよい鍼医が十町ばかり先で医療所を開いている。阿波路《あわじ》鍼所といい、鍼医の名は唐久《とうきゅう》である。

――よし、今から行ってみるとしよう。

朝餉のあと雷蔵は五十江に、昼餉《ひるげ》はいらぬ、外で食してくるゆえ、と言い置いて若党の浅丘米造《あさおかよねぞう》を連れ、他出した。

しかし、いつの間にか阿波路鍼所は廃業していた。隣家の者によると、三月ばかり前に唐久が病で死んだのだという。跡継ぎもいないそうだ。

そうであったか、と雷蔵は落胆した。

――あの素晴らしい技を受け継ぐ者はおらなんだのだな。唐久どのの死で、途絶えてしまったのか……。

なんともったいない、と雷蔵は残念でならない。せめてもう一度、来ておくべきだった。深い後悔がある。

仕方なく雷蔵は屋敷に引き上げようとしたが、米造が、評判の女医がいますよ、と雷蔵に話した。蘭医《らんい》で、しかも美人らしい。半年ばかり前に医療所を開業したとのことだ。

米造がその女医の顔を見たいだけだろう、とも思ったが、雷蔵も興を惹《ひ》かれ、四半刻ばかり歩いて行ってみた。

医療所は鮫ヶ橋谷町《さめがはしたにまち》にあり、富士診庵《ふじみあん》といった。富士山はここからでは見えない。ここの医者が富士山のことを好きでならぬためなのか、と雷蔵は考えた。

障子戸を開けてみると、そこは土間になっており、おびただしい数の履物が置かれていた。閉まった襖《ふすま》の向こう側から、人いきれが感じられた。

富士診庵がかなり混んでいるのはまちがいなく、相当待たされるのを覚悟しなければならなかった。

襖を開けると、やはり待合部屋は一杯で、中に入れたのは雷蔵だけだった。米造は外で待つことになった。

一刻ばかりじっと座っていると、ようやく雷蔵の番が来た。医療部屋で女医と会う。歳《とし》は二十代半ばか。息をのむほどに美しい。この女医目当てに来ている者は、かなりの数に上るだろう。

驚いたように、女医が雷蔵をまじまじと見た。それが怖い顔に変わり、にらみつけてくる。これはなんだ、と雷蔵は戸惑《とまど》うしかない。

――俺はなにかしたのか……。

「どうかされたか」

きくや、女医が表情をなにげないものに戻した。

「いえ、なんでもありません」

雷蔵は首をひねった。

「おぬしとはどこかで会ったことがあるかな」

「さあ、どうでしょう」

首をかしげて女医が微笑する。その笑みに、三郎は惹き寄せられそうになった。

——まことに美しい顔立ちをしておるな。

この女医の顔を拝めない米造が、雷蔵には不憫《ふびん》に思えた。

「あなたさまの御名は」

女医の問いに、雷蔵はすぐさま答えた。

「伊香さま……。火盗改のお頭でいらっしゃいましたね」

「その通りだ。職を解かれてまださほどたっておらぬが……」

「なにゆえおやめになったのですか」

よく光る目で女医がきいてきた。罷免された委細を説明するのも、ためらわれた。

「ちと、あってな」

雷蔵は言葉を濁し、すかさず女医の名をたずねた。

「長飛《ちょうひ》と申します」

女医の答えに、三郎は意外の感に打たれた。

——まるで男のような名ではないか。

どのような字を当てるのか、雷蔵はきいた。

「長いに飛の字というなら、三国志の張飛《ちょうひ》から取ったわけではないのだな」

ならばこの名にどのような意味があるのか、と雷蔵は考えたものの、その思いを口に出すことはなかった。

「それで、どこがお悪いのですか」

長飛に問われ、雷蔵は伝えた。

「右肩ですか……」

手を伸ばし、長飛が雷蔵の肩を診《み》る。難しい顔になった。

「かなりひどくなっていますね。自分で治そうと無理をなさいませんでしたか」

「ああ、かなり無理をした」

「それが一番いけないのですが、お気持ちはよくわかります」

微笑《ほほえ》んで女医が言葉を続ける。

「五十肩というのは、一度の治療では治りません。なぜなら、ときをかけて筋肉がかたまってしまっているからです。それをほぐしてやるには、やはり少々のときがかかります。しばらくのあいだ通ってくだされば、必ず治ります」

「しばらくというと」

「このまま放っておけば、一年半から二年は痛みが続きましょう」

「なんと、そんなに……」

雷蔵は暗澹とせざるを得なかった。

「それを、二月《ふたつき》ほどで治したいと思います」

「二月か……」

「年齢を重ねるとともに足や腰が悪くなって、熱や腫《は》れを持つようになります。知らぬうちにそれをかばう動きを人はするようになり、そのひずみはやがて腕や肩に達します」

「なるほど」

「そのときに腕や肩がひどい痛みを発します。それを五十肩といいます。ですので、肩や腕だけを治せば平癒するわけではないのです。悪くなるのにときがかかったのと同じように、平癒までに相当のときを要することになるのです」

「そういうものなのか。五十肩とは厄介なのだな」

はい、と女医が静かに答えた。

「五十肩は薬で治るものなのか」

「いえ、薬はありません。まずは患部を温めて、血の流れをよくすることが肝心です。あとは、伊香さま自ら運動をしていただくことになります」

「運動というと、どのようなことをすればよいのかな」

「いくつかあるのですが、背骨を動かさないようにして、かいがね（肩甲骨）を静かに上下させる方法がよいでしょう」

「かいがね、というと」

「かいがねとは、両肩の後ろの骨が高くなっているところをいいます」

雷蔵は痛くない左腕を背中に向けて回してみた。

「この骨のことを、かいがねと呼ぶのか。初めて聞いた」

「さようですか……。ほかにも、片手を上げて壁に手のひらを押しつける、肘をもう一方の腕で支えて肩の後ろ側を伸ばす、腰を折って下を向き、痛いほうの腕を垂らしてぶらぶらさせるという方法があります。これらを毎日、欠かさずにやってください」

「それらを欠かさずにやれば、五十肩は治るのか」

「根気よくやらなければなりませんが、治りはまちがいなく早くなります」

「治りが早くなるのはありがたい」

「当医療所では、痛むところを温めることからはじめます」

長飛が助手らしい女に、手ぬぐいを蒸して持ってくるように命じた。この医療所に助手は二人いるようだが、いずれも女である。

蒸した手ぬぐいを待つあいだ、長飛が雷蔵の右肩に晒《さらし》を巻いた。そうこうしているうちに、ほかほかと湯気が上がる手ぬぐいを、助手がたらいに入れて持ってきた。

長飛が長い箸《はし》で手ぬぐいをつまみ、口で風を送り込んで少し冷ましてから、雷蔵の肩にそっとのせた。

じんわりとした温かさが伝わってくる。長飛が手ぬぐいの形を丁寧に整え、その上からさらに新たな晒を巻いた。実に気持ちがよく、雷蔵は肩から痛みが引いていくような心持ちになった。

――このまま痛みが消えたら、どんなによいだろう。

「できたら、家でもこれをしてください」

雷蔵をまっすぐ見て長飛がいった。

「承知した」

「必ず晒を巻いてから、熱い手ぬぐいを当ててください。それを怠ると、やけどをしてしまいますから」

「わかった」

しばらくそのままじっと動かずにいると、手ぬぐいから温かさがなくなってきた。

「あとは、先ほどいったように運動を根気よく続けてください」

実際にどんな風に運動をすればよいのか、長飛がいくつかの手本を示した。雷蔵はそれを頭に叩《たた》き込んだ。

「いかがですか。覚えられましたか」

うむ、と雷蔵はうなずいた。

「覚えはよいほうゆえ、大丈夫だと思う」

試しに雷蔵はその場で運動をやってみた。かなり痛く、うめき声が出そうになった。これで果たして続けられるだろうか、と雷蔵は案じざるを得なかった。

長飛が晒を取り、手ぬぐいを除く。もう一枚の晒も取った。

「いかがですか」

小首をかしげて長飛がきいてくる。雷蔵はゆっくりと右腕を動かしてみた。うむ、と深くうなずく。

「いい感じだ」

「温めたので今は少し痛みが軽くなっていますが、またすぐにぶり返します。それでも、運動は必ずやってください。早く治すためには、それしかありません」

「承知した」

代を払い、医療部屋を出る際、長飛がなにかつぶやいた。嘘《うそ》つき、といったような気がし、雷蔵は振り返り、長飛を見つめた。

「なにか……」

長飛がにこりとし、首を横に振る。

「いえ、なんでもありません」

「そうか……」

礼を述べて雷蔵は医療部屋を出た。襖を閉める。

――嘘つきといったようにしか思えぬが、どういうことなのか……。

どこかで会ったことがあるのだろうか、と雷蔵は懸命に頭を絞った。

――ふーむ、わからぬ。

あれだけ美しい女なら、一度でも会っていれば忘れるはずはないと思うのだが。

三

屋敷に戻るまで、四半刻ばかりかかる。長飛のことを考えるには、ちょうどよい時間ではないか。

――あの挑むような目は、見覚えがあるような気がしてならぬが……。

長飛とは、やはりどこかで会っているのではないか。

――声にも聞き覚えがあるような……。

しかし、会っているとしても、ここ十年以内のことではないだろう。それだけ近いのなら、さすがに覚えているはずだ。

ならば二十年前はどうだろう。しばらく思案したが、わからぬな、と独りごちて雷蔵は顔をしかめた。思い出せないのが、もどかしくてならない。

そのとき、前を行く米造が、わあっ、と悲鳴を発した。

「どうしたっ」

間髪を容れずに雷蔵は声を飛ばした。あわわ、と米造が後ずさり、雷蔵にぶつかりそうになる。

米造の前に、茶色の毛に覆われた大きな犬がいた。耳をぴんと立て、低い姿勢で米造をぎろりと見ている。牙《きば》をむき出しにして、うなっていた。

「米造、ゆっくりと俺の後ろに来い」

冷静な口調で雷蔵は話しかけた。

「えっ、しかし」

米造が、雷蔵を盾にすることをためらう。

「よいのだ。来い」

雷蔵は重ねて命じた。

「わ、わかりました」

「よいか、あわてるな。あわてると、襲いかかってくるぞ」

「承知いたしました」

じりじりと動き、米造が雷蔵の背後に回ってきた。米造を後ろにかばうようにして、雷蔵はわずかに進み出た。犬と対峙《たいじ》し、瞳をじっと見据える。

――よだれも垂らしておらぬし、狂犬ではないようだが……。

犬を見つめたまま、雷蔵は全身に殺気を込めた。ただし、犬を殺す気はない。斬り捨てるのはたやすいが、犬にも命がある。狂犬でもないのに殺してしまっては、あまりにかわいそうだ。

――どこかで飼われている犬やもしれぬし……。

それにしても、と雷蔵は迷った。目の前の犬をどうすればよいのか。

――とにかく、嚙まれぬよう捕らえるのがよかろう。話はそれからだな。

雷蔵が決意したとき犬が激しく吠《ほ》え、突っかかってこようとした。雷蔵は自らに気合を入れて、再び犬をにらみつけた。

すると、犬が怯《ひる》んだような顔になった。しばらくにらみ合っていたが、犬がいきなりしっぽを丸めた。

この仕草が降参を意味していることを、雷蔵は知っている。

犬の目から力が失われ、きゅうん、と小さく声を上げて、地べたに這《は》いつくばった。かわいい目で雷蔵を見上げてくる。

――人馴《ひとな》れしているようだ。やはり飼われている犬らしい……。

近づいてしゃがみ込み、雷蔵は犬の頭をそっとなでた。

「殿さま、大丈夫でございますか」

背後から米造が心配そうにきいてくる。

「大丈夫だ。この犬は、なにかにおびえていたのであろう。そなたと鉢合わせてさらに驚き、うなったに相違あるまい。このあたりの者たちが面倒を見ている犬ではないかな」

「では、飼い犬でございますか」

そのとき、すぐそばの角を曲がって一人の男の子があらわれた。

「茶《ちゃ》ノ助《すけ》っ」

その声に犬が振り向き、さっと立ち上がった。しっぽを振りながら、男の子に小躍りするようにじゃれつく。

「おぬしの犬か」

男の子に穏やかな眼差しを注いで、雷蔵はたずねた。

「そう、茶ノ助っていうんだ」

犬の頭をなでて男の子がうなずいた。

「茶ノ助は、なにかにおびえていたようだが」

うん、と男の子が合点してみせる。

「さっき野良猫に飛びかかられて、いきなり走っていっちゃったんだ。それでおいら、捜していたんだよ」

男の子はほっとした顔をしている。

「猫に襲われたのか」

「その猫はけっこう大きくて、気が荒いんだよ。おいらも二度、引っかかれたことがある。茶ノ助は図体は大きくても気が小さいから、びっくりしちゃったんだ」

「そうか、茶ノ助は気が小さいのか」

「茶ノ助、なにかしたの」

気がかりそうに男の子がきいてきた。雷蔵はかぶりを振った。

「いや、なにもしておらぬ」

「そう。よかった」

男の子が、はにかんだような笑みを見せた。

「じゃあ、連れて帰るね」

うむ、と雷蔵は顎を引いた。

「おいで」

男の子が軽く手を振っていざなうと、茶ノ助がおとなしく後ろについた。けっこう賢い犬なのだな、と雷蔵は感心した。

男の子と茶ノ助は角を曲がり、すぐに姿が見えなくなった。

「よし、我らも帰るとするか」

雷蔵は米造に声をかけた。

「承知いたしました」

米造が雷蔵の前を歩き出す。足を動かしはじめてすぐに雷蔵は、そういえば、と思い出した。小さな娘が犬に襲われそうになっていたところを、助けたことがある。あれは、二十年ばかり前のことではないか。

――二十年前なら……。

歩を進めつつ雷蔵は腕組みをした。その頃は長崎にいた。父の丙蔵《へいぞう》が長崎奉行となったのに従い、ついていったのだ。十二歳から十四歳の二年間である。

あのとき犬から助けた娘は不二世《ふじよ》といった。

ともに道場で汗を流した仲だ。

長崎で暮らしていたとき雷蔵は九鋼拳《きゅうこうけん》という唐人拳法を道場で習っていたのだが、犬から助けた二日後には、不二世も同じ道場に通いはじめていたのである。

不二世は長崎の薬種問屋日善屋《ひぜんや》の娘で、負けん気が強かった。雷蔵は、不二世によく稽古相手をさせられた。不二世は下手《へた》な大人と稽古するより、ずっと骨のある相手だった。

——筋のよさは相当のものだったが、あの不二世どのが長飛どのなのだろうか……。

しかし、と雷蔵は思った。雷蔵が父とともに長崎を去ったとき、不二世はまだ七つに過ぎなかった。雷蔵の七つ歳下だから、まちがいない。

——もし長飛どのがまことに不二世どのなら、富士診庵という名は、自身の名と掛けていることになるのか。

ふむう、と雷蔵はうなるしかない。長飛は色白だったが、不二世は真っ黒に日焼けした女の子だった。人目を引くようなかわいらしい顔をしていたが、あの頃は美しいという感じではなかった。

——しかし、おなごという生き物は変わるものだからな。

もし不二世が長飛なら、なにゆえ江戸に出てきたのか。いつ、どうして医者になったのか。実家の日善屋はどうしたのか。

頭の中に、疑問は次々と湧いて出てくる。それに、と雷蔵は思った。

──なにゆえ俺は嘘つきといわれたのか。

長崎にいたとき、不二世になにか嘘をついただろうか。

それとも、なにか約束し、それを果たせなかったのだろうか。

不二世はとにかく拳法に熱心で、将来、医者になりたいと口にしたことはなかった。

──それが医者とは……。

すぐにまた会える、と雷蔵は思った。そのときに長飛とは、いろいろ話ができるであろう。長飛が不二世かどうかも、はっきりするはずである。

──それでよい。

雷蔵が思考に一区切りつけたとき、不意に男の怒鳴り声が耳に飛び込んできた。

顔を向けると、声がしているのは、暖簾《のれん》がかかった一膳飯屋である。

即座に雷蔵は近づき、中をのぞき込んだ。若い男が、鯵《あじ》の塩焼きを食べたら小骨が喉《のど》に刺さった、医者代をよこせ、という因縁を、店主と女将《おかみ》とおぼしき男女につけていた。若い男はやくざ者らしく、目的は明らかに小銭稼ぎであろう。

「米造は外で待っておれ」

「承知いたしました」

暖簾を払って、焼いた魚のにおいが漂う店内に進み、雷蔵は男の背中に声を投げた。

「つまらぬ真似はよせ。よい若い者が、人の迷惑になる振る舞いなどせぬほうがよいぞ」

「なんだとっ」

勢いよく振り向き、男が怒りに満ちた顔を雷蔵に向けてきた。雷蔵を見て、おっ、と声を漏らしかけたのは、まさか侍だとは思っていなかったからだろう。

「お侍、邪魔をしねえでくんな。この店は、おいらにしちゃならねえことをした。同じことを二度としねえように、俺はこの二人の行いを正そうとしているだけだ」

店主と女将は、目をみはって雷蔵を見ている。信じられない、とでもいいたそうな顔である。どうやら雷蔵のことを知っているようで、二人とも助かったという表情になった。

「いや、そういう風には見えぬな」

厳しい顔をつくって雷蔵は首を横に振った。

「おぬしはただ、この二人に言いがかりをつけ、小遣いを稼ごうとしているだけだ。そういう輩《やから》を、俺は見逃すわけにはいかぬ」

男が憎々しげに雷蔵を見る。

「お侍、本気で邪魔するつもりかい。痛い目に遭う前に、とっとと出ていくほうが身のためだぜ」

「おぬし、腕に覚えがあるのか」

平然とした口調で雷蔵は問うた。

「あるに決まっている」

男が不敵な笑みを口元に浮かべる。

「そうか。だが、俺のほうがまちがいなく強いぞ」

「馬鹿なことをいうな。俺はこれまで喧嘩《けんか》で負けたことが一度もねえんだ」

「それが本当なら、おぬしは弱い者とだけ戦ってきたことになろう」

「そんなことはねえ」

肩を怒らせて男が息巻く。

「俺は強い者も叩きのめしてきたぜ」

そうか、と雷蔵はつぶやいた。

「しかし、負け知らずも今日までだな」

へっ、と男が見下したような声を出す。

「大口を叩きやがって。この身のほど知らずがっ」

「身のほど知らずは、おぬしであろう。まことに俺が誰だか知らぬのか」

なにをいっているんだ、という顔で男が雷蔵を見る。

「お侍とは、今日、初めて会ったんだ。俺が知っているわけがねえだろう。仮に知っていても、俺があんたを恐れるわけがねえ」

「ちょっと、あんた」

不意に女将が言葉を挟んだ。顔に哀れみらしい感情が浮かんでいる。どうやら黙っていられなかったようだ。

「こちらのお侍がどなたなのか、本当に知らないのかい」

「ああ、知らねえ」

傲岸《ごうがん》な口調で男がいい放つ。

「あんた、本当に江戸っ子かい。実は昨日か今日、江戸に来たばっかりなんじゃないの」

「そんなこと、あるわけねえ。俺は生まれも育ちも江戸だ」

「それなのに、こちらのお侍を知らないのかい。ずいぶんと世間を見ずに育ったんだねえ」

「うるせえ」

怒鳴りつけたものの、女将にそこまでいわれて男は雷蔵のことが気になったようだ。顔を近づけ、まじまじと見てくる。

「お侍、あんたは名のあるお人なのかい」

雷蔵が答える前に、女将が男に伝えた。

「名があるもなにも、江戸の雷神《らいじん》さまだよ」

「江戸の雷神……」

一瞬、なにをいわれたか男はわからなかったようだ。少し間を置いて、ええっ、とのけぞるように驚いた。

「この人が江戸の雷神……。本当か」

泡を食って男が女将に確かめる。

「あたしが嘘をついて、なんになるんだい。こちらのお方は正真正銘、江戸の雷神の伊香雷蔵さまだよ」

ごくりと息をのんで男が雷蔵を見る。

「あんたが江戸の雷神……」

「もう火盗改の頭は、馘《くび》になってしまったがな」

軽く首を振って雷蔵は告げた。

「ああ、その話は聞きましたよ」

背筋をしゃんと伸ばし、男が口調を丁寧なものに改めた。

「なんでも、お兄さまが悪行をはたらき、その責任を取ったとか……」

「まあ、そういうことだ。それで、おぬしはどうするのだ。俺が誰かわかっても、まだやり合う気か」

「滅相もない」

血相を変えた男があわてて突き出した両手を振る。

「あっしも命は惜しいですから」

「ならば、今すぐにこの店から出ていくのだ。つまらぬ言いがかりをつけるのは、この店だけでなく、他の店でもやめることだ。二度といたしません」

「ええ、承知いたしました。二度といたしません」

神妙な顔で男が低頭した。

「もし同じ真似をしてるのを見つけたら、今度は容赦せぬぞ」

目に力を込め、雷蔵は男をにらみつけた。

「わ、わかりました」

身を縮めるようにして男が答えた。

「ところでおぬし、名をなんという」

「えっ、名ですかい」

いきなり問われて、男が戸惑う。

「念のためにきいておこうと思ってな。俺がおぬしの名を知っておれば、まことに二度と悪さをせぬであろう」

「ああ、はい、さようですね」

男は、仕方ないなといいたげな顔になった。

「あっしは枡吉《ますきち》といいます」

「枡吉というのか。生業《なりわい》は」

「生業といえるほどのものはありません。あっしは、なにもしちゃおりませんので」

「決まった職はないということか。枡吉はやくざ者なのか」

「いえ、やくざ者ではありません。あっしはどこの一家にも入っちゃいません」

そうなのか、と雷蔵はつぶやいた。

「枡吉、なにか得手《えて》にしていることはないか」

「えっ、得手にしていることですかい……」

少し考えたのち、枡吉が顔を上げた。

「蕎麦《そば》を打つことなら、まずまず得手といえるかもしれません」

「そいつはよい。おぬしは蕎麦屋で働いたことがあるのか」

「ええ、あります。もっとも、あまり長続きはせず、三年ほどでやめてしまったんですが」

「なにゆえ長続きしなかった」

「兄弟子《あにでし》とうまくいきませんでした。やることなすこと、文句をいわれましてね。お客からは、あっしが打った蕎麦切りはおいしいと評判がよかったのですが」

ほう、と雷蔵は嘆声を発した。

「うまい蕎麦切りを打てるのか。ならば、いつでもよいゆえ、蕎麦を打ちに我が屋敷へ来い。まことにうまい蕎麦切りかどうか、俺が味を見てやる」

「はあ、さようにございますか」

あまり気乗りのしなさそうな顔で、枡吉が相槌を打つ。

「もし俺の舌をうならせることができたら、枡吉、おぬしを我が屋敷の台所に迎えてやってもよい」

「ええっ」

枡吉が驚愕《きょうがく》し、惚《ほう》けたように口を開けた。

「そ、それは、あっしを雇ってくださるということですかい」

「その通りだ」

雷蔵は深く首肯した。

「俺は蕎麦切りが無二の好物だ。うまい蕎麦切りを好きなときに食べられるなら、実にありがたい」

「本当に奉公させていただけるなら、あっしにもこの上ないお話ですが、あの、そこまで蕎麦切りがお好きなら、ご自分で打とうとは、お考えにならなかったんですかい」

「自分で打ったことは何度もある。だが、満足できる蕎麦切りは、一度も打てなんだ。俺には蕎麦打ちの才はないようだな」

「さようですか……」

「それゆえ、蕎麦打ちの名人のような者を雇いたいと常から思っていたのだ。枡吉、俺の屋敷がどこにあるか、わかるか」

雷蔵は改めてたずねた。

「四谷にお屋敷があると、耳にしたことがあります」

「そうだ、四谷だ」

「四谷でしたら、人にきけば、お屋敷がどこか、わかるかと存じます」

「さようか。ならば枡吉、必ず来るのだ。待っておるぞ」

「わかりました。うかがいます」

真剣な顔で枡吉が辞儀した。

「よし、では俺は帰る」

って腰を折る。

雷蔵は店主夫婦に目を当て、会釈してみせた。二人が、ありがとうございました、と揃
「あっしも帰ります」

枡吉が雷蔵に向かって頭を下げた。すぐに店主夫婦にも詫《わ》びる。

「済まなかったね」

「いや、いいんだ。枡吉さんとやら、必ず伊香さまのお屋敷に行くんだよ。人生をやり直すというほど歳は取っちゃいないだろうけど、とてもよい機会だと思うよ」

快活な声で店主が枡吉を励ます。

「はい、おっしゃる通りです。必ずまいります」

枡吉のしっかりとした声音を聞いた雷蔵は暖簾を払い、外に出た。路上で待っていた米造に、行こう、と声をかけた。頭を下げた米造が雷蔵の前を歩き出す。

「あの枡吉さんという人、お屋敷に来てくれるといいですね」

小さな声で米造が語りかけてきた。

「うむ、気が変わらぬといいな。目が生き生きとしていたゆえ、大丈夫と思うが」

米造、と雷蔵は呼びかけた。

「腹が減らぬか」

もう昼が近く、太陽はほぼ真上から雷蔵たちを照らしている。

「はい、空腹でございます」

「どこかで昼餉にしなければならぬな。今の一膳飯屋で食してもよかったのだが、多分、俺から代は取るまいと思ったゆえ、やめておいた。米造、蕎麦切りでよいか」

「もちろんでございます」

目についた蕎麦屋に、雷蔵たちは入った。昼が近いこともあり、かなり混んでいた。

——初めての店だが、この混みようなら、味はよいかもしれぬ。

小女の案内で、雷蔵たちは二階座敷の端に座を占めた。雷蔵は小女に、ざる蕎麦を二枚ずつ頼んだ。

蕎麦切りはすぐに運ばれてきた。早いな、と少し雷蔵はいやな予感がした。案の定というべきか、おいしいといえる蕎麦切りではなかった。麺には香りがほとんどなく、コシもあまりなかった。せいぜい悪くはないという程度の蕎麦切りでしかなかった。

——もし枡吉が我が屋敷に来れば、こいつよりずっとうまい蕎麦切りを食べられるようになるのだろうか。いや、これぱかりはわからぬな。

枡吉がどれくらいの腕か、今のところ判断しようがないのだ。階下に下りて雷蔵は、ざる蕎麦の代を支払った。

米造とともに、冷たい風が吹き渡る道を歩いて屋敷に戻り、居間で茶を飲んで体を温めた。相変わらず右肩は痛いままで、雷蔵は顔をしかめてばかりである。

——こんなに痛くて本当に治るのだろうか。

治るまでに、最低でも二月はかかると長飛はいっていた。

——二月は途轍《とてつ》もなく長いな。そのあいだ、この痛みと付き合っていけるのだろうか。

我慢できそうにないぞ……。

唇を嚙み締め、肩にそっと手をやったとき、廊下を歩く足音が聞こえてきた。用人の田《た》浦栄之進《うらえいのしん》がやってきたようだ。家臣や奉公人なら、足音で誰なのかわかる。

腰高障子に影が映り、殿、と栄之進が声をかけてきた。

「お客さまにございます」

「どなたが見えた」

からりと腰高障子が開き、栄之進が顔を見せる。

「北町奉行の奈古屋冬兵衛《なごやとうべえ》さまにございます」

「ほう、冬兵衛が。通してくれ」

「承知いたしました」

栄之進が一礼し、腰高障子が音もなく閉まった。影が消え、きびきびとした足音が遠ざかっていく。

——ふむ、冬兵衛が来たか。

何用だろう、と雷蔵は考えた。なにか大事でも起きたのだろうか。

冬兵衛は二千九百石の旗本の当主で、雷蔵の幼馴染みである。今も体が大きいとはいえないが、幼い頃はひときわ小さく、よく他の子供にいじめられていた。それを雷蔵はいつもかばっていた。

雷蔵の二つ歳下で、温和な性格である。奉行所付きの与力や同心などの配下たちから、とても慕われていると聞いている。

——冬兵衛は、むしろおとなしすぎるくらいだからな。

ふむ、と独りごちて雷蔵は面を上げた。

——そういえば、俺が長崎に行っているあいだ、冬兵衛はどうやって日々を過ごしていたのだろう。

迂闊《うかつ》なことに、雷蔵はこれまで冬兵衛に確かめたことがなかった。今さらどうでもよいことかもしれなかったが、気にかかった。

廊下を渡る二つの足音が聞こえてきた。それが居間の前で止まり、奈古屋さまをお連れいたしました、という栄之進の声が腰高障子越しにかかった。

「入ってくれ」

雷蔵が声を発すると、腰高障子が横に動き、冬兵衛が顔をのぞかせた。失礼いたします、と断って敷居をまたぐ。

冬兵衛の背後で腰高障子が閉じられる。一礼して、冬兵衛が雷蔵の向かいに端座した。

「よく来た」

笑みを浮かべて雷蔵はうなずいた。

「突然お邪魔してしまい、まことに申し訳ありませぬ。迷惑ではありませぬか」

真摯《しんし》な口調で冬兵衛にきかれ、雷蔵は首を横に振った。

「おぬしなら、いつでも喜んで迎えるに決まっておろう」

「ありがたきお言葉」

「ところで冬兵衛、おぬしは俺を怨《うら》みに思っておらぬか」

不意に雷蔵に問われ、冬兵衛が戸惑いの色を見せる。

「怨みとは、いったいなんのことでしょう。それがしが雷蔵どのに怨みなど持つはずもありませぬ……」

「単刀直入にきくぞ」

軽く息を吸い、雷蔵は続けた。

「俺が長崎に行っていた二年間、おぬしはいじめられたのではないかと思うてな」

それを聞いて冬兵衛が微笑する。

「正直、怨みに思いました」

「やはりそうであったか……」

雷蔵は顔をしかめた。

「しかし、雷蔵どのに置いていかれたことを怨みに思っただけで、近所の者にいじめられそうになったことを、怨みに思ったわけではありませぬ」

冬兵衛が少し間を置いた。

「実をいえば、雷蔵どのが江戸にいらっしゃらなかった二年間、それがしはほとんどいじめられませんでした。それは、旅立つ前の日の雷蔵どののお言葉のおかげです。そのお言葉を胸に、それがしは日々を過ごしておりました」

「自分がなんといったか、今もはっきり覚えておる」

間髪を容れずに冬兵衛が口にしてみせる。

「『明日から俺は江戸よりいなくなるゆえ、おぬしを守る者はおらぬ。だが、おぬしはもう十歳《とお》だ。俺と一緒に剣の稽古に励み、ずいぶんと強くなった。怖れるものなど、もはやなにもない。おのれの身はおのれで必ず守れる。よいか、冬兵衛。俺の言葉を信じ、おのれを信じるのだ。何事にも折れぬ強い気持ちを持つことが、最も肝心なことだ』」

「さすがは冬兵衛だ。一言一句たがわず覚えておるな」

「忘れるはずがありませぬ」

胸を張って冬兵衛が続ける。

「雷蔵どのが長崎に向かって出立されるやいなや、いじめてきた者はおりましたが、それがしは決して負けぬとの思いを胸に戦い、逆に叩きのめしてやりました。そのときを境に、いじめは一切なくなりました」

「そうであったか。それを聞いて、安心した。肩の荷が下りた気分というのは、こういうことをいうのであろう」

小さく笑って雷蔵は背筋を伸ばした。

「それで冬兵衛、今日はどうした。本来なら町奉行は今頃、千代田《ちよだ》城に詰めていなければならぬ刻限ではないのか」

「おっしゃる通りです」

雷蔵をじっと見て、冬兵衛が首を縦に動かした。

「今日、それがしが千代田城に出向かなかったのは、奉行所の机に訴状が山と積み上がっているためです。半月に一度は訴状を減らすことだけに専念する日をつくらぬと、一向に片づきませぬ。今日、それがしが登城せぬことについては、ご老中からお許しをいただいております」

町奉行は多い日で、一日に四十件もの裁判を行うという。それだけの数の裁きをこなしても、机の上の訴状はほとんど減らないという話だ。

大変だな、と雷蔵は思った。世に災いの種は尽きまじという言葉を実感させられる。

「せっかく今日をそういう日に当てたのに、冬兵衛はここに来たのだな」

雷蔵は冬兵衛に語りかけた。

「さようです。結局のところ、どんなにがんばっても、訴状の山が減ることはありませぬ。今日は朝の六つに出仕し、訴状と格闘してまいりました。少しは減ったかと思うと、すぐに新たな訴状がやってきます。さすがに疲れを覚え、息抜きというわけではないのですが、雷蔵どのの顔を見にやってまいりました」

顎をなでて雷蔵は冬兵衛を凝視した。

「それは表向きのわけなのではないか。実のところは、なにか重大なことが出来し、それを伝えに来たのではないか」

おっ、と冬兵衛が瞠目《どうもく》した。

「おわかりになりますか」

「当たり前だ」

雷蔵は冬兵衛に微笑みかけた。

「いつからの付き合いだと思っているのだ」

「その通りですね」

軽く咳払《せきばら》いをして冬兵衛が居住まいを正す。

「実は今朝、心の臓を抜かれた男の死骸が見つかりました」

「心の臓を抜かれただと」

雷蔵は腰を浮かしかけた。はい、と冬兵衛が首肯し、すぐさま委細を語る。

冬兵衛の説明を聞き終えた雷蔵は、ふう、と息をついた。

「なにゆえ下手人はそのような真似をしたのであろう」

「それがまだわかっておりませぬ」

冬兵衛が唇を嚙み締める。

「今朝、死骸が見つかったとのことだが、探索は進んでいるのか」

「鷺坂三郎という腕利きの同心が探索に当たっております。しかし、すんなりと落着はいたしますまい」

「なにゆえそう思う」

「それがしの勘に過ぎませぬ。ただ、鷺坂が例繰方に調べてもらったところ、これまでに前例のない事件とのことです。そんな一件が、あっさりかたがつくとは思えぬのです」

雷蔵自身、心の臓が遺骸から抜かれたという話は聞いたことがない。解決まで難航するのは、まちがいないような気がする。

それゆえ、と冬兵衛が声を張った。

「この一件の下手人を捕らえるため、雷蔵どののお力添えを是非ともいただきたいのです」

「俺の力添えだと」

雷蔵は目を大きく見開いた。はい、と冬兵衛が平然と顎を引く。

「鷺坂は素晴らしい腕利きとはいえ、探索はきっと難儀なものになりましょう。生意気なことを申し上げますが、それがしは雷蔵どのの探索のお手並みを高く買っております。是非とも、この一件へのお力添えをお願いしたいのです」

「力添えはいくらでもしたいと思うが」

雷蔵はいったん言葉を切った。

「だが、その鷺坂という同心に、おぬしが俺に頼んだことが知れたら、まずいことにならぬか。鷺坂は気を悪くするであろう」

「それに関しては大丈夫です」

雷蔵を見つめて冬兵衛が断言した。

「すでに鷺坂に話は通してあります」

「しかし、奉行からいわれれば、鷺坂も従うしかあるまい。実のところ、鷺坂はおもしろくないのではないか」

「そのようなことはありませぬ」

「なにゆえ言い切れる」

「鷺坂は、一刻も早く下手人を捕らえることをなによりも望んでおります。どこの誰が手柄を立てようと、鷺坂は一向に構わぬのです。どのような形であれ、事件の始末がつくことこそが最も肝心なことであると信じているのです」

「ほう、そうなのか……」

「はい。鷺坂は、この江戸が今よりずっとよくなればよいと考えている男なのです」

なんと、と雷蔵は心の中で嘆声を放った。

——ならば、鷺坂三郎という同心は俺と志《こころざし》を同じくする者ではないか。

「ほう、そういう男か」

冷静な声で雷蔵は冬兵衛にいった。はい、と冬兵衛が首を縦に振り、力説する。

「その思いは、雷蔵どのに勝るとも劣らぬのではないかと存じます」

そんな男なら信頼に足るだろう。それに、冬兵衛がこれほどまでに鷺坂への信頼を露《あら》わにしているのだ。

——俺が探索を引き受けたからといって、冬兵衛と鷺坂の仲がおかしくなることなど、まずなかろう。

「どれだけやれるかわからぬが、やってみよう。力を尽くすことを約束する」

雷蔵は力強い口調で請け合った。

「ありがとうございます」

破顔した冬兵衛が深く頭を下げた。

四

北町奉行所に戻るという冬兵衛とともに、雷蔵は玄関を出た。

そこには一挺《ちょう》の駕籠《かご》が置かれていた。十人ほどの供がついており、冬兵衛の姿を見るや、一斉に立ち上がった。

駕籠に乗り込んだ冬兵衛が引戸から顔をのぞかせ、雷蔵に辞去の挨拶をする。

「では、これで失礼いたします」

「気をつけて帰ってくれ」

「畏れ入ります。雷蔵どのに引き受けていただき、大船に乗ったような心持ちでござる」

「いくらなんでも、それは大袈裟《おおげさ》に過ぎよう」

「そんなことはありませぬ。それがしの偽らざる心境にござる」

「そうか。そんなに喜んでもらい、俺もやる気が起きるというものだ」

雷蔵が笑いながらいうと、冬兵衛がまじめな顔になった。

「雷蔵どの、どうか、よろしくお願いします」

「うむ、できる限りがんばってみる」

「では、改めまして、これで失礼いたします」

引戸が閉まり、冬兵衛の顔が見えなくなった。供の者が立ち上がり、ゆっくりと駕籠が動き出した。

冬兵衛の一行が門を出ていくのを、雷蔵はその場で見送った。

「よし、まいるか」

米造に声をかけて雷蔵は歩きはじめた。門をくぐり、屋敷の外に出る。

いつもはひっそりとしている武家屋敷町だが、あたりには意外なほど多くの人が歩いていた。武家屋敷と取引をしている商家の者がほとんどのようだが、近所の隠居らしい武家が散策している姿も目についた。

一陣の冷たい風が吹き渡り、雷蔵の着物の裾《すそ》をはためかせる。それに負けることなく、雷蔵は市谷柳町を目指し、力強く歩いた。

例の殺し屋が、いきなり目の前にあらわれても不思議はない。雷蔵は気を緩めることなく歩を進めた。

屋敷からほんの一町ばかり行ったところで、一人の男が木陰から出てきた。雷蔵たちの前に立ちふさがる。

——やはり出たか。

雷蔵は腰の刀に手をかけた。だが、男から殺気は感じられず、その顔をじっと見た。

青々と剃《そ》り上げた頭が、陽射しを浴びて輝いている。それを目の当たりにした雷蔵は、なんだ、と拍子抜けした。

匠小僧ではないか、と声を出しそうになってとどまる。天下の往来で正体を口にするわけにはいかない。

「なんですか、あなたは」

及び腰ではあるものの、米造が雷蔵を守ろうとする。雷蔵は米造の背中に声をかけた。

「米造、なんでもない。俺の友垣《ともがき》だ」

「ああ、さようにございましたか。失礼を申し上げました」

ほっと全身から力を抜いた米造が頭を下げて、雷蔵の後ろに下がった。

「久しぶりだな」

雷蔵は匠小僧に笑いかけた。

「本当だ」

張りを感じさせる声で匠小僧が答えた。

「おぬし、まことの名はなんという」

匠小僧に近づき、米造に聞こえないように雷蔵は小声でたずねた。

「なんだ、まだ知らなかったか。俺は玄慈《げんじ》という」

匠小僧もささやき声で返してきた。

「それが本業のほうの名乗りか」

「そうだ」

匠小僧がどこかの寺の住職であるのを、雷蔵は知っている。今は袈裟に身を包んではおらず、ただの町人のように紺色の小袖をこざっぱりと着ていた。

「歳は」

「二十七だ」

「俺より五つ下か。ふむ、元気そうでなによりだ」

雷蔵は声を元の大きさに戻した。

「おかげさまで、なんとか健やかに暮らせている」

「今は、もう一つの仕事はしておらぬのか」

匠小僧は一時、江戸の町を騒がせた凄腕《すごうで》の盗賊である。

「やめた。おぬしの忠告を聞いたのだ。命が惜しいゆえな」

玄慈の正体を知らない米造が、命が惜しいとはどういうことだろう、といいたげな顔になったのが気配から知れた。

「それが賢明だ。玄慈どのは危うい目に遭ったのだな」

「雷蔵さん、俺のことは呼び捨てでよい。友垣ではないか」

友垣か、と雷蔵は思った。よい言葉だ。

「ならば、そうさせてもらおう」

玄慈が小さな笑みを見せた。ずいぶん人のよさそうな顔をしているではないか、と雷蔵は微笑ましく感じた。

「俺が危うい目に遭ったかといえば、ああ、その通りだ。確かに遭った」

少し苦い顔で玄慈が認めた。

「なにしろ命を失いかけた」

その言葉を耳にして米造が、えっ、と声を漏らした。

「なにがあった」

雷蔵はすかさずたずねた。

「ここでは話せないな」

玄慈は米造を気にしているようだ。

「わかった。それで玄慈、どうした。なにかあって来たのか」

「いや、なにもない」

玄慈が首を横に振る。

「おぬしの無事な顔が見たかっただけだ。なにしろ、殺し屋に命を狙われているとのことだからな」

「それはかたじけない。今のところは何事もない」

「そいつはよかった。むろん、油断はできぬだろうが……」

玄慈が雷蔵の背後に目を向けた。

「先ほど駕籠でおぬしの屋敷を出ていったのは、北町奉行だな」

「そうだ。よく北町奉行が来たことを知っているな」

「おぬしの身になにかあっては困るゆえ、しばらく屋敷を張らせてもらっていた」

「なんと、そうであったか」

そんな気配や眼差しには、まるで気づかなかった。江戸で随一の盗賊ならば、手練の忍びも同然といってよいのかもしれない。

「俺が留守をしているあいだ、我が屋敷に怪しい者が近づかなかったか」

「俺が見張っていたのは一刻ばかりだが、それらしい者は見かけなかった」

「そうか、それならよい」

雷蔵は少し安心し、話題を冬兵衛のことに戻した。

「俺は、北町奉行を務めている奈古屋冬兵衛とは、古い付き合いだ。幼馴染みなのだ」

「そうか、幼馴染みだったか。なにかあって、北町奉行はおぬしの屋敷に来たのか」

そうだ、と肯定した雷蔵は、どういう事情だったのか委細を玄慈に伝えた。

聞き終えた玄慈が、ほう、と興を惹かれたような声を発した。

「そいつは確かに妙な一件だ。下手人は、なんのために仏から心の臓を抜いたのかな」

「それに関しては、今のところさっぱりわからぬそうだ」

「薬かな」

玄慈がぽつりとつぶやいた。雷蔵は一瞬、玄慈がなにをいっているのか、意味がつかめなかった。

「抜き取った心の臓を薬にするというのか」

雷蔵は玄慈に質した。そんなことは考えもしなかった。

「そうだ。公儀から罪人の首切りを請け負っている山田家《やまだ》では、首を落とした者の肝の臓を乾《ほ》し、労咳《ろうがい》に効く薬として売っているではないか」

「それなら俺も知っておる。山田丸《がん》とか人胆《じんたん》丸と呼ばれている薬だな」

「その薬の売上で、山田家には莫大な実入りがあるという」

なるほど、と雷蔵は合点した。

「それと同じことを考えた者がいて、死骸から心の臓を取り出したというのか」

「その通りだが、その説はちと苦しいな」

つるつるの頭を指でかいて、玄慈が苦笑してみせる。

「死罪となる罪人が大勢いるから、肝の臓で薬をつくって、いくらでも売ることができる。たった一人を殺して心の臓を奪って薬をつくったところで、まず儲《もう》からん」

「いや、もしかすると、まことに薬かもしれぬぞ」

なに、と目をきらりと光らせて玄慈が雷蔵を見つめてきた。

「どういうことだ」

「心の臓がただ一つあれば、下手人にとって事足りるのかもしれぬ」

それを聞いて玄慈がはっとする。

「下手人はたった一人の病人のために、心の臓を抜いたというのか」

「考えられぬことではあるまい。だが、もし心の臓から薬をつくったとして、どんな病に効くのだ」

「多分、心の臓の病に効くのではないかと思うのだが……」

「そういえば、獣の肝を食べれば、人の肝にもよいという話を聞いたことがあるな。それと同じか」

「かもしれん」

玄慈が同意してみせる。

「北町奉行の話では、江戸ではこれまで同じような事件は一度も起きておらぬそうだ。これは例繰方の調べらしいのだが」

「ならば、前代未聞の出来事ということか。よし、俺も手伝おう」

玄慈が弾んだ声を出した。雷蔵は力強いものを感じた。

「玄慈も探索に加わってくれるというのか」

「この一件のかたをつけるのも、よりよい江戸をつくるというおぬしの信念に通ずるものがあるのではないか」

「その通りだ」

「ならば、俺はまず心の臓の病を得手とする薬種問屋を当たってみようと思うが、それで構わんか」

「むろん。おぬしに、そのような問屋に心当たりはあるのか」

「一つだけだが、ある」

「それは頼もしい」

ふふ、と玄慈が笑い、軽く自らの胸を叩く。

「任せておけ。俺が必ず心の臓の謎を解き明かしてやる」

「勇ましいな。よろしく頼む」

玄慈にうなずきかけたとき、右肩にずきりと痛みが走り、雷蔵は、むっ、と小さくうめき声を発した。

「どうした」

怪訝《けげん》そうに玄慈が雷蔵の顔をのぞき込む。痛みをこらえながら雷蔵はどういうことか語った。

「五十肩か。俺が治してやろうか」

自信満々の表情で玄慈が申し出る。

「治せるのか」

半信半疑の思いを隠さず、雷蔵は問うた。

「相当の痛みを伴うが、必ずよくなる」

「荒療治なのだな。どのくらい痛いのだ」

「熊が吼《ほ》えるような声を上げることになる」

なんと、と思い、雷蔵はぶるぶると首を横に振った。

「それほどの痛みに、俺は耐えられそうにない。ありがたいが、やめておこう」

「雷蔵さんは、人よりずっと性根が据わっているはずだ。いくらすさまじい痛みとはいえ、耐えられるだろう」

いや、と雷蔵はすぐさま否定した。

「それだけの痛みは、さすがにいかぬ。ちょっときくが、その療治を一度やれば治るのか」

「それは無理だ。三日に一度、療治を行うことになるが、少なくとも半月はかかる」

「三日に一度で半月……。つまり、五回も療治を受けねばならぬのか。やはり、あきらめるほうがよさそうだ」

「そいつは残念だ」

雷蔵の療治ができないのが本当に心残りのようで、玄慈が少し肩を落とした。

実は、と雷蔵は玄慈に語りかけた。

「今日から医者にかかりはじめたところなのだ。その医者は必ず治るといってくれた。今はその医者を信じてみたい」

長飛の顔が雷蔵の脳裏をよぎっていった。会いたいな、と思った。

「その医者は女だな」

玄慈がずばりと指摘した。

「よくわかるな」

雷蔵は驚いてみせた。

「おぬしの顔を見ればわかる。惚《ほ》れたのではないか」

「さすがにそれはない。今日、初めて会ったばかりだ」

「一目で心惹かれるなんてことは、珍しくもあるまい」

「それはよくわかるが、惚れたというのとはまた別だ。その女医者には、ちょっと謎があってな」

「ほう、どんな謎だ」

「それは内緒だ。いつか話せるときが来たら、話そう」

「わかった。待っておる」

了解した玄慈が、ふと思いついたような顔になった。

「そういえば、鮫ヶ橋谷町に評判の女医がいると聞いたが、もしやそれではないか」

「当たりだ。さすがだな」

「やはり美しいのか」

「ああ、きれいだったな」

「妻にしたいか」

ずいぶんぐいぐいと切り込んでくるものだな、と雷蔵は内心で目をみはった。

「そこまでは今のところ考えておらぬ」

「今のところは、か。しかし、江戸の雷神が心を奪われるほどの美貌《びぼう》なら、俺もご尊顔を拝しに行ってみるかな。病でもない者が大勢、詰めかけているそうではないか。俺もどこも悪くないが、近いうちに行ってみることにしよう」

その言葉を聞いて、雷蔵は苦笑した。

「おぬし、意外に生臭なのだな」

「意外ということはあるまい。俺は、もともと女を嫌いではない」

「ほう、そうだったか……」

「では雷蔵さん、このへんでな。今からさっそく探索に取りかかることにする」

「よろしく頼む」

「なにかわかったら、必ず伝える」

「かたじけない」

「それから、雷蔵さんを狙っている殺し屋のことも調べてみてよいか」

「調べてくれるのか」

「ああ。こう見えても闇の世に、顔が広いからな」

匠小僧という凄腕の盗賊である。なんら不思議はない。

「それはありがたい」

雷蔵は玄慈に謝意を伝えたが、釘《くぎ》を刺すことも忘れなかった。

「玄慈、決して無理はしないでくれ。殺し屋は三人組だが、そのうちの一人はなかなかの遣い手だぞ」

「わかっている。決して気は緩めん。殺し屋のほうも任せてくれ」

くるりと踵《きびす》を返し、玄慈が足早に歩き出した。その姿はあっという間に小さくなり、見えなくなった。

方角からして、心の臓を抜かれた仏の事件があった市谷柳町に向かったのではなさそうだ。心当たりがあるという薬種問屋に行くのではないか。

「よし、米造、我らもまいるぞ」

米造に声をかけ、雷蔵は玄慈とは逆の方向に足を踏み出した。

空に雲はほとんどなく、吹き渡る風は心地よいが、太陽はすでに傾いており、足元がじんじんと冷えはじめてきている。

刻限は、すでに八つを過ぎているはずだ。秋は日が短い。今日はあまり動けぬかもしれぬな、と雷蔵は空を見上げて思った。

――それにしても、心の臓が抜かれたというのはどういうことなのか。

歩きつつ雷蔵は再び考えはじめたが、わからないままにときがたち、いつしか市谷柳町に足を踏み入れていた。四谷の屋敷から四半刻もかかっていない。

――玄慈もがんばってくれるだろうが、俺が必ず下手人を捕らえてやる。

決意を新たにした雷蔵はいったん足を止めて市谷柳町を見渡し、息を深く吸った。風の冷たさが胸に入り込んできたが、それで気分がしゃきっとした。

再び歩き出し、まず自身番に寄ってみた。ごめん、と声をかけて戸を開けると、線香のにおいが鼻を突いた。

――そういえば、ここに仏が運ばれたとのことだったな……。

自身番には三人の町役人が詰めていた。雷蔵が名を告げると、三人とも度肝を抜かれたらしく、あわてて威儀を正した。

「どうぞ、お上がりになってください」

最も歳のいっている町役人の勧めに従い、雷蔵は雪駄を脱ぎ、狭い座敷に上がった。

座敷の端に箱火鉢が鎮座しており、その上に置かれた鉄瓶がしゅんしゅんと湯気を上げていた。そのためか、自身番の中は少し暑いくらいだった。

雷蔵は三人の前に端座し、町役人たちの顔を順繰りに見ていった。

「俺がここに来たことは、他言無用にしてくれぬか。前《さき》の火盗改の頭として、この町で見つかった心の臓を抜かれた仏の話を聞きたいと思って来たのだが、やはりあまり人に知れてよいことではないゆえ」

冬兵衛から探索を頼まれたことは伏せておくほうがよい、と雷蔵は判断した。

「わかりました」

三人が揃って頭を下げる。

「伊香さま、まずはお茶を差し上げましょう」

若い町役人が鉄瓶に手を伸ばし、手際よく茶を淹《い》れた。茶托《ちゃたく》の上に湯飲みをのせ、雷蔵の前に滑らせてくる。かたじけない、と雷蔵は礼を述べた。

「まことに相済まぬが、例の一件についておぬしらが知っていることを話してくれぬか」

承知いたしました、と若い町役人が三人を代表して語り出した。

雷蔵はすぐに話を聞き終えたが、冬兵衛が伝えてきた以上のものはなく、新たに耳にできた事柄は一つもなかった。

「仏の身元はわかったのか」

「いえ、まだわかっておりません」

うなだれて若い町役人が答えた。

「一刻も早く見つかってほしいのですが……」

「この者が申しましたように、手前どもは縁者が見つかることを心より願っております」

最も歳のいった町役人がすがるような顔つきでいった。

「でないと、仏は無縁墓地に葬られることになってしまいますので……」

「縁者が見つかればよいな」

「はい。そうすれば、仏も先祖代々のお墓に入れましょう」

手を伸ばして湯飲みを取り、雷蔵は茶をすすった。番茶だろうが、ほのかに甘みがあり、うまかった。さして疲れているわけではないが、疲労が取れるような気がした。

雷蔵は湯飲みを茶托に戻した。

「ここに遺骸が安置されていると聞いたが、見せてもらえるか」

「もちろんでございます」

一礼して若い町役人が座敷を下り、雪駄を履いて土間に立った。雷蔵もすぐさま続いた。

町役人が、出入口とは逆の位置にある板戸を開けた。すると、そこから、もわっと線香の煙が漂い出てきた。

そこは座敷の背後に当たる土間のようだ。線香の煙を手で払って、若い町役人が棺桶《かんおけ》に近づき、両手を合わせてから蓋《ふた》をそっとずらした。足を進ませた雷蔵も合掌し、中をのぞき込んだ。

半裸の男がかがみ込んだ姿勢で目を閉じ、うつむいていた。なにか下手人につながるものはないか、と雷蔵は目を皿のようにして死骸を見つめた。首筋に傷があるのが確かめられたが、こうして死骸をじかに見たからといって、手がかりは得られそうになかった。

——そなたをこんな目に遭わせた下手人は、俺が必ず捕らえてやる。

再び合掌し、雷蔵は眼前の仏に向かって固く誓った。死骸から目を離し、棺桶の蓋を閉める。

「手間をかけた」

若い町役人に雷蔵は会釈した。他の二人の町役人にも礼をいって自身番を出る。外で待っていた米造に、待たせた、と声をかけた。

「寒くはなかったか」

箒《ほうき》で掃くように、路上を吹き渡る冷たい風が土埃《つちぼこり》を巻き上げている。

「はい、大丈夫です。手前は寒さに強くできておりますので」

「そうであったな。寒がりの俺にはうらやましい限りだ」

米造を伴って、雷蔵は歩きはじめた。今のところ、どこへ行くという当てはない。

歩きながら空を見上げてみた。太陽はだいぶ傾いている。

もう七つは回っただろう。

疲れたな、と雷蔵は思った。探索はまだまったく進んでいないのに、すでに足にだるさを覚えている。

俺は慣れぬことをしているのだな、と実感せざるを得ない。その上、右肩の痛みが増してきていた。

――五十肩のせいで、歩いているときも体を正しく使えておらぬのだな。妙な動きになってしまっているにちがいない。急な疲れは、そのせいもあるのであろう……。

どこか休めそうなところはないか、と顔を上げて探したところ、団子と染め抜かれた幟《のぼり》が翻っているのが、目に飛び込んできた。

茶店ではないか、と雷蔵は内心で小躍りした。助かった、と天に感謝する。

「米造、あの茶店で一服しよう」

「承知いたしました」

茶店までの半町の距離を、雷蔵は足を引きずるようにして歩いた。

「殿さま、大丈夫でございますか」

前を行く米造が案じ顔を向けてきた。

「ああ、なんとかな」

こんなところを、殺し屋に襲われたらどうなるだろう。そういえば、屋敷を出てからほとんど殺し屋に対する警戒をしてこなかったことに、雷蔵は気づいた。

――油断したな。襲われずに済んで幸いであった。今からは、決して気を緩めぬ。

茶店は功泰寺《こうたいじ》という寺の門前にあった。やれやれ、とつぶやいて雷蔵は縁台に尻を落ち着けた。

やはり座るのは楽で、ほう、と口から吐息が漏れ出た。立ったままの米造に、横に座るよう命ずる。

「えっ、手前も座ってよろしいのでございますか」

　驚いたように米造がきく。

「当たり前だ。早く座れ」

「ありがとうございます」

　うれしげに笑みをこぼし、米造が雷蔵の横に静かに腰を下ろした。ほっとしたように小さく息をつく。

　いらっしゃいませ、と寄ってきた小女に雷蔵は茶を二杯に、二人前の団子を注文した。すぐに茶と団子がやってきた。二人で茶を喫し、団子を食した。

　茶はすっきりとした味わいで、一杯を干す頃には、雷蔵は疲れが癒やされたような気分になった。

　甘みのあるたれがたっぷりとついたみたらし団子はまわりがぱりっとし、中はしっとりしていた。たれと団子が実によく調和しており、小腹が空いていた雷蔵は、付近に警戒の目を放ちながらも夢中になって食べた。横の米造も同じである。

　茶と団子と休息のおかげで、すっきりと疲れが取れたような気がする。雷蔵は代を払うために懐に手を入れ、財布を取り出そうとした。だが、なにか異様な気配を感じ、そちらのほうへ目を向けた。

目の前の道を、白装束に身を固め、両目だけがのぞく黒い面をかぶった五人の男女が行き過ぎようとしていた。五人のうち、女は真ん中を行く一人だけで、あとはすべて男だ。

「何者だ……」

我知らず雷蔵の口から言葉が漏れ出た。

「なにかの宗門ではないでしょうか」

小声で米造が伝えてきた。それを聞いて雷蔵は合点がいった。

「そういえば、新たに興《おこ》った得体の知れぬいくつもの宗門が江戸で流行《はや》っているらしいな」

「ええ、おっしゃる通りでございます。その手の宗門はいくつもあるようでございますが、中には、人々に迷惑を及ぼすものもあると聞いております」

雷蔵たちの前を足早に歩いていく五人も、新たに興った宗門の者でまちがいないようだ。五人は、おどろおどろしい雰囲気をあたり一面に醸《かも》していた。

五人の真ん中を行く女が宗祖のように見えた。その者だけが、他の四人と異なる面をかぶっているのだ。

兜《かぶと》の前立物《まえだてもの》のように、面の額に当たる部分に矢羽根らしき物が五本ほど並んでいた。宗祖の前後を行く四人の男は信者だろうか。

――あの女宗祖はかなり若いようだな。

物腰からして、歳はそんなに行っていない。まだ二十代半ばというところではないか。

――長飛どのと同じくらいか……。

女医者の顔を雷蔵が思い浮かべたとき、ふと視野の端に、一人の男が入り込んできた。土を跳ね上げ、息せき切って走ってくる。男は、五人にまっすぐ向かっていた。

――なにをする気だ。

走ってきた男は、宗祖とおぼしき女のもとに駆け寄ろうとしたようだが、その前に二人の信者が立ちはだかった。

「女房を返せ。返してくれ」

前途を遮られた男が叫び、二人の信者がつくった壁を突き破ろうとする。

だが、二人の信者は岩のように動かず、男は必死にもがいているだけだ。

四人の信者はいずれもがっちりとした体格をしており、いかにも屈強そうである。あの四人は選ばれて、宗祖の警固役を務めているに相違なかった。

男が信者の腕の下をくぐり、すり抜けようとした。だが信者はそれを許さず、男の腕をむんずとつかんだ。

「くそっ、放せ、放すんだ」

男は手を振り回し、信者を拳《こぶし》で殴りつけた。がつっ、と鈍い音がしたが、顎のあたりを殴られたはずの信者は、まったくふらつかなかった。逆に男を、どん、と勢いよく突き飛ばした。

たたらを踏んだが、男はすぐさま体勢を立て直し、必死の形相で突進した。宗祖にむしゃぶりつこうとしたが、再び二人の信者に阻まれた。

残りの二人の信者は、宗祖の背後を動こうとしない。別の狼藉者《ろうぜきもの》が後ろからあらわれないか、警戒しているのだろう。

男は信者の壁を突破しようと身もだえ続け、なんとか宗祖に近づこうとする。あまりのしつこさに業を煮やしたか、二人の信者が容赦なく男を殴りつけはじめた。

顔に何発か拳をもらって、男が悲鳴を上げる。さらにまともに頬を殴られた。

耐えきれずに男は地面に転がり、泥だらけになった。そこに二人の信者が近づき、足蹴《あしげ》にした。

やり過ぎだな、と雷蔵は顔をしかめた。これ以上、傍観するわけにもいかず、茶店を出て二人の信者に歩み寄った。

ひでえな、なんてことするんだい、という声が、茶店の他の客や、路上で足を止めた者たちから上がっている。

足早に進んだ雷蔵は、足蹴にされている男をかばうように立った。

「もうよせ。それ以上やれば、この男は死んでしまうぞ」

二人の信者は、男を蹴るのをやめた。面の中の目が雷蔵を見つめる。

——なんと冷たい瞳をしているのだ。感情がまるで感じられぬ。

「もう十分だろう。下がれ」

雷蔵が静かにいうと、二人の信者が宗祖とおぼしき女に目をやった。

宗祖が凜《りん》とした声音で命じた。

「こちらに来なさい」

二人の信者が素早く宗祖のそばに戻った。

雷蔵は、派手な面越しに宗祖が強い眼差しを注いできているのを感じ取った。宗祖は敵意をもって雷蔵をにらみつけていた。

俺が気に入らぬのか、と雷蔵は思った。

——宗祖は、もっと男を痛めつけさせたかったのか。俺が、その邪魔をしたとでも思っているのか。

雷蔵は宗祖の面に目を据えた。すると、宗祖が目をさらに怒らせた。

なにに腹を立てているのか、雷蔵は内心で首をひねるしかない。

不意に手を動かし、宗祖がもどかしげに面を外した。面越しでは、怒りが雷蔵に伝わらないとでも思ったのかもしれない。

宗祖の顔を目の当たりにして、雷蔵は、おっ、と目をみはった。宗祖はそれほど美しい顔立ちをしていた。

両目をつり上げ、憎々しげに雷蔵を見ている。雷蔵を仇《あだ》とでも見なしているような顔つきだ。

宗祖がぎりぎりと歯を食いしばっているのが、雷蔵にはわかった。

――やはり俺を仇と見ているようだな。この女に会うのは初めてのはずだが、これほどの怒りを買っているのはなにゆえなのか。

実は初めて会うのではなく、雷蔵が宗祖のことを覚えていないだけのことなのか。

だが長飛と同じで、これだけ美しい女を忘れるはずもない。

この女とは一度も会ったことはない、と雷蔵は断じた。

宗祖の中で怒りの炎は、さらに燃え上がっているようだ。

――宗祖が俺に怨みを抱いているのは、もはや疑いようがない。

しかし、これはいったいどういうことなのか。雷蔵は思案してみたが、すぐには答えは出そうにない。

宗祖の顔を見続けているうち、おや、と雷蔵は内心で首をかしげた。どこか宗祖に見覚えがあるような気がしてきた。

――いや、そうではない。

宗祖は、雷蔵が見知っている誰かに似ているのではないか。きっとそうだ、と雷蔵は断定した。

――誰に似ているのか。

この激しい敵意を感じさせる目を、どこかで見たことがある。

――どこで見たのか。

わからない。答えは出てきそうにない。

雷蔵を無言でにらみつけているのにも飽きたか、それとも気持ちが少しは落ち着いてきたのか、女が面をかぶり直そうとした。そのときいきなり顔が赤くなり、激しく咳《せ》き込みはじめた。信者の一人があわてて背中をさする。

やがて咳が止まり、女が表情を平静なものにした。

「まいります」

ぴしゃりとした口調でいうと、四人の信者を従えて歩きはじめた。

雷蔵は見守っていたが、一行は最初の角を曲がり、一瞬で見えなくなった。女宗祖がいやな気を放っていたのか、雷蔵の体に妙な重さが残っている。

——ああ、そうだ。

雷蔵は、信者に足蹴にされた男を思い出した。どんなわけがあってこのような仕儀に至ったのか、事情をきいておいたほうがよい。

だが、男はとうにその場を立ち去ったようで、姿が見えなくなっていた。

——女房を返せといっていたが、あの宗祖の宗門に奪われてしまったのか。

ある一つの宗門にはまってしまい、宗祖のそばに仕えて、信仰を極めようとする者は跡を絶たないようだ。

それにしても、と雷蔵は腕組みをして考え込んだ。宗祖は誰に似ているのか。

雷蔵は頭の中を必死に掘り起こそうとした。

だが、わからない。雷蔵の身を案じたらしく、米造がそばに来ていた。

「米造、今の者たちがなんという宗門か、知っているか」

「いえ、わかりません。宗門ではなく、神道なのかもしれませぬが……」

「神道か、なるほどな」

「大きな声ではいえませぬが、今の政《まつりごと》に不満を持つ者は巷《ちまた》にとても多く、その手の者たちが、有象無象《うぞうむぞう》の宗門や神道に救いを求めているという話はよく聞きます」

政を行う者は、と雷蔵は思った。誰よりもしっかりしていなければならない。しかし、いま上にいる者たちは、庶民のことなどまるで考えていない。ただ私欲に走っている。それでは人々の不満は募っていくだけだろう。

——なんとかして、誰もが幸せになれる江戸をつくりたいものだ。

すると、先ほどの女宗祖の顔がよみがえった。怨みのこもった目で、雷蔵を見つめている。おまえにそんなことができるはずがない、庶民を救えるのは自分たちだ、とでもいいたげだ。

女宗祖の顔が、一人の男の顔と重なった。

——あれは……。

雷蔵はすかさず記憶の糸をたぐろうとした。

今度はするすると思い出すことができた。

——そうか、宗祖が似ているのは、あの槍《やり》の男だ。

雷蔵の頭の中で、一つの顔が明確な像を結んだ。雷蔵は刀を得物に、槍を持つ男と戦っていた。

何度も賭場《とば》荒らしを繰り返していた男に、あの宗祖は面立ちが似ていた。

——もしかすると、妹かもしれぬ。

仮に妹でなくとも、宗祖は、賭場荒らしの男ときっと血のつながりがあるのではないか。他人の空似という言葉もあるが、血縁であるからこそあんなに似ているのではないか。

――宗祖は、俺があの賭場荒らしの男を手にかけたことを知っているのだ。

それはまちがいないのだろう。憎悪にあふれたあの瞳は、そういうことなのではないか。

――俺は宗祖の兄を殺した。それゆえ強い怨みを持たれているということか……。

雷蔵は、自分の手のひらをじっと見た。賭場荒らしは、まだ火盗改の頭だったときにこの手で討ち取った。

あれは二年ほど前のことである。まだ三十前と思えた男は宝蔵院《ほうぞういん》流槍術《そうじゅつ》の達人で、とてもではないが、余人に任せられる腕ではなかった。

火盗改の中で最も強い雷蔵が相手をするしかなかったが、生きて捕らえることは至難の業《わざ》だった。男を討ち取るしか、道はなかったのである。

――ああ、まさか……。

あることに気づいて雷蔵は、はっとした。殺し屋は、あの宗祖が送り込んできたのではないだろうか。

十分にあり得ることだ。だが、とすぐに思った。二年前のことなのに、なにゆえ今頃になって復讐をはじめたのか。

とにかく、と雷蔵は目を前に据えた。

——あの宗祖のことを、徹底して調べてみたほうがよい。

宗祖たちの一行が消えていった角に強い眼差しを注いで、雷蔵は決意した。

どうすれば宗祖のことを調べられるか。

まずは、と雷蔵は考えた。宝蔵院流の達人だった兄とおぼしき男を、調べるのがよいのではないか。

そうすれば、おのずと宗祖のことも判明するのではないだろうか。

第二章

一

起きてからまだあまりときがたっていないこともあり、さほど腹は空いていない。

だが、朝餉を食べておかないと力が出ないことを、安斎六右衛門はよく知っている。

女中のおゆきが運んできた膳に、目を落とす。白飯が盛られた茶碗《ちゃわん》に、おかずは五切れのたくあんのみだ。それに、いかにも薄そうな味噌汁《みそしる》がついている。

商家の奉公人の食事が質素とはよく耳にするが、両替商の三笠屋《みかさや》においては、用心棒に対する扱いも変わらないようだ。

「どうぞ、お召し上がりください」

どこか済まなそうな顔で、おゆきが勧めてくる。

一礼して箸を取り、六右衛門は茶碗を持った。白飯を口に運んでみると、ぼそぼそしていた。たくあんはとびきり塩辛く、二切れで白飯一膳は軽くいけそうだ。案の定というべきか、味噌汁はろくに味がなく、具もほとんど入っていなかった。

こんな食事でも、六右衛門にとってありがたいことこの上ない。あるじの紀左衛門《きざえもん》からは、白飯はいくらでも食べてよいといわれている。ぼそぼそであろうと、白飯はやはりうまく感じられるものだ。

国元では、五分《ごぶ》搗きの飯ばかり食べていた。それが当たり前だったときにはなにも感じなかったが、こうして白飯ばかり出てくる江戸での生活を続けていると、以前の暮らしには二度と戻れないような気がする。

むろん白飯だけでなく、江戸はなにもかもがちがう。日本一の大都会というにふさわしい町なのだ。

「おかわりはいかがですか」

給仕をしてくれているおゆきにきかれた。たくあんは、まだ三切れ残っている。これだけあれば、あと二膳は軽くいけるだろう。

「では、いただこう」

六右衛門はおかわりをもらい、たくあんをぼりぼりとかじった。

結局、全部で三膳の白飯を胃の腑《ふ》におさめ、味噌汁をぐびりと飲み干して、箸を置いた。満腹になり、六右衛門はすっかり満足した。湯飲みに手を伸ばし、茶を喫する。

茶は出がらしということもなく、なかなかおいしかった。国元では飲んだことのないような、こくと甘みが感じられる。

——そういえば、三笠屋は茶だけは贅沢《ぜいたく》しているといっていたな。

貧乏暮らしそのものだった在所の武家と、儲かってしようがない江戸の両替商では、暮らしぶりはまるで異なるのだ。

「ところで、三笠屋の身に別条ないか」

六右衛門はおゆきにきいた。昨夜の八つ頃まで紀左衛門の近くで警固をしていたが、その後、この部屋に移り、一眠りした。むろん、なにか変事があった際にはすぐ起きられるよう熟睡はせず、神経をそばだてていた。

「はい、お元気にしておられます。なにもありません」

「それならよい」

ふう、と息をついて六右衛門は湯飲みを膳に戻した。

「安斎さま、お食事はもうよろしいですか」

「うむ、十分だ。馳走《ちそう》になった」

腹を軽くさすって六右衛門は顎を引いた。

「では、お下げいたしますね」

手際よく食器を片づけたおゆきが膳を手に立ち上がり、腰高障子を開ける。敷居を越えて、失礼いたしました、と腰高障子を閉めた。

六右衛門は目を閉じた。剣吞な者がこの店に近寄ってきていないか、あたりの気配をじっくりと探ってみる。

——なにも感じぬな。

今のところは安全のようだ、と六右衛門は判断した。

ふと、廊下をこちらに渡ってくる足音が聞こえてきた。六右衛門は目を開けた。

「安斎さま」

腰高障子越しに声をかけてきたのは、この店のあるじ紀左衛門である。

「三笠屋、おはよう」

腰高障子が開き、紀左衛門が顔を見せる。

「おはようございます。もう朝餉はお済みですな」

敷居際に端座して紀左衛門がきいてきた。

「先ほど済ませた」

「では、ちと失礼させていただきますよ」

立ち上がって敷居を越えた紀左衛門が、腰高障子を後ろ手に閉める。

「三笠屋、変わりはないか」

紀左衛門を見上げて六右衛門は問うた。

「はい、なにもございません」

六右衛門の前に端座して、紀左衛門がにこりとする。日本橋長谷川町《にほんばしはせがわちょう》にある両替商のあるじだけに、さすがに貫禄が感じられる。

以前、六右衛門は口入屋《くちいれや》の高崎屋《たかさきや》の周旋で三笠屋の用心棒を務めたことがあり、今回が二度目だ。

六右衛門は紀左衛門の顔をじっと見た。前回の用心棒のときより顔色がよくないような気がする。どこか具合が悪いのではないか。

六右衛門がそのことを質そうとする前に、紀左衛門がかしこまってたずねてきた。

「安斎さま、朝餉はいかがでございましたか。お口に合いましたか」

「うむ、とてもうまかった」

世辞などではなく、六右衛門は本音を口にした。

「いつも粗末な物ばかりで、まことに申し訳ございません」

膝に両手を置いて、紀左衛門が頭を下げる。あまり済まなそうな顔ではなかったが、とんでもない、といって六右衛門は手を振った。

「俺には、十分すぎるほどの食事だ。ありがたくてならぬ」

「そうおっしゃっていただけると、ほっといたします」

にこやかに笑っている顔だけ見ると、ただの好々爺《こうこうや》としか思えないが、実際には、あくどく儲けていることで悪評が高い両替商の主人である。

「それで三笠屋」

背筋を伸ばして六右衛門は水を向けた。

「昨日もきいたが、命をもらうとの書状を送りつけてきた者に、まことに心当たりはないのか」

六右衛門に問われて、紀左衛門が難しい顔になる。

「心当たりがないというより、多すぎるというのが実のところでして……」

「おぬしは、それほど多くの者から怨みを買っているのだな」

「はあ、申し訳ございません」

「町奉行所には、脅しの書状が送りつけられたことを届けたと申したな」

「はい、届けました」

紀左衛門が苦虫を噛み潰したような表情になった。

「しかし、御番所に届けたところで、手前の命を守ってくれるわけではありません。手前が心より頼りにしているのは、安斎さまのみでございますよ」

「三笠屋、脅しの書状をもう一度、見せてくれぬか」

「お安い御用でございます」

懐に手を入れ、紀左衛門が一枚の紙を取り出す。どうぞ、と差し出された紙を受け取り、六右衛門は目を落とした。

『三笠屋の所業、言語道断。生かすべからず。覚悟あるべく候』

ただこれだけしか書かれていないが、この書状を記した者の気持ちが、ひしひしと伝わってくる文面だと六右衛門には思える。

「なかなかの達筆だ」

「ええ、まことに」

おもしろくなさそうな顔で紀左衛門がうなずく。

「これを書いたのは武家かもしれぬ……」

「張本人がお侍だとおっしゃいますか」

「むろん、達筆の町人などいくらでもいるだろうが、俺は侍が送りつけてきたような気がしてならぬ」

「さようにございますか。お侍……」

　眉根を寄せて紀左衛門が首を何度か振った。

「三笠屋、侍に心当たりはないか」

「お武家でございますか。今のところはぴんとくるお人はおりませんが……。わかりました、ちと考えてみることにいたします」

「それがよかろう」

「では安斎さま、これより手前は仕事に励むことにいたします」

「その前に三笠屋、よいか」

「はい、なんでございましょう」

　座り直して紀左衛門が首をかしげる。

「おぬし、どこか具合が悪いのではないか」

「えっ」

　紀左衛門が驚きの顔を見せる。

「安斎さま、なにゆえおわかりになるのでございますか」

「やはり悪いのか。なに、顔色がすぐれぬように見えたのでな」

「ああ、顔色が……」

表情を苦いものにして、紀左衛門がそっと胸に手を置く。

「実は、心の臓がよくないのでございますよ」

「心の臓が……。胸が痛むのか」

「ときおり、きゅんと縮むように痛みます」

「それは心配だな。医者には、かかっておるのか」

「いえ、かかっておりません」

紀左衛門が平然と口にした。なに、と六右衛門は驚いた。

「なにゆえかからぬ」

唇をねじ曲げ、紀左衛門が顔をゆがめた。

「医者には藪《やぶ》が多く、その上、金ばかりかかるからでございます」

「しかし、ここは江戸だ。捜せば、よい医者はいくらでもおるであろう。おぬしほどの金持ちだ。体のためなら、金が惜しいということもなかろう。腕のよい医者に診てもらわねば、治るものも治らぬぞ」

「手前は、とてもよい薬種問屋を存じております。伊豆見屋《いずみや》さんというのでございますが、実に効き目のよい薬を調合してもらっております」

「その薬はまことに効いておるのか」

「ええ、よく効いておりますよ。実は手前は一時、寝込むほど悪かったのでございますが、伊豆見屋さんの薬を飲み続けて、また仕事ができるまでに回復いたしました」

「そうか、おぬし、寝込んでいたのか」

六右衛門は目をみはってたずねた。

「最初に安斎さまに用心棒のお仕事をお願いし、それが終わってすぐのことでございましたな。匠小僧に盗みに入られないかと、張り詰めていた気が緩んだせいだったのかもしれません。急に胸が苦しくなって、気を失ったのでございますよ」

「そんなことがあったのか。無事でなによりだったが、そのときも医者に診てもらわなかったのか」

「診てもらいました。しかし、その後、法外な代を求められましてな。それで、手前は医者に懲りたのでございますよ」

「おぬしの病を治すなど、その医者は腕がよかったのではないか」

「腕がよいなどとんでもない。なにもしなかったようでございますよ。眠っている手前に、さじを使って葛根湯《かっこんとう》を何度かすすらせただけと聞きました」

「葛根湯か。あれは風邪《かぜ》の引きはじめにはよく効くが、心の臓にはどうなのかな」

「その医者によれば、とても効くそうでございます」

突然、ははは、と紀左衛門が馬鹿にしたような声を出した。

「まったくとんだお笑い草でございますよ。どんな病でも葛根湯を飲ませておけばよいという医者は、葛根湯医者と呼ばれて蔑《さげす》まれておりますが、まさか手前がその手の医者にかかることになるとは、夢にも思いませんでした」

紀左衛門が医者に懲りたというわけが、六右衛門にもわかったような気がした。

「医者のほかにも、怪しげな宗門の宗祖や紛《まが》い物の祈禱師《きとうし》などが、うちに来たそうでございますが、番頭が追い払った由にございます」

「その手の者は、いったいどこで聞きつけるのかな」

「さあ、わかりませんな。金目当てに医者が漏らすのかもしれませんよ。むろん、手前もその手の者どもを、信用しておりません。江戸には、隙《すき》あらば金を巻き上げてやろうとするその手の輩がたくさんおりますから、安斎さまもどうか、ご用心くださいまし」

「ああ、用心しよう」

「なにしろ、ご老中さまに取り入っている宗祖もいるそうでございますよ」

「ほう、老中に。いったい誰だ、その懐の甘い老中は」

「いえ、手前もそこまでは存じません」

なんとなくだが、六右衛門は、老中首座の松平《まつだいら》伊豆守《いずのかみ》ではないかという気がした。六右衛門が手にかけた主君の仁和越前守長茂《にんなえちぜんのかみながもち》の実兄である。

——俺が江戸にいると知ったら、松平伊豆守は刺客を送り込んでくるであろうな。

いや、もうそのことを知っているのではないか。なにしろ六右衛門は、すでに国元からの討手《うって》と刃《やいば》を交えているのだから。江戸での居場所は、松平伊豆守に知られていると考えたほうがよい。

「それで安斎さま」

紀左衛門が呼びかけてきた。

「心の臓の薬がそろそろ切れそうですので、今日、伊豆見屋さんにまいろうと思います。どうか、お付き合いのほどを」

「もちろんついていくが、伊豆見屋にはおぬし自ら行くのか」

「さようにございます。伊豆見屋さんから、家でじっとしているのではなく、できるだけ体を動かしたほうが、心の臓にはよいといわれておりますので」

「なるほど。それはそうかもしれぬが、おぬしは命を狙われているのだぞ。家でおとなしくしているほうがよいと思うが」

いえいえ、といって紀左衛門が首を左右に振った。

「そのために、手前は安斎さまを雇っているのですから」

「それはそうだが……。むろん、おぬしのことは力の限り守るつもりだ。それで三笠屋、伊豆見屋はどこにある」

「ここから西へ十二、三町ほど行った本石町《ほんごくちょう》二丁目にございます」

「十二、三町か。運動には、ちょうどよいかもしれぬな」

「手前もそう思います。伊豆見屋さんには昨日、行ってもよかったのですが、確か休みだったはずなので……」

なに、と六右衛門は声を上げた。

「伊豆見屋は商家なのに、休みの日を設けているのか」

「さようにございます」

驚くのも無理はないといいたげな顔で、紀左衛門が肯定する。

「伊豆見屋さんは、奉公人のためにひと月に一度は店を休みにしておりますよ」

「それはまた珍しい」

店というのは正月に一日か二日、休むのがせいぜいで、ほとんど無休なのが当たり前なのだ。

「伊豆見屋さんは、とにかく儲かっていますからね。余裕があるのですよ」

「この店も儲かっているだろう。休みはあるのか」

「うちは伊豆見屋さんに比べたら、儲かっているとはとてもいえません。ですので、休みは正月だけです。奉公人は、年に二度の藪入《やぶい》りのときに休めます」

年に二度か、と六右衛門は思った。それはまた厳しいものだ。

主家だった仁和家で六右衛門は使番を務めていたが、月のうち半分は休みだった。月の二十日が休みという役目の者も稀《まれ》ではなかった。年に二日しか休みがないなど、商人というのは大変なものだ、と感じざるを得ない。

「ところで、伊豆見屋で扱っている心の臓の薬は、高価なのではないか。薬九層倍というくらいだ」

薬は元値の九倍の値で売られているという意味である。

「むろんお安くはございませんが、よく効いておりますし、自分の命に関わることですので、代金が惜しいとはまったく思いません。なんといっても、体が健やかであることが第一でございますから」

「まことその通りだな」

では、といって紀左衛門が軽く頭を下げた。

「手前は、ただ今より仕事に励むことにいたします」

よっこらしょ、と紀左衛門が大儀そうに立ち上がり、部屋を出ていく。

六右衛門も腰を上げ、刀を手にした。紀左衛門のあとを追い、帳場の背後の間に入る。刀を抱いて畳に座し、襖を三寸ほど開けて、紀左衛門の仕事ぶりが見えるようにした。

間口に面している帳場の床は二尺ほどの高さがあり、咄嗟《とっさ》には上がれない造りになっているとはいえ、いつ金目当ての者が外からやってくるか、知れたものではない。店が開いているあいだは、紀左衛門から離れないほうがよい。

午前一杯、紀左衛門はほとんど休むことなく仕事をこなしていた。昼の九つの鐘が鳴るやいなや文机《ふづくえ》の帳面を閉じ、六右衛門のほうを振り返った。

「安斎さま」

六右衛門は襖を横に滑らせ、紀左衛門から自分の顔が見えるようにした。

「今から伊豆見屋さんにまいろうかと存じます。お供をお願いいたします」

承知した、と答えてすっくと立ち上がり、六右衛門は刀を帯びた。昼餉はどうなるのか、とさもしい考えを抱いたが、それを察したかのように紀左衛門が言葉を添えた。

「安斎さま、おなかがお空きでしょう。昼餉は途中でよさそうなお店を見つけて、そこでいただきましょう」

それを聞いて、六右衛門は密《ひそ》かに安堵《あんど》の息を漏らした。

二

今朝も冷え込んだ。

かなり厚く着込んだのに、冷気が衣服の隙間を狙うかのようにじんじんと入り込んできて、震えが止まらない。

これだけ寒いのなら、と雷蔵は思った。あと数日のうちに氷が張っても、不思議はない。まだ氷が張っていないのが、むしろおかしいのではないか。

先ほど朝餉を食べ終えたばかりだが、今朝は温かな味噌汁が特においしく感じられた。

食事のあとに厠《かわや》へ行き、用を足した雷蔵は、手水場《ちょうずば》の前で深呼吸した。覚悟を決めて手を洗う。

脳味噌まで凍りそうな水の冷たさだ。なんとか手を洗い終えて、自室に戻った。

——さて、今日はどうするか。

本来なら、冬兵衛に頼まれた心の臓を抜かれた死骸の下手人捜しに勤《いそ》しまなければならない。

だが、その前に片づけておきたいことがあった。殺し屋のことだ。殺し屋がいつ襲ってくるかわからないまま、下手人捜しはしたくない。雷蔵に襲いかかってきた殺し屋は、凄腕だった。少しでも油断すれば、命を奪われかねない。

もし本当に、女宗祖が兄の仇を討つために殺し屋を遣わしたのだとしたら、冬兵衛には申し訳ないが、今はそちらの探索を優先したい。

そうしよう、と決断して雷蔵は畳を横切り、庭に面した腰高障子を開けた。音を立てて吹き込んできた風は、一瞬で顔がこわばるほど冷たかった。

手のひらに息を吹きかけて、沓脱石《くつぬぎいし》の上の雪駄を履いたが、足の裏はまるで氷を当てられたかのようだ。

悲鳴が出そうになるのをなんとかこらえて濡縁《ぬれえん》を下り、庭を歩いて屋敷の裏手に回った。

そこには、小さな蔵のような建物がある。父の丙蔵がつくった書庫である。

鍵を使って解錠し、冷え切った扉を開ける。父が晩年に建てたものだけに、そんなに古い建物ではないが、かび臭さが鼻を突いた。

ここ最近、ほとんど風を入れていなかったことを雷蔵は思い出した。入口の扉は開けっ放しにして、足を踏み出す。

中には雪の朝のような冷気が居座っていたが、体に力を入れて進み、奥にある小窓の戸を横に滑らせた。

身を切るような風が吹き込んできて、雷蔵は声を上げそうになった。それでも、かびのにおいがだいぶ薄まったのが知れて、ほっとした。

小窓は明かり取りの役目も果たしており、書庫内がうっすらと明るくなっている。

この書庫には、雷蔵が火盗改の頭だったときに扱った全事件の口書《くちがき》の写しが保管されている。原本は、今の火盗改の頭である林勇之助の屋敷に、当然のことながらすべて移された。

背の高さほどの書棚の前に、雷蔵は立った。ここに、口書の写しが束になって置かれているのだ。

――このあたりではなかったか……。

見当をつけて手を伸ばし、雷蔵は一冊の分厚い帳面をつかんだ。その帳面を手に小窓に近寄り、そこから入る光を頼りに、中身をじっくりと見た。

「あった」

我知らず声が出た。

「これだな」

二年前の秋口に起きた事件の詳細に、目が引きつけられる。

宝蔵院流の達人だった賭場荒らしの事件の顚末《てんまつ》が記されていた。

雷蔵が斬り殺した賭場荒らしの男は、名も住処もいまだにわかっていない。宝蔵院流の槍の達人だったことから、道場のほうもとことん調べてみたが、どこで修行していたのか、判明しなかった。

結局、無宿人という判断がなされ、遺骸は無縁墓地に葬られた。

賭場荒らしの男は雷蔵に討ち取られるまで、全部で六カ所の賭場を襲い、やくざ者を何人か殺して、大金を奪っていた。

次に襲うのは、陣鳴寺《じんめいじ》という寺にある賭場ではないかと雷蔵はにらみ、胴元のやくざ者のような形《なり》をして待ち構えていた。

——あのとき、俺はなにゆえあの男を待ち受けることができたのか。

それまでに襲われた六カ所の賭場の場所に、絵地図で改めて印をつけてみたところ、円を描いているように見えたのである。印と印のあいだが最も空いている場所に位置する賭場が、次に狙われるのではないかと、雷蔵は踏んだのだ。

五カ所の賭場が襲われたときにはすでに絵地図には印をつけていたのだが、そのときは円を描いているように見えなかった。どちらかといえば、四角に見えた。

その円の中心に、と二年前に雷蔵は考えた。賭場荒らしの男は住んでいたのではないか。

そのため実際に数人の配下を派遣して、あたりの町を徹底して調べさせた。宝蔵院流に限らず槍の道場も探らせた。だが、男の住処を特定するには至らなかった。

——よし、今度は俺が調べてみるか。さすれば、あの宗祖の女と賭場荒らしの男の関わりが必ずわかるはずだ。

口書の写しを書棚に戻し、雷蔵は書庫を出た。扉を閉め、錠をかちゃりとかける。

長く蔵の中にいたせいで、さすがに体が冷え切っている。早く火鉢に当たりたかった。

自室に戻り、文机の前に腰を下ろす。火鉢を引き寄せ、両手をかざすと、体がじんわりと温まりはじめた。あまりの心地よさに、吐息が漏れ出る。

紙を何枚か用意し、硯《すずり》で墨をすった。賭場荒らしの男の顔を思い出しつつ、雷蔵は筆を動かした。

人相書を十枚きっかり描き、墨が乾くのを待って折りたたみ、懐にしまい込んだ。

次に、女宗祖の人相書に取りかかった。こちらも、ちょうど十枚描いた。

——なかなかよく描けているな……。

まさしく自画自賛ではないか、と雷蔵は独りごちた。厚い裏地がついた袷《あわせ》を着、襟巻を首に巻いて廊下に出た。

広間に向かおうとしたが、用人の田浦栄之進が急ぎ足でこちらへやってくるのが見えた。

「殿、お客さまでございます」

雷蔵の前で立ち止まった栄之進が低頭した。

「客人……」

それはまた珍しいな、と雷蔵は思った。火盗改の頭をやめさせられてから、この屋敷に来客など滅多にない。北町奉行の冬兵衛は、数少ない例外である。

「どなただ」

「市岡《いちおか》さまでございます」

一瞬、それが誰のことを指しているのか、雷蔵はぴんとこなかった。

「若年寄の市岡さまか」

「はっ。市岡三左衛門《さんざえもん》さまでございます」

「なんと……」

雷蔵は驚くしかない。まさか若年寄がこの屋敷に来るなど、考えたこともなかった。

──俺が火盗改の頭を務めているのなら、まだわからぬでもないが……。

「市岡さまは、どのようなご用件で見えた」

「それが、なにもおっしゃっておりませぬ。伊香どのはおられるか、とだけおききになりました」

そうか、と雷蔵はつぶやいた。なにか危急の事態が出来したのだろうか。

——だが今の俺に、若年寄自ら知らせに来るものだろうか。

「市岡さまは、どこにいらっしゃる」

「客間にお通しいたしました」

「そうか。栄之進、客間に茶を二つ、頼む。取って置きのやつだ」

「承知いたしました。湯は沸いておりますので、すぐにお持ちできるかと存じます」

「そうか、頼んだ」

一礼して栄之進がその場を去った。刀はいらぬな、と考えて雷蔵は自室に入り、愛刀の伊勢守重郷《いせのかみしげさと》を刀架に置いた。踵を返すように部屋を出て、足早に廊下を進む。

いま刻限は、朝の五つくらいだろう。若年寄が千代田城へ出仕するのは四つのはずだ。

——市岡さまは登城される前にいらしたのか。それとも、今日は非番なのか。

玄関そばの客間の前に立ち、雷蔵は軽く息を吸った。

「伊香でございます」

小腰をかがめ、雷蔵は静かに襖を開けた。座布団に端座する侍の姿が目に入る。目尻を柔和に下げて、三左衛門が軽く手を上げた。失礼いたします、と頭を下げて雷蔵は座し、三左衛門にそっと目を当てた。

歳は四十五、信州で三万石を領する譜代大名である。

なにが入っているのか、三左衛門のかたわらに大きめの巾着袋が置かれていた。きっと大切な物にちがいなかった。

「突然に済まぬ」

三左衛門が謝してきた。

「前触れもなくやってきて、さぞや驚いたであろう」

「はっ、正直に申し上げれば……」

「ちと気になることを小耳に挟んだものでな」

深刻そうな顔で三左衛門が語る。

「どのようなことでございましょう」

気にかかり、雷蔵はすぐさまうながした。だが、三左衛門が答えようとする前に、襖越しに栄之進の声が聞こえた。

「お茶をお持ちいたしました」

「入ってくれ」

雷蔵が命じると、襖が横に滑り、敷居際に座る栄之進が辞儀した。盆を左手で持ち上げて、客間に入る。三左衛門と雷蔵の前に茶托を置き、その上に湯飲みをのせた。

「失礼いたします」

頭を下げ、栄之進が客間を出る。一礼して襖を閉めた。足音が遠ざかっていく。

「どうぞ、お召し上がりください」

三左衛門に微笑みかけて雷蔵は茶を勧めた。

「では、遠慮なく」

手を伸ばした三左衛門が湯飲みの蓋を外して、茶托の脇に置く。湯飲みを口元に持っていき、茶をすすった。

ほう、と三左衛門が嘆声を漏らす。

「これは、甘みがあってうまい茶だな」

「おほめいただき、ありがとうございます」

「伊香どのは、このような茶をいつも飲んでおるのか」

うらやましげな顔で三左衛門がきいてきた。

「とんでもない」

湯飲みを手に雷蔵はかぶりを振った。

「いつもは番茶をいただいております」

「それを聞いて、ほっとした」

頬を緩め、三左衛門が湯飲みを茶托に戻す。

「内証が豊からしいので、伊香どのはいつもこのような茶を飲んでいるのかと思った」

「長崎奉行を務めた父のおかげで、少々の蓄えはございますが、さすがに贅沢ができるほどのものではありませぬ」

「まあ、そうであろうな。その気になれば、どんな大金であろうと、一瞬でなくなってしまう。それゆえ、金というのは大事に使っていかねばならぬ」

「おっしゃる通りにございます」

雷蔵も一口だけ茶を喫した。ほんのりとした甘みと、ほどよい苦みが口中をさっぱりと洗い流していく。取って置きだけのことはあり、さすがにうまいな、と感じ入った。

——こんなにおいしい茶を飲めて、俺は幸せ者だ。

若年寄を前にして、雷蔵はそんなことをしみじみと思った。湯飲みを茶托に置き、三左衛門を見る。

「それで市岡さま、気になることとは、いったいどのようなことでございますか」

「おお、それであった」

膝をはたいて、三左衛門が真剣な目を雷蔵に据えてきた。さすがに若年寄を長年務めているだけのことはあり、その眼差しには迫力があった。

雷蔵は、体が自然にかたくなるのを感じた。そのせいなのか、右肩にずきりと痛みが走った。平然とした顔を崩さずにいるのに、かなりの苦労を必要とした。

「おぬしのことだ」

三左衛門にずばりといわれ、なんのことだろう、と雷蔵は瞠目せざるを得なかった。

「それがしのこと……」

そうよ、と三左衛門が首を縦に振った。

「おぬし、五十肩になったそうではないか」

それが市岡さまの気になることなのか、と雷蔵は戸惑った。

「確かにそれがしは五十肩で悩んでおりますが、市岡さまは、なにゆえそれをご存じなのですか」

五十肩について、雷蔵は三左衛門に話したことはない。なにより、五十肩になってから、会ったことは一度もないのだ。三左衛門が、雷蔵が五十肩をわずらっていることを知っているはずがない。

「若年寄を甘く見るでない」

三左衛門が笑みを頰に刻む。

「おぬしが五十肩に苦しんでいることなど、とうに知っておったぞ」

「さようにございましたか」

なにか興を惹くようなことがあれば、三左衛門の耳に入れようとする者が、少なからずいるのだろう。

「伊香どのは、医者にかかっているのか」

「かかっております」

「その医者で五十肩は治りそうか」

もしや市岡さまは、と雷蔵は思った。名医を紹介してくれるのだろうか。

「それがしがかかっている医者によれば、ときはかかるものの、治るそうでございます」

そうか、と三左衛門が弾んだ声を上げた。

「ときがかかるのか」

「少なくとも二月はかかるようにございます」

「二月は長いぞ」

「おっしゃる通りでございます。それでも治るのならば、それがしはとてもありがたく思っております」

「実は、二月も待たずに済む手立てがある」

「どのような手立てでございましょう」

期待を抱いて雷蔵はきいた。

「わしが治してやろう。まことに二月はかからぬぞ」

思ってもいなかった言葉に、雷蔵は大きく目を見開いた。

「市岡さまが……」

「そうだ。わしはいま鍼に凝っているのだ。肩こりに悩む家臣たちを次々に治してやっている。わしの鍼の効き目は素晴らしいぞ」

「さようにございますか……」

三左衛門がかたわらの巾着袋を持ち上げた。

「端《はな》からそのつもりで、鍼の道具もこうして持ってきた」

巾着袋には鍼の道具が入っていたのか、と雷蔵は合点した。

「どうだ、伊香どの。わしの鍼を受けてみるか」

雷蔵は答えに窮した。以前、鍼医が治療中に患者を死なせてしまったという事例を聞いたことがある。そのこともあり、正直、遠慮したい。

だが、若年寄がわざわざ自分の身を案じて来てくれたのだ。厚意を無にすることなど、できるわけがない。

「決してへまはせぬ。心安らかにわしの腕前をご覧《ろう》じろ」

雷蔵を安心させるように、三左衛門がにこりと笑った。

「あの、今日、市岡さまはご登城されずともよろしいのですか」

「今日は午後から登城すると、すでに伝えてあるゆえ、案じずともよい」

もはや雷蔵は、腹を決めるしかないのを覚った。

「わかりました。では市岡さま、よろしくお願いいたします」

三左衛門に向かって雷蔵は頭を下げた。三左衛門が破顔する。

「よし、決意されたか。では、早速はじめるとしよう。伊香どの、痛いのは右肩だな」

さようにございます、と雷蔵は答えた。

「よし、座布団を敷き、その上にうつぶせになってくれ」

雷蔵はいわれた通りにした。三左衛門が目を爛々《らんらん》と輝かせ、懐から手ぬぐいを取り出して、畳に敷いた。

巾着袋の中から道具を出し、手ぬぐいの上に並べる。細い鍼とそれよりやや太い鍼が一本ずつに、木槌《きづち》が一本である。

「あの、道具はそれだけでございますか」

意外に感じて雷蔵はきいた。鬼籍に入ってしまった阿波路鍼所の唐久は、五、六本の鍼に木槌を二本、いつも使っていた。

「伊香どのは、もっと多いのではないかと思ったか」

「はい。たくさんの種類の鍼を、お使いになるのだと思っておりました」

「確かに、本物の鍼医はたくさんの鍼を使いこなしておるな。しかし、わしはまだ修業中の身ゆえ、これだけだ」

「なるほど……」

「よく屋敷に呼んでいた鍼医から、わしは鍼を教わった。だが、その鍼医が亡くなってしまい、跡継ぎもいなかったゆえ、わしは、鍼医の内儀から、この道具を形見としてもらったのだ」

この話を聞いて雷蔵は、おや、と気づいた。

「その鍼医というのは、唐久どのではございませぬか」

おっ、と三左衛門が声を発した。

「存じておったか」

「阿波路鍼所へはたまにしか行かなかったのですが、唐久どのの腕のよさはよく知っておりました。亡くなってしまい、まことに残念でございます」

「わしも唐久の死が惜しくてならぬ。そういえば、阿波路鍼所はこの近くであったな」

「はっ。十町ほどしか離れておりませぬ」

「その唐久のお墨付ゆえ、わしの腕前はなかなかのものよ。伊香どの、大船に乗ったつもりでおればよい」

「わかりました」

唐久から手ほどきを受けていたのなら、信じてもよいかもしれない。いや、信じるべきだろう。

「気楽にな。力を抜いてくれ」

にじり寄ってきた三左衛門が、雷蔵の右肩に触れる。軽く指先でもんだ。

「痛いかな」

「はい、少し……」

三左衛門が指を動かし、もむ場所をかいがね（肩甲骨）の近くに変えた。すると、いきなり激痛が走り、雷蔵の体が自然にびくりと浮き上がった。

「痛いか」

「はい、悲鳴が出そうでございます」

「それも道理よ。ここに悪いやつがおる」

再びかいがねのそばに軽く触れて、三左衛門が断じた。

「えっ、悪いやつでございますか」

顔を上げて雷蔵は問うた。

「そうだ。ここだけ、かたいはずの筋肉が豆腐のようにぐにゃりとやわらかくなっておる。その豆腐の中に、かたい一本の筋がある。それが悪いやつだ」

「その一本の筋が、五十肩を引き起こしているのでございますか」

「まあ、そういうことであろう」

三左衛門が深く顎を引いた。

「なにゆえ体の中に悪いやつができるのか。唐久によれば、歳を取ると、筋肉が熱を持ち、ただれることがあるらしい。ただれは肩の関節近くに出やすく、それが神経を冒すゆえ、ひどい痛みにつながるようだ。筋肉がぐにゃりとやわらかくなっている部分がただれたところで、かたい一本の筋が神経ではないかと、わしはにらんでおる」

「ああ、そういうことでございますか」

雷蔵は納得がいった。そこまでは長飛も教えてくれなかった。

もっとも、蘭医と鍼医では、五十肩についての考え方が異なるのかもしれない。

「今から鍼を用いて、悪いやつを取り除こうと思う。取り除くといっても、かたくなっている神経をやわらかくするだけだ。さしてときはかからぬ」

「よろしくお願いいたします」

うむ、とうなずいて三左衛門が細いほうの鍼を手に取った。それを雷蔵の肩に、とんと突き立てる。

「痛いか」

「いえ、痛くありませぬ」

「そうであろう。一分ほどの深さしか鍼は入っておらぬ。この細い鍼は、浅くしか入らぬようにつくられておる」

「一分……。そんなものでございますか」

「それでも、十分な効き目がある。唐久も、あまり深くは鍼を入れなかったはずだ」

「それがしははっきりとは覚えておりませぬが、唐久どのの鍼が痛かったことは一度もありませぬ」

「うむ、そうであろう」

三左衛門が、少し場所を変えて鍼を打ちはじめた。

「ところで、おぬしに聞かせたいことがある」

「はっ、なんでございましょう」

雷蔵は顔を上げようとしたが、そのままでよい、と三左衛門に制され、素直に姿勢をもとに戻した。

「今さらいわずともわかっておるであろうが、おぬしは切腹になってもおかしくはなかった」

兄の要太郎が江戸を騒がせた押し込みの一人だったことで、雷蔵は火盗改の頭を罷免されたが、三左衛門はそのときのことをいっているのだ。

「はっ、覚悟は決めておりました」

そうであろうな、と三左衛門が相槌を打つ。

「おぬしは切腹にもならず、家禄も減らされず、逼塞《ひっそく》のみという仕置きだった。おぬし自身、ずいぶん軽いと思ったのではないか」

「思いましてございます」

雷蔵は正直に認めた。この緩すぎる処分については三左衛門の尽力があったからこそと考え、逼塞が解けた直後、礼を述べに市岡屋敷を訪れている。

そのとき三左衛門は、わしはなにもしておらぬ、と雷蔵に告げただけで、どうしてそのような仕儀に至ったのか、事情を語ることはなかった。

それが今、委細を話す気になったようだ。もしかすると、そのために伊香屋敷にやってきたのかもしれない。

「実をいえば、おぬしを切腹させるべきだ、と主張する者もいた」

おそらく松平伊豆守さまであろうな、と雷蔵は思った。

「それは松平伊豆守どのではない」

雷蔵の考えを読んだかのように、三左衛門が否定した。そのあいだも、いくつかのつぼに次々に鍼を打っていく。

「では、どなたがそれがしを切腹させるべきと、いわれたのでございますか」

「それはいわぬほうがよかろう。だが、松平伊豆守どのでないのは確かだ」

三左衛門がまた別のつぼに鍼を打ったのが知れたが、ちくりとすら痛まなかった。

「松平伊豆守どのはむしろ、おぬしに切腹の沙汰が下らぬように、皆の意見を取りまとめたのだ」

なんと、と雷蔵は驚いた。三左衛門が平然とした物腰で言葉を続ける。

「まずわしが、伊香雷蔵を切腹させるまでのことはない、そこまでの大罪ではありませぬ、といったところ、すぐに松平伊豆守がわしの応援をするようにこう続けた。『要太郎という兄がどのような所行に及ぼうと弟とはまったく関わりがないし、伊香どのが法度《はっと》に触れることをしたわけでもない。切腹など言語道断、公儀のためにこれからも奉公を続けてもらうのが当然』とな」

「ほう、さようでございましたか」

雷蔵にとって、思いがけない出来事としかいいようがない。三左衛門が新たなつぼを指で押さえ、そこに鍼を打った。

「老中首座にそこまで強くいわれたら、逆らえる者など一人もおらぬ。実際、松平伊豆守どのの魄力《はくりょく》に押され、誰もが押し黙った」

「しかし、なにゆえ松平伊豆守さまは、それがしをかばわれたのでしょう。それがしは、むしろ憎まれていると思っておりました」

浮かんだ疑問を雷蔵は口にした。

「それが不思議なのは、わしも同じよ。逼塞が解けておぬしが我が屋敷にやってきたとき、わしは松平伊豆守どのがおぬしをかばったことを話さなかった。松平伊豆守どのがなぜあのような真似をしたのか、不思議でならなかったからだ」

いったん三左衛門が言葉を切った。雷蔵は黙って待った。

「わしは、わしなりに答えを得たかった。そして、松平伊豆守どのの言葉の裏を調べてみようと思い立った。なにか狙いがあって、伊香雷蔵という男を救ったのだろうとな……」

「なにかおわかりになりましたか」

間髪を容れずに雷蔵はたずねた。いや、と無念そうに三左衛門が首を横に振った。

「なにもわからなんだ。松平伊豆守どのがなにゆえおぬしをかばうような真似をしたのか、今もわけははっきりとせぬ」

三左衛門がにらんだ通り、松平伊豆守の言動にはなにか裏があるのはまちがいない。さもなければ、あの男がそんなことをするはずがない。

だが、なぜ松平伊豆守がそんなことをしたのか、雷蔵にもわけがわからなかった。

「よし、次はこの鍼だ」

今までの話題を打ち切るように三左衛門が、それまで使っていた細い鍼を手ぬぐいの上に置いた。代わりに太い鍼を持つ。

「こちらは見てわかる通り、先が丸くなっておる。肌に刺すようにはできておらぬ」

「確か、鍼の先をつぼに当てるのでございますね」

三左衛門が点頭し、太い鍼の先を雷蔵のかいがね近くに当てた。手にした木槌で、とんとんと鍼を軽く打ちつける。

かいがねをじかに打つような真似はせず、三左衛門は骨のまわりをちょうどよい力で小気味よく打っていく。

とても気持ちよく、雷蔵は五十肩の痛みが取れていっているとの実感を抱いた。

かいがね近くのつぼを太い鍼で打ち続けていた三左衛門が、ふと手を止めた。ふう、と太い息を吐き出す。

「よし、これで終わりだ。これだけやれば、今日は十分であろう」

雷蔵に終了の旨を伝えて、三左衛門が道具を巾着袋に丁寧にしまい入れた。

「伊香どの、起きてもらってけっこうだ」

はっ、と答えて雷蔵は上体を起き上がらせた。三左衛門の前に端座する。

「市岡さま、ありがとうございました」

深く頭を下げて雷蔵は礼を述べた。

「伊香どの、肩はどうだ」

三左衛門にきかれて、雷蔵はおそるおそる右肩を動かしてみた。おっ、と声が出、目を丸くした。

「痛くありませぬ」

これだけ動かして右肩に痛みが走らないのは、いつ以来だろう。

「まるで魔法のようでございます」

正直、雷蔵は信じられない。まさか三左衛門の鍼で、こんなによくなるとは思いもしなかった。

「そうであろう」

満足そうに三左衛門が笑む。

「まことに驚きました」

だが、すぐに三左衛門が真剣な顔になった。

「しかしな、伊香どの。実をいえば、一時しのぎに過ぎぬのだ」

「えっ、そうなのでございますか」

「今日は悪いやつを取り除くことができたゆえ、痛みは引いておる。だが、残念ながら悪いやつは、また必ずあらわれる」

「そういうものなのでございますか……」

苦い顔をつくって雷蔵は吐息を漏らした。

「悪いやつの種がすべてなくなるまで、戦いは続く」

「なるほど……」

「五十肩をあっという間に治す手立てはない。ただし、わしの鍼にかかれば、二月はかからぬ。それはまちがいない」

それは確かなことかもしれぬ、と雷蔵は思った。

「伊香どの」

姿勢を改めて三左衛門が呼びかけてきた。

「必ずまた痛むようになる。そのときは、遠慮なくわしのもとにまいるがよい。悪いやつをまた退治して進ぜよう」

「わかりました。お言葉に甘えさせていただきます」

「では、これでわしは失礼する。伊香どの、大事にせよ」

「はっ、ありがたきお言葉にございます」

巾着袋を手にして、三左衛門が立ち上がった。雷蔵も立ち、いち早く襖を開けた。かたじけない、と頭を下げ、三左衛門が廊下に出る。雷蔵もそのあとに続いた。

玄関の外に、二十人ほどの供がついた駕籠が置かれていた。三左衛門が身軽に乗り込んでいく。

「では、失礼する」

雷蔵に笑顔で告げて、三左衛門が引戸を閉めた。

「まことにありがとうございました」

雷蔵が深々と腰を折ると同時に駕籠が宙に浮き、動きはじめた。開け放たれた門を、ゆっくりと抜けていく。

雷蔵は門まで歩き、三左衛門の一行が遠ざかっていくのを見送った。ありがたいことだ、と心から思った。

――市岡さまは俺のためを思って、わざわざいらしてくれたのだ。俺も、人の役に立つことをしなければならぬ……。

そう考えると、心の臓を抜き取られた死骸の下手人を見つけることを先にやらなければならないように思える。冬兵衛に頼まれた以上、責任を持って一件に取り組まなければならないのは、自明のことである。

だが、その前にやはり、賭場荒らしの男のことを雷蔵は調べたかった。

――女宗祖が殺し屋を差し向けたという考えは、まちがいではあるまい。

雷蔵には確信がある。賭場荒らしの男のことを詳しく調べ、なにか証拠を握ることができれば、女宗祖に事情を聞くことができるはずだ。

――それで、殺し屋のことを吐かせられるかもしれぬ。

結果、殺し屋を捕らえるなり、退治するなりできれば、後顧の憂いはなくなる。心の臓を抜き取られた男の一件に、専念できるはずだ。そのほうが、事件の解決に早く結びつくのではあるまいか。

――都合のよいように考えすぎか。

いやそんなことはあるまい、と雷蔵は思った。

――だとすると、これからやらなければならぬのは、聞き込みだ。

聞き込みは、人手が多ければ多いほどよい。ここは家中の者に頼るしかなさそうだ。雷蔵は家臣たちに、広間に集まるよう伝えた。

三

老舗《しにせ》の薬種問屋として知られる伊豆見屋は昨日、休みだった。

それで今日、玄慈は出直してきた。日本橋の本石町二丁目にある伊豆見屋には、幼馴染みの胆吉《たんきち》という気のよい男が奉公しており、心の臓の薬について話を聞くことができる。

いま刻限は、昼の九つを過ぎたくらいだ。先ほど玄慈は、本石町三丁目の一膳飯屋で昼餉を済ませたばかりだ。

伊豆見屋はすでに視界に入っている。建物の横に張り出している看板には、心寛丸《しんかんがん》と大きく墨書されていた。心の臓の薬で、かなり高価と聞くが、伊豆見屋で最も売れているらしい。

歩を進めるにつれ、その看板が徐々に大きくなっていく。店の軒先に暖簾がかかっているのを目の当たりにして、玄慈はほっと息をついた。今日は無駄足にならずに済んだようだ。

「ごめん」

静かに暖簾を払い、玄慈は細長い土間に立った。目の前に、一段上がった店座敷《たなざしき》が広がっている。

優に二十畳はあり、十人ばかりいる奉公人が何組かの客と話したり、壁際にしつらえられた薬簞笥《くすりだんす》の引出しから薬種を取り出して、薬の調合をしたりしていた。

店座敷に目を投げて、玄慈は胆吉を捜した。だが、そこに胆吉の姿はなかった。

きっと奥にいるのだろう、と玄慈は思った。それとも、商談かなにかで出ているのだろうか。

——だとしたら、また出直さなければならんな。

「いらっしゃいませ」

玄慈に気づいた若い奉公人が、いそいそと近づいてきた。

「お客さま、お薬がご入り用でございましょうか」

玄慈の前に座り、丁寧にきいてきた。

「済まんが、客ではないのだ。奉公人の胆吉さんに会いたいのだが……」

若い奉公人がちらりと振り返り、店座敷を見やる。

「ああ、ちょっと奥に行っております。あの、御名をうかがってもよろしいでしょうか」

玄慈はすぐさま名乗った。

「玄慈さまですね。いま呼んでまいりますので、少々お待ちいただけますか」

一礼した若い奉公人が立ち上がり、足音を立てることなく店座敷を横切っていく。内暖簾を持ち上げ、奥に姿を消した。

――胆吉は、昼飯でも食べているのかもしれんな。

伊豆見屋では、手の空いた者から昼餉を食せるようにしているのではないか。

待つほどもなく、内暖簾をこちら側に払って、一人の男が姿を見せた。目が合うや軽く手を上げてみせ、足早に玄慈のもとにやってきた。

「待たせた」

目の前に端座して、胆吉が軽く頭を下げる。

「いや、ちっとも待っておらん」

「それにしても玄慈、急に来るなど珍しいではないか。なにかあったのか。薬が入り用なのか。子供の誰かが病にでもかかったか」

案じ顔の胆吉が矢継ぎ早にきいてきた。胆吉は、玄慈が帆縷寺《はんるじ》で身寄りのない子供を二十人近く育てているのを知っている。

「いや、子供たちに別条はない。皆、元気なものだ」

「それはよかった」

破顔したが、胆吉がすぐにまじめな表情になった。

「玄慈、上がってくれ。立っていられると、話がしにくい」

そうしよう、と答えて玄慈は雪駄を脱ぎ、店座敷に上がり込んだ。

「玄慈、久しぶりだな」

顔をのぞき込むようにして、胆吉が笑いかけてくる。

「まったくだ。最後に胆吉に会ったのはいつだったかな。去年の今頃か……。だとしたら、一年ぶりだ」

「あのときは、女の子が風邪をこじらせたんだったな」

「そうだ。胆吉が勧めてくれた薬のおかげで、大事に至らずに済んだ」

「あの薬の効き目に自信があったからこそ勧めたのだが、中には効かない人もいる。効いてよかった。ほっとしたよ」

「もしまたうちの子供が風邪をこじらせたら、あの薬を求めに来よう」

「それがよい。だが、薬を飲ませるつもりなら、こじらせる前のほうがずっとよい。葛根湯医者などといって馬鹿にされたりするが、葛根湯は風邪の引きはじめには、抜群の効き目がある」

「ああ、そうらしいな」

「引きはじめなら、葛根湯を飲めば風邪はたいてい治る。しかしこじらせてしまったら、葛根湯はなんの役にも立たん。うちでつくっている角悠散《かくゆうさん》が一番だろう」

「一年前に勧めてくれた薬だな」

「もっとも、風邪をこじらせたときは、おとなしく寝ているしか手はない。だが、角悠散を飲んで安静にしておれば、必ず治るとまではいわんが、大事に至ることはまずないと俺は信じている」

話題を転ずるためか、口に拳を当てて空咳《からぜき》をし、胆吉が背筋を伸ばす。

「それで玄慈、今日はどのような用があって来たのだ」

「ああ、済まんな、無駄口を叩いてしまい……。胆吉は忙しい身だったな」

「昨日、休みだったたから今日はなおさらだ。朝から大勢のお客さまがいらして、大忙しだ。さっき、ようやく朝餉がとれた」

「朝餉だと」

自分の暮らしの中ではそんなことはあり得ず、玄慈は瞠目した。ああ、と胆吉がなんでもないことのように顎を引く。

「今朝もいつものように明け六つに店を開けたが、そのときには店の前にお客さまが行列をなしていた。あまり大きな声ではいえんが、江戸は病人ばかりだぞ」

「その通りだろうな。朝から大勢の患者が詰めかけている医療所も多いし、俺の檀家《だんか》にも病人は少なくない……」

「うちでは手の空いた者から朝餉が食べられるようになっているのだが、俺はさっきようやく順番が回ってきた」

「それは大変だったな」

胆吉をねぎらってから、玄慈はきちんとした姿勢を取った。

「胆吉、今から話すことは、他言無用にしてもらいたい」

「承知した」

真剣な顔で胆吉がうなずく。どんなわけがあって伊豆見屋を訪れることになったか、玄慈は胆吉に説明した。

話を聞き終えた胆吉が、なんと、とあっけにとられる。

「心の臓を抜き取られた遺骸……」

「昨日の夜明け前に、そんな遺骸が見つかったそうだ」

そうだったのか、とため息とともに胆吉が何度も首を横に振った。

「それで玄慈は、心の臓は薬にするのが目当てで抜き取られたのではないかと考えて、ここに来たのか」

うむ、と玄慈は首肯した。

「どうだ、胆吉。下手人が心の臓を抜き取ったのは、薬に使うためだと思うか」

「ちがうのではないかな」

　胆吉が即座に否定した。

「なにゆえそう考える」

「うちのお得意さまに、心の臓の悪い方がいらした。その方は心の臓によいからと、焼いた鴨《かも》の心の臓を好んで食していたが、亡くなったとき、胸の痛みを訴えて畳に倒れ込んだそうだ。亡くなったのは心の臓の病が高じたからというのは、明白だった。結局、鴨の心の臓は病にはまるで効かなかった」

「そうなのか……」

「鴨の心の臓だから、人には効かなかっただけなのかもしれん。だが、人の心の臓を薬にして飲んだからといって、心の臓の病が治るとは、俺にはとても思えん。それだったら、うちの心寛丸を飲んでもらうほうがよほどよい。もっとも、鴨の心の臓を食していた人は、心寛丸も服用していたのだが……」

「心寛丸は高価と聞くが、実のところ心の臓の病に効くのか、効かんのか」

「心の臓がよくない人には、よい薬だ。だが、正直いえば、病がひどく進んでしまっている人には、さほどの効き目はない」

「鴨の心の臓のお得意さんは、病がだいぶ進んでしまっていたのか」

「どうやらそのようだ。それでも、心寛丸のおかげで、寝たきりだった人が起き上がれるようになり、仕事ができるまでに快復したという話はけっこうあるんだ。それゆえ、病がまだ高じていない人には、相当の効き目があるのは疑いようがない」

つまり、と玄慈はいった。

「風邪に対する葛根湯と似たようなものか」

「病はなんでもそうだが、ひどくなる前に投薬などの治療をはじめるのが肝心だ。病が進んでしまっては、治るものも治らなくなる」

「気をつけよう。とにかく、早め早めが大事なのだな」

「そういうことだ。玄慈、ほかに聞きたいことはあるか」

胆吉は仕事に戻りたいのだな、と玄慈は察した。

「いや、もうない。忙しいところ、済まなかった」

「とんでもない。玄慈が俺を頼りにしてくれて、うれしかった。今度、俺の休みの日にでも飲みに行かんか」

「それはよいな。酒はやめるようにいわれているが、たまにはよかろう」

「おまえ、医者にそのようなことをいわれているのか」

驚きの顔で胆吉がきいてきた。

「医者にいわれたわけではない。最近、ふとしたことで知り合った武家にいわれた」

「その人は医術に詳しいのか」

「さて、どうかな」

玄慈は首をひねった。

「学問はできそうだが、医術に詳しいとは思えんな……」

「酒は毒水だという医者も確かにいる。酒をやめることで、さまざまな体の不調が治ったという人も少なくない。だが、節度を保って飲めば、大丈夫なのではないか」

「度を越さんようにすれば、ということだな」

「その通りだ」

笑顔で胆吉が同意してみせた。

「わかった。飲みに行こう。では胆吉、これでな。世話になった。ありがとう」

胆吉に感謝の言葉を伝えて、玄慈は腰を上げた。その途端、背後に強い気を感じ、驚いて振り返った。

見覚えのある侍が、暖簾を払って土間に入ってきた。その顔を見て、玄慈はぎくりとした。同時に、針でも刺されたかのような戦慄《せんりつ》が背筋を走り抜ける。

――あの浪人だ。

見覚えがあるどころではない。これまでの人生で最大の恐怖を味わわされたために、二度と忘れようがない顔である。

凄腕としかいいようがない浪人で、悪評高い両替商の三笠屋に玄慈が忍び込み、建物内の金蔵の前に進もうとしたとき、横合いから斬りかかってきた。あのときは本当に死んだと思ったものだ。

その浪人が面《おもて》を上げ、強い眼差しを玄慈に浴びせてきた。眉をぴくりとも動かさず、じっと玄慈を見ている。

――まさか、俺がここにいると知り、捕らえに来たのではあるまいな。

いつでも逃げ出せる体勢を取ったものの、浪人の背後に三笠屋のあるじ紀左衛門がいることに気づいて、玄慈は体からほっと力を抜いた。凄腕の浪人が、三笠屋の用心棒についているに過ぎないことがわかったからだ。

「三笠屋さん、いらっしゃいませ」

明るい声を発し、胆吉が立ち上がる。沓脱石に置いてある雪駄を履き、土間に下りて紀左衛門に辞儀する。

「ああ、また心寛丸をいただきにまいりましたよ」

上機嫌な顔で紀左衛門が胆吉に告げた。

「毎度、ありがとうございます。お体の調子はいかがでございますか」

「おかげさまで、とてもよい」

という割には、玄慈には紀左衛門の顔色があまりよいようには見えなかった。どうやら紀左衛門は、薬を求めに伊豆見屋に来たようだ。

――顔色の悪さからして、どこか具合がよくないのはまちがいあるまい……。

それにしても三笠屋のやつめ、となに食わぬ顔で玄慈は土間に下りながら思った。今度はどうしたというのか。凄腕の浪人をまた用心棒に雇ったというのは、なにかあったゆえであろう。

あまりに悪行が過ぎて、命でも狙われているのではないのか。

きっとそうにちがいない、と玄慈は確信を抱いた。自業自得というやつだろう。

四

十六人の家臣が端座し、床の間を背にして座る雷蔵を真剣な顔で見つめてくる。

咳払いした雷蔵は家臣の顔を眺めた。

「以前、俺が殺し屋に狙われたのは、皆が知っての通りだ。その殺し屋はまだ捕まっておらぬ。捕縛につながる証拠をつかむために、俺はこれから聞き込みをするつもりだが、皆にどうか、手伝ってもらいたい」

頭を下げて雷蔵は頼み込んだ。

「殿っ」

大きな声を上げたのは、雷蔵の目の前に座す斎藤伊佑《さいとういすけ》である。雷蔵が火盗改の頭だったときは与力を務めていた。

「なにかな」

眼差しを注いで雷蔵はたずねた。

「そのような真似はなされず、ただ我らに命じてくだされればよいのです」

どこか楽しげに伊佑が笑いかけてくる。

「我らは殿の家臣です。命じられれば、我らは動きます」

「ありがたい言葉だ」

雷蔵は感謝の思いを口にした。顔を上げ、改めて家臣を見回す。

「では皆の者、俺とともに聞き込みをせよ」

「承知いたしました」

十六人全員が声を合わせる。

「よし、まいるぞ」

家臣を引き連れて、雷蔵は玄関に向かった。玄関の式台のそばに、栄之進が立っていた。

「栄之進、そなたは留守を頼む」

栄之進は伊香家の用人である。特に屋敷内のことについて差配する身であるため、他出することはできない。

「承知いたしました」

笑みを浮かべて栄之進が答えた。

家臣たちとともに雷蔵は門をくぐって外に出た。外は相変わらず冷たい風が吹いている。門前の欅《けやき》の木から数羽の小鳥が、雷蔵たちの出現に驚いたように飛び立っていった。その姿が小さくなっていくのを見送って、雷蔵は道を進みはじめた。

こうしてただ歩いていても、いつ殺し屋が襲ってくるか知れたものではない。雷蔵は、決して気を緩めるつもりはなかった。

向かったのは牛込水道町《うしごめすいどうちょう》である。足早に歩いた雷蔵たちは、四半刻ばかりで到着した。

この町を中心にして、賭場荒らしの男は円を描くように、いくつもの賭場を襲っていたのだ。

「二人一組で聞き込みに当たってくれ」

雷蔵は十六人の家臣を八組に分け、かなり広い関口《せきぐち》水道町の聞き込みに二組を投入することに決めた。音羽町《おとわちょう》、小日向台町《こびなただいまち》、小日向松ケ枝町《まつえちょう》、金杉《かなすぎ》水道町、牛込白銀町《しろがねちょう》、中里村《なかざとむら》など、やや離れたところに位置する町村に、残りの六組を向かわせることにした。

家臣たちに、賭場荒らしの男と女宗祖の人相書を手渡す。

「この二人のどちらかでも目にした者がいたら、詳しい話を聞いてくれ。それから、槍の道場だけでなく剣術道場もあれば、必ず話を聞くようにせよ。賭場荒らしの男が、剣術道場で修行に励んでいたことも十分に考えられるゆえ」

「わかりました」

手をかざし、雷蔵は晴れ渡った空を見上げた。太陽が中天にかかるまで、まだときはありそうだ。

「あと一刻ほどで昼になるな。九つの鐘を聞いたら、そこの蕎麦屋の前に皆、集まってくれ。蕎麦切りを食べながら話を聞くことにいたす」

雷蔵たちがいる辻から五間ほど離れたところに、かなり大きな蕎麦屋があった。まだ暖簾は出ていないが、出汁《だし》のよい香りがふんわりと漂っている。

「でしたら、十七人の侍が昼に食べに来ると、今のうちに蕎麦屋に伝えておくほうがよいのではありませぬか」

これは本多安五郎《ほんだやすごろう》の提案である。安五郎も火盗改のときは、与力を務めていた。

「安五郎のいう通りだ。そうしておけば、入れぬことはなかろう。安五郎、蕎麦屋に話を通しておいてくれるか」

「承知いたしました」

「ほかの者は聞き込みをはじめよ」

家臣たちを眺め渡して雷蔵は命じた。はっ、と答えて家臣たちが散っていく。

若党の米造を連れて、雷蔵は隣町の小日向東古川町《ひがしふるかわちょう》へと足を向けた。まったくの勘でしかないが、なんとなくこの町がくさいと思ったのである。

殺し屋のことを念頭に置きつつ、出会う者すべてに声をかけ、雷蔵は徹底して聞き込んでいった。

半刻のあいだ必死に聞き込みを行ったが、賭場荒らしの男を知っている者を見つけることはできなかった。女宗祖を知っている者もいなかった。

これだけ声をかけて誰も知らぬとは、と雷蔵は顔をしかめて思った。

――女宗祖が主宰している宗門か神道は、名の知れたものとは、とてもいえぬのだろう。米造がいっていたように、有象無象の類《たぐい》でしかないのだ。

さらに、商人らしい主従を捕まえて話を聞いたが、この二人も賭場荒らしの男や女宗祖のことは知らなかった。

そのとき、『湯』と染め抜かれた暖簾を払って、一人の年寄りが路上に出てきた。

「ふえー、寒い。こんなに寒いんじゃ、湯冷め、しちまうわ」

身を震わせて年寄りがぼやく。この年寄りは、午前のうちから湯に浸《つ》かっていたようだ。

この刻限なら湯屋は空いているだろうし、湯もまだきれいにちがいない。

「ちと済まぬが……」

雷蔵はその年寄りにも話を聞いてみた。だが、やはりなにも知らなかった。

——そうか、湯屋か。人がよく集まる場所ではないか……。

年寄りに礼をいって湯屋の暖簾を払い、雷蔵は米造とともに中に入った。

案の定というべきか、客はほとんどいなかった。いらっしゃいませ、と番台から声をかけてきた白髪の女は、明らかに暇そうにしていた。

「済まぬが、客ではないのだ」

断ってから雷蔵は番台に座っている女に、賭場荒らしの男と女宗祖の人相書を見せた。

「この男女に見覚えはないか」

賭場荒らしの男の人相書を手に取った女が、このお方なら、とすぐに声を上げた。

「たまにうちに来ていましたねえ」

なに、と雷蔵は目をみはった。この町を選んだ勘は当たっていたことになる。

「まちがいなく、その人相書の男が来ていたのか」

勢い込んで雷蔵はきいた。

「ええ、まちがいありませんよ」

「ではおぬし、その男がどこに住んでいたか存じておるか」

すでに雷蔵は冷静さを取り戻しており、口調は平静なものになっていた。

「いえ、そこまでは知りません。なにしろ、このお方は無口でしたからねえ」

「その男は、この湯屋が混んでいる刻限に来ていたのか」

もしそうなら、湯船や洗い場で男と親しく話をかわした者がいるかもしれない。

いえ、と女がかぶりを振った。

「このお方がうちに来ていたのは、いつも遅い刻限でしたよ。たいてい店をじきに閉めるという頃でしたねえ」

なぜそんな刻限を選んでいたのか、と雷蔵は考えた。人目を避けていたのか。きっとそうなのだろう。

だが、この銭湯に繁《しげ》く来ていたのなら、小日向東古川町に住んでいたのは、まちがいないのではないか。

「人相書の男と親しくしていた客はおらぬか」

雷蔵は新たな問いを発した。

「いえ、おりませんねえ。さっきも申し上げましたけど、このお方は本当に無口でしたよ。親しくしゃべるようなお客は、一人もいませんでしたねえ」

そうか、と雷蔵はつぶやいた。

「その男がこの湯屋によく来ていたのは、いつ頃の話だ」

「そうですねえ」

男のように腕組みをして、番台の女が首をひねる。

「まだ三年はたっていないんじゃないでしょうかねえ。そういえば、このところ姿を見ませんが、元気にされているんですかねえ」

二年前に俺が手にかけたのだ、とはさすがにいえなかった。番台の女が人相書を返してきた。

「この男だが、どんな形《なり》をしてここに来ていた」

人相書を懐にしまって雷蔵は問うた。

「形ですか。どこにでもいる町人という感じでしたよ。裸になると筋骨隆々で、ただ者じゃないとわかりましたけど……。いったいどうすればこんなに立派な体になるのか、一度きいたことがありますけど、教えてくれなかったですねえ」

賭場荒らしの男は宝蔵院流の槍の達人だったのだ。厳しい修行に耐えて、すさまじいまでの体をつくり上げたにちがいない。

それ以上、番台の女から聞き出せることはなさそうだと判断し、銭湯をあとにした雷蔵は、なおも小日向東古川町で聞き込みを行った。むろん、殺し屋に対する警戒は怠らない。

目についた一軒の茶店で話を聞いたところ、看板娘が、賭場荒らしの男が宗祖らしい美しい女と仲むつまじく語り合っていたのを見たといった。

「この人相書より、女の人はずっとやせていました。顔色もあまりよくなかったのですが、まちがいなくこのお二人だったと思います」

顔色が悪いということは、女のほうは病に冒されていたのか。

「女の人が、ここを出てしばらくしたとき、ふらりと倒れそうになったのです。それを男の人が、大丈夫か、とあわてて支えてあげていました。それで、私はこのお二人のことを覚えているのです」

そういうことか、と雷蔵は納得した。

――それにしても、女のほうはよほど体が悪かったようだな。

そうか、と雷蔵は気づいた。

——賭場荒らしの男は、女の薬代ほしさに荒事をしてのけたのかもしれぬ……。

十分に考えられる、と雷蔵は思った。

「その二人を見たのは、いつのことだ」

雷蔵はさらに看板娘にきいた。

「二年半ほど前のことではないでしょうか。寒い時分ではなかったので、たぶん三年はたっていないと存じます」

看板娘は若い。二十歳《はたち》には、まだ達していないだろう。記憶は、まず確かといってよいのではないか。

——三年前に、二人はこのあたりに住んでいたのだろうか……。

「女だが、どんな恰好《かっこう》をしていた。覚えているか」

雷蔵はなおも問いを重ねた。看板娘が少し考える。

「地味な感じの小袖を着ていました」

「小袖か。男のほうはどうだ」

「ほかの町人と変わらないものでしたが、身にまとっている雰囲気は、どこか修験者《しゅげんじゃ》のようでした」

「ほう、修験者か……」

「別に錫杖《しゃくじょう》を手にしていたわけでもありませんが、なぜかそんな風に感じました」

おそらく、と雷蔵は思った。男からは宝蔵院流の槍の達人としての気が、隠しようもなくにじみ出ていたにちがいない。

礼をいって茶店を出た雷蔵は、その後も小日向東古川町で聞き込みを続けたが、手がかりらしいものは残念ながら得られなかった。

昼の九つの鐘を聞き、蕎麦屋の前に行くと、家臣の半分ほどがすでに集まっていた。残りの者は、まだ聞き込みを続けているのだろう。

全員が揃う前に蕎麦屋に入り、二階の座敷に上がって茶を喫し、それまでの疲れを癒やしていると、他の家臣たちが三々五々やってきた。

蕎麦切りをたぐりながら雷蔵は話を聞きはじめたが、家臣たちに収穫といえるものは一つもなかった。

蕎麦屋で腹ごしらえを済ませたあとも、雷蔵は聞き込みを続行することにした。

「七つの鐘を聞いたら、またこの蕎麦屋の前に集まってくれ。そのときは屋敷に戻る道すがら、皆の話を聞くことにする」

なかなかうまい蕎麦切りに満足したか、家臣たちは元気よく蕎麦屋を出ていった。そのあとを追うように、雷蔵も蕎麦屋をあとにした。足を向けたのは、今度は小日向水道町だった。小日向東古川町からだと、江戸川を挟んだ対岸に当たる。

この町でも徹底して聞き込んだが、賭場荒らしの男につながるような手がかりは、まったく得られなかった。

なかなかうまくいかぬな、と唇を嚙んだとき、雷蔵は鐘の音を聞いた。

「米造、あれは八つの鐘か」

ずっとそばを離れずにいる若党に、雷蔵はたずねた。

「いえ、七つでございましょう。八つの鐘はずいぶん前に鳴りましたので……」

「なんと、そうだったか……」

一心に探索に励んでいると、ときがたつのは実に早い。それでも、殺し屋のことは常に心の片隅に置くようにしていた。

——俺が探索しているあいだは、あらわれなんだか……。

「よし、米造。例の蕎麦屋に向かうぞ」

寒風に追われるように、雷蔵は小日向水道町を引き上げ、牛込水道町に向かった。

牛込水道町の蕎麦屋の前に、十六人の家臣が揃うのを待ち、雷蔵は、屋敷に戻るぞ、と告げた。十六人の家臣が二列になり、雷蔵の前後を足早に歩く。

屋敷への帰路、雷蔵は家臣たちに、手がかりをつかめたかどうかきいたが、午前と同じで、全員が収穫なしに終わっていた。

――仕方あるまい。

そういえば、と雷蔵は思い起こした。牛込水道町や小日向東古川町の近くには、武家屋敷が数多く建ち並んでいた。その中には、明らかに空き屋敷とおぼしきものが少なからずあった。

空き屋敷には、塀が崩れたり、塀に穴が空いたりしているところも見受けられた。賭場荒らしの男は、その手の空き屋敷に勝手に住み着いていたのかもしれない。

それなら、男の姿を見た者がほとんどいないというのもうなずける。明屋敷番《あきやしきばん》という公儀の役目の侍が、怪しい者や屋敷と関わりのない者が居着いたりしていないか、空き屋敷を逐次、見廻っているが、おそらくすべては回り切れていないはずだ。とにかく人手が足りないのである。

それに、たいていの武家屋敷は恐ろしく広い。仮に明屋敷番が空き屋敷を調べに来たとしても、息をひそめて目の届かない場所に身を隠していれば、まず見咎《みとが》められるようなことはあるまい。

賭場荒らしの男が銭湯に、店をしまう間近に行っていたというのも、そのくらいの刻限なら、武家屋敷町はほとんど人けがなく、崩れた塀から外へ出るところを見られる恐れがまずなかったからではないか。

空き屋敷でなく、破れ寺《やでら》にいたことも考えられる。なにしろ、江戸は寺の数が多すぎて、小寺には内証のひどく苦しいところも珍しくはなく、暮らしに窮して住職が行方をくらまし、寺を放棄してしまうことも多々あるようなのだ。

すぐに新たな住職が見つかればよいが、そうでない場合、破れ寺への道をまっしぐらに進むことになる。

もっとも、と雷蔵は自嘲《じちょう》気味に思った。

――今さら賭場荒らしの男の住処がわかったところで、どうということもないような気はするが……。

俺は、と思って雷蔵は奥歯を嚙み締めた。探索の方向を誤ったのかもしれない。

日はだいぶ傾いて風はさらに強くなり、寒さが増してきている。空腹も募っており、雷蔵はなにか腹に入れたかった。

きっと皆も同じだろう。なにしろ、昼に蕎麦切りを食したきりなのだ。

道が四谷に入り、ようやく屋敷が近づいてきた。すでに門前の欅が見えている。

女中の五十江は夕餉《ゆうげ》の支度に勤しんでいるはずだ。なにを食べさせてくれるのだろう。

だが、そんな楽しい空想は一瞬で消し飛んだ。何者かの眼差しを覚えたのだ。どこからか誰かが見ている。

――殺し屋だろうか。そうにちがいない。

歩調をわずかに緩めつつ雷蔵は内心で身構えた。

――ようやっと来たか。よい機会だ。退治してやる。

全身に戦意をたぎらせたが、しかし、とすぐに雷蔵は思った。

――こうして俺が大勢の家臣と一緒にいるにもかかわらず、襲いかかろうというのか。それだけの腕と度胸と自信が殺し屋にはあるのかもしれないが、あまりに向こう見ずにすぎないか。依頼人にせっつかれ、焦りがあるのかもしれない。

――殺し屋はどこにいる。

顔を上げ、雷蔵は欅に目を当てた。あの木の陰にひそんでいるようだ。

殺し屋は三人組であるのが知れているが、今そこにいるのは一人らしい。

他の二人は、この前と同じように近くに身をひそめているのかもしれない。雷蔵が隙を見せたら、その機を逃さず攻撃に加わろうという魂胆ではないか。

前を行く家臣たちはなにも気づかず、屋敷のくぐり戸を入っていく。雷蔵も門前にやってきた。

——俺が隙を見せれば、必ずや襲いかかってくるであろう。

雷蔵は欅側に背中を向けようとしたが、その前に小さな影が弾《はじ》かれたように飛び出し、雷蔵めがけて突っ込んできた。

——俺が隙を見せる前に来たか。

雷蔵は愛刀の伊勢守重郷をすらりと抜き放ち、影に斬りかかろうとしたが、これはちがうっ、と瞬時に覚り、斬撃を止めた。

突っ込んできた小さな影は、頭巾をかぶっていた。だがそれは忍び頭巾のようなものではなく、御高祖《おこそ》頭巾だった。

——女ではないか。

小柄な影は御高祖頭巾で、すっぽりと顔を覆っていた。二つの目だけがのぞいており、人相ははっきりしなかったが、男でないことは確実だ。

うおっ、なにやつっ、と家臣たちが驚きの声を上げ、一斉に抜刀したが、手出し無用っ、と雷蔵は鋭く命じた。

目の前の影が殺し屋でないのは一目瞭然だ。その上、丸腰である。

——この女は……。

雷蔵には、なんとなく正体の見当がついた。影は恐ろしく敏捷《びんしょう》で、ちょこまかと雷蔵の回りを動いていた。

拳による突きを繰り出し、鋭い蹴りを見舞ってくる。雷蔵が長崎で習った拳法を使っていた。

影の動きをじっと見据えながら、雷蔵は懐かしさすら覚えていた。襲撃者の正体はすでに明らかだ。

——不二世どのだな。

なにゆえ医者の長飛である不二世がこんな真似をするのか。怒っているのかもしれぬ、と雷蔵は長飛の拳や足を避けつつ思った。

長飛は医療所で雷蔵をにらみつけてきたし、嘘つきとなじったりもした。その怒りを我慢できず、ぶつけに来たのかもしれない。

——それとも、拗《す》ねているだけなのか。長飛どのが不二世どのだと、俺がすぐに気づかなかったことを……。

そうかもしれぬ、と雷蔵は思った。不二世の性格では十分に考えられることだ。

抜いた愛刀は手に握ったままだが、雷蔵はもちろん斬りかかる気などない。攻め疲れたのか長飛が少し息を入れたのを見て、愛刀をすっと鞘《さや》におさめる。

——よし、俺もやってみるか。

雷蔵は長崎拳法を使って、長飛と相まみえるつもりになった。

両手を構えた長飛が、だっと土を蹴って雷蔵に突進し、右の拳を突き出してくる。雷蔵は右腕を動かしてそれを弾《はじ》き上げ、左足の回し蹴りを入れようとした。

長飛が軽々と跳躍してそれをかわし、またも拳を突き出してきた。鋭い突きだったが、雷蔵は顔をわずかにそむけただけでよけた。御高祖頭巾の中の目が、むっ、という感じで見開かれる。

――この目を長崎でよく見せてくれたな。

足を深く踏み出し、雷蔵はこめかみへの逆突きを狙った。長飛はあっさりとかわし、手刀で雷蔵の首筋を打とうとした。

雷蔵は体勢を低くしてそれをよけ、今度は右足での回し蹴りを長飛の後頭部に当てようとした。だが、それも長飛は避けてみせた。雷蔵との間合を少し空ける。

――なんと、ずいぶん腕を上げたものよ。

雷蔵は、長飛の成長がうれしくてならなかった。なんといっても、あの七つの娘がこれだけ強くなったのである。感無量としかいいようがない。

雷蔵自身、江戸に戻ってきてからも屋敷の庭で一人稽古をするなど、拳法の鍛錬は怠っておらず、長崎にいたときより確実に上達している。長飛がよほど強くなっていない限り、互角の勝負などできるはずがないのだ。

――がんばったのだな。

立派な医者になるために、医学にも励んだのだろう。医学と拳法を両立させるなど、本当に大変だったにちがいない。

――それにしても、楽しいぞ。楽しくてならぬ。まるで昔が戻ってきたみたいだ。

雷蔵は拳を突き出し、手刀を振るい、蹴りを繰り出した。御高祖頭巾の中の目をきらきらと輝かせ、長飛も応戦してきた。

互いに死力を尽くしての戦いだった。あまりに夢中になっていて、いったいどれだけのときが経過したのか雷蔵にはわからなかった。

だが不意に、長飛が戦いをやめた。これでもう十分と満足したのか。

御高祖頭巾の中の目が、雷蔵をじっと見てきた。二つの瞳が、いかにも楽しげに細められる。

心が弾んでならなかった雷蔵も、小さく笑い返した。長飛が、ではこれで、というように軽く頭を下げた。

雷蔵もうなずきを返した。身を翻し、長飛が走り去っていく。いつの間にか日が暮れており、深まりつつある闇の中に、その姿はかき消えた。

——行ってしまったか……。

また近いうちにやり合いたいものだ、と雷蔵は心から願った。

しかし痛くないな、と雷蔵は思った。あれだけ激しく動かしたのに、右肩に痛みが走らなかったのだ。これは、まちがいなく市岡三左衛門の鍼のおかげだろう。

——まことに腕は本物だったのだな。

三左衛門には感謝しかない。

「殿、今のはいったい……」

口を惚けたように開けて、斎藤伊佑がきいてきた。

「殺し屋ではないのですね」

うむ、と雷蔵は顎を引いた。

「長崎にいたときの古い知り合いだ」

「知り合い……。女の人でございましたな。殿と同じ拳法を使っておりましたが……」

「同じ道場の門人だった」

「そういうことでございますか。しかし、なにゆえあの女性《にょしょう》はこのような真似を……」

雷蔵は首をひねった。

「俺にもよくわからぬのだ」

「さようにございますか……」

伊佑はまだなにかききたそうにしていたが、雷蔵は開いている門をのぞき込み、屋敷のほうを見た。

「そろそろ中に入ろうではないか。なにやら、よいにおいがしてきておるぞ」

足を踏み出した雷蔵は、くぐり戸に体を沈み込ませた。他の家臣たちも次々に屋敷内に入ってくる。最後に本多安五郎がくぐり、閂《かんぬき》を下ろした。

玄関まで歩いたところで雷蔵は足を止め、家臣たちをねぎらった。

「今日はまことにご苦労だった。そなたらの働きに、俺は深く感謝している。すでに夕餉の支度はできているようだ。腹一杯食べてくれ。それから、風呂には必ず入るのだぞ。さもないと、疲れが取れぬ。わかったか」

「わかりました」

全員が声を合わせる。

「よし、解散」

皆が一斉に頭を下げ、玄関へと進む雷蔵を見送る。行灯が置かれた式台に座し、用人の栄之進が雷蔵を出迎えた。

「お帰りなさいませ」

「ただいま戻った。栄之進、留守中、変わったことは」

「いえ、なにもございませぬ。穏やかなものでございました」

にこりとして栄之進が答えた。

「それは重畳《ちょうじょう》」

廊下を歩き、雷蔵はまず厠へと行った。用を足し、手水場で手をしっかりと洗う。水は凍えるほど冷たかった。

つり下がった手ぬぐいで手を拭《ふ》いて自室に赴き、座布団に座った。栄之進が入れておいてくれたらしく、火鉢の中で炭が赤々と燃えていた。

おかげで部屋は暖かかった。やはり屋敷がいちばん落ち着くな、と雷蔵は実感した。

「殿、先にお風呂に入られますか。それとも、食事になさいますか」

部屋にやってきた栄之進にきかれた。

「食事がよいな」

わかりました、と部屋を出ていった栄之進が、しばらくして戻ってきた。膳を右手に持ち、左腕に櫃《ひつ》を抱え込んでいる。

「お待たせしました」

雷蔵の前に膳を、自らの横に櫃を置いた。

「栄之進は食事を済ませたのか」

「とんでもない。殿より先に食べられるわけがありませぬ」

「ならば、一緒に食そうではないか」

笑みとともに雷蔵はいざなった。

「えっ、よろしいのですか」

喜色を浮かべて栄之進がきいてくる。

「もちろんだ」

「では、膳を持ってまいります」

いったん部屋をあとにした栄之進がすぐに姿を見せた。

「お言葉に甘えて持ってまいりました」

雷蔵の向かいに座し、栄之進が膳を置いた。

「では、いただこうか」

主菜は鯖《さば》の味噌煮である。あとは、茄子《なす》焼《や》きにたくあん、わかめの味噌汁だ。

献立は、雷蔵も栄之進も他の家臣たちも変わりはない。雷蔵は五十江に、皆と同じ物を出すよう命じてある。

鯖は脂がのっていて、味噌の甘みと相まって実に美味だった。鯖の身はとろけそうなほどやわらかかった。栄之進も顔をほころばせて食べている。

「殿、おかわりは」

箸を置いて栄之進が雷蔵にきく。

「では、いただこう」

雷蔵はおかわりをもらい、たくあんをおかずに食べた。味噌汁を飲んでみたが、味噌にこくがあってうまい。

「栄之進もおかわりしろ。俺よりずっと若いのだ。たくさん食べたかろう」

「では、遠慮なく」

満面の笑みで栄之進もおかわりを食した。雷蔵はその様子を見守った。若い者が食欲旺盛に食べるところを見るのは、楽しみの一つである。

――栄之進は二十七だったな。すると、もうさして若くはないのだな……。

それでこの食欲なら、体調がすこぶるよい証《あかし》であろう。

「うまかったな」

膳の物をすべて平らげて、雷蔵は栄之進に笑いかけた。

「はい、おいしゅうございました。五十江どのの腕は大したものでございます」

「嫁にしたくなったか」

「えっ」

ぎくりとして栄之進が顔をこわばらせる。五十江は五十歳だ。

「あの、とてもよいお方だとは思うのですが」

「冗談だ。本気にするな」

「はあ……」

首筋に流れた汗を、栄之進がほっとしたように手のひらで拭いた。

「お茶を淹れます」

栄之進が湯飲みに注いだ茶を喫して、雷蔵はたずねた。

「栄之進、いま何刻かな」

「はて、六つ半を少し過ぎたくらいではないでしょうか」

栄之進が不思議そうに雷蔵を見る。

「殿、どうかされましたか。刻限が気になられますか」

うむ、と雷蔵は首肯した。

「ちと出かけようと思っているのだ。刻限が遅かったら、やめておこうと考えていたが、六つ半なら遅くはない」

「今からお出かけになるのでございますか」

むう、とうなり、栄之進が難しい顔をする。

「それは、おやめになったほうがよろしいかと。殿は、殺し屋に狙われている御身でございますぞ」

「殺し屋も、まさかこの刻限に他出するとは思わぬのではないか」

「そうかもしれませぬが……。殿、どちらに行かれるのでございますか」

「それは秘密だ」

雷蔵はにんまりと笑った。

「秘密……。悪所でございましょうか」

「俺がその手の場所が嫌いなことは、そなたもよく知っておろう」

「はい、確かに……」

「よし、出かけてくる」

立ち上がった雷蔵は刀架から愛刀の伊勢守重郷を取り、腰に差した。

「それがしがお供をいたします」

あわてて栄之進が申し出る。

「そなたは用人だ。今宵《こよい》も屋敷のことを頼む。供には米造を連れていく」

「供が米造一人で、大丈夫でございますか」

「大丈夫だ。それに、すぐに帰ってくる」

「さようにございますか……。わかりました」

いい出したら聞かない主人であるのを、栄之進はよく知っている。それ以上は、なにもいわなかった。

米造を連れて玄関を出た雷蔵は、門のくぐり戸の前に立った。門の向こう側に剣呑な気配がないのを確かめてから、くぐり戸を開けて外に出る。

いきなり冷たい風が吹き寄せてきて、こいつはたまらぬ、と悲鳴が出そうになった。他出などせぬほうがよかったのか、と少し後悔した。

――いや、これでよいのだ。よし、行くぞ。

「米造、向かうのは鮫ヶ橋谷町だ」

提灯を掲げてそばに立つ米造に、雷蔵は伝えた。えっ、と米造が驚いたように雷蔵の顔を見る。

「では、今から富士診庵に行かれるのでございますか」

「そうだ。まいるぞ」

全身に気合を込めて雷蔵は歩き出した。米造がすぐに前に出て、提灯で雷蔵の足元を照らしはじめる。

一陣の風が付近の梢《こずえ》を激しく騒がせていったが、雷蔵はあまり寒さを感じなかった。気持ちが高ぶっているせいかもしれない。

「米造、わかっているだろうが、俺は五十肩の治療を受けに行くわけではない。女医者に会いに行く。礼をいおうと思ってな」

「お礼でございますか」

「うむ、先ほどは実に楽しかったからな。その礼だ」

「先ほどの……」

雷蔵がなにをいっているのか、米造はわけがわからない風情である。雷蔵が長崎拳法で長飛と戦っている最中、そばに立っていたが、襲ってきたのが例の女医者だったとは、つゆほども思っていないのだ。実際に長飛の顔を見ていないのだから、それも仕方ないことだろう。

「それで殿、五十肩のほうはいかがでございますか」

話題を変えるように米造がきいてきた。

「まだ痛むことは痛むが、大したことはなくなっておる」

やはり市岡三左衛門の鍼が効いているとしか、考えられない。

――市岡さまは、唐久どのの教えを受けたとおっしゃっていたが、まさしく技は本物のようだ。若年寄でなければ、市中に医療所が開けるのではあるまいか……。

強烈な痛みに顔をしかめることがないのは、ここ最近では、ほとんどなかった。普通に腕を動かせるのが、雷蔵はありがたくてならない。足早に歩きながら、三左衛門に再び深く感謝した。

五

四半刻後、雷蔵たちは鮫ヶ橋谷町に入った。道々警戒はしていたものの、三人組の殺し屋はあらわれなかった。

もう狙う気が失せたとしか思えないほど、身の回りは平穏である。

——もちろん油断はできぬ。

米造の先導で、雷蔵は富士診庵の前に立った。長飛に会えると気持ちが弾んでいたせいか、ずいぶん早く着いたように感じた。

建物には明かりが灯《とも》っていた。そのほんのりとした明るさは雷蔵に、俺が来るのを長飛どのは待っていたのか、という気にさせた。

——そんなことは、まずあるまいが……。

雷蔵は、出入口の障子戸をほたほたと叩いた。すぐに、女の声で応えがあった。戸の向こうに影が立ち、どちらさまでしょう、と問いかけてきた。

「伊香雷蔵だ」

名乗ると、心張り棒が外される音が響き、障子戸がするすると開いた。長飛が顔をのぞかせる。

あたりは闇に包まれているのに、目がきらきらと輝いて、とても美しかった。雷蔵は息をのんだ。

「いらっしゃいませ」

鈴を転がすような声が耳に吸い込まれ、雷蔵は我に返った。

「伊香さま、入られますか」

にこりとして長飛が横にどいた。

「かたじけない。供の者も、入れてもらってよいか。外で待つのは、あまりに寒かろう」

「もちろんそういたしましょう」

一礼して雷蔵は土間に入り、雪駄を脱いで待合部屋に上がった。

米造が式台に腰かける。米造が寒くないようにと、長飛が式台に火鉢をのせた。

「あっ、ありがとうございます」

米造が恐縮して礼を述べる。長飛はにこにこしている。

「ここは閉めさせていただきますね」

土間と待合部屋を仕切る襖を長飛が横に滑らせた。雷蔵から米造の顔が見えなくなった。

待合部屋にも火鉢が一つ置かれ、赤々と炭が燃えていた。部屋はほんわりとした暖かさに満ちており、雷蔵は心地よさを覚えた。

——火鉢が二つも用意されていたのか。やはり俺が来るのをわかっていて、支度していたとしか思えぬ。もともと勘のよい娘だったしな。

首を軽く振ってしゃきっとし、雷蔵は目の前に端座した長飛をじっと見た。

「不二世どのだな」

雷蔵はずばりときいた。

「さようにございます」

頭を下げて長飛がすんなりと認めた。

「久しいな。といっても、この医療所で会っているし、先ほども相まみえたばかりだ」

雷蔵は、ふっ、と軽く息をついた。

「長飛どの、なにゆえあのような真似をした」

「おわかりになりませんか」

不思議そうに長飛がきいてきた。

「もしや拗ねたのか」

雷蔵がいうと、ふふふ、と長飛が笑いを漏らした。

「道場でともに汗を流した時分ならそうだったかもしれませんが、私ももう子供ではありません」

「では、なにゆえ……」

「雷蔵さまの腕が落ちていないか、見てさしあげたのです」

意外な言葉に、雷蔵は目を丸くした。

「まことにそうなのか」

はい、と長飛が形のよい顎を引いた。

「正義のお心が特に強い雷蔵さまのことですから、今も誰かから狙われていてもおかしくないと考えたのです。もし万が一、腕が落ちていたら、まずいとも思いました」

「では、俺の身を案じて、あのような真似をしたのか」

「さようにございます。嘘ではありません」

「しかし俺が五十肩だと知って襲うとは……」

「もし雷蔵さまが誰かから狙われているとして、俺は五十肩だからやめてくれ、と頼んで、向こうが待ってくれますか。逆に恰好の機会だと思うでしょう」

「確かにその通りだな。いつ襲われても即座に応じられるよう、油断はしておらなんだが、実際にあわてることなく動けたことには、安堵している」

「雷蔵さまの動きからは、五十肩の痛みは感じ取れませんでしたが……」

不思議そうに長飛が口にする。なにがあって五十肩の具合がだいぶよくなったか、雷蔵は説明した。

「お屋敷に見えた若年寄さまが鍼で……。では、雷蔵さまは私の手当を受けるのをやめてしまわれますか」

残念そうに長飛がきいてきた。

「いや、そうする気はない。俺は治るまで、そなたの手当を受けるつもりだ」

「それを聞いてほっとしました」

安堵の顔になった長飛が、さらに問いを発した。

「雷蔵さまは、今お命を狙われてはおられませんか」

「実は狙われているのだ」

ごまかすことなく雷蔵は正直に告げた。

「やはり……」

雷蔵を見つめる長飛が納得の顔になった。

「誰に狙われているのです」

「殺し屋だ」

長飛が眉根を寄せる。

「殺し屋……」

「誰がその殺し屋を雇ったのか、すでに目星がついてはいるのだが、まだ確かな証拠はない。しかし、俺が狙われていることを見破るとは、長飛どのは相変わらず鋭いな」

長飛が小さな笑みを口元に宿した。

「雷蔵さまは長崎にいらしたときから、しきりに正義のための振る舞いをなさっておられました。弱い者いじめばかりしている金持ちの子供を殴りつけたり、商家やお百姓に悪さをするやくざ者を叩きのめしたり、年寄りから金をだまし取ろうとした若い男をぶちのめしたりして、その手の者から怨みを買っていました」

「そうであったな……」

あの頃は、まだただの若造だったのに、長崎の町をよくしてやろうと必死だった。若さに任せて、無理なことをしたのも確かだ。

「そのために、雷蔵さまは何度も何度も闇討ちをされたではありませんか。あの頃から恐ろしいまでの強さでしたから、すべて切り抜けられましたが、きっと江戸でも同じではないかと私は考えたのです」

その通りだ、と雷蔵は思った。

「俺は長崎にいたときと、まるで変わっておらぬゆえ……」

「もっとも、それだけで雷蔵さまに勝負を挑んだわけではありません。私の長崎拳法の腕が上がったところを、どうしても見ていただきたかったのです」

「そうであったか。確かにすごい腕になったものだ。感心した」

「まことですか」

顔をほころばせて長飛がきいてきた。

「嘘はいわぬ。おぬしの上達ぶりには心から驚かされた」

「私に散々に攻められて、雷蔵さまは冷や汗をかかれましたか」

ははは、と笑い声を上げ、雷蔵は頰を緩めた。

「正直、かかされた。もしそなたが使ったのが長崎拳法だと知らなかったら、俺はやられていたにちがいあるまい。長崎拳法を知らぬ者からしたら、見えないところから拳や蹴りが飛んでくるし、それがまた恐ろしいまでの速さだ」

「雷蔵さまにお褒めいただき、まことにうれしく思います」

破顔したが、すぐさま長飛が表情を引き締めた。心配そうな目を向けてくる。

「それで雷蔵さま」

「なにかな」

「殺し屋を雇ったのは、誰なのですか」

それか、と雷蔵はつぶやいた。

「長飛どの、まさかと思うが、それを俺から聞いて無茶をする気ではないだろうな」

「えっ」

長飛が少し狼狽《ろうばい》した様子を見せた。

「ま、まさか、私がそんな真似をするはず、ないではありませんか」

「それはそうだろうな。そなたにそんな暇はないはずだ。本業があまりに忙しい」

「おっしゃる通りです。私には無茶をしている暇などありません」

ほほほ、と長飛が朗らかに笑った。そういえば、と雷蔵は長飛の笑顔を見て、思い出した。図星を指されたときに、不二世はよくこんな笑い方をしていた。

「まことに無茶はせぬな」

まじめな顔で雷蔵は釘を刺した。

「もちろんです」

居住まいを正して長飛が答えた。

「よし、そなたを信じ、誰が殺し屋を差し向けたか、俺の考えを話そう」

長飛を見つめ、雷蔵はつらつらと語った。

「宗門の女宗祖……。それは、なんという宗門ですか」

「調べてはみたのだが、わからなかった」

「新しくできた宗門でしょうね」

「だと思う」

下を向き、長飛が少し考え込む素振りを見せた。

「新しく興った宗門について、詳しい方を存じています。うちの患者なのですが……」

「ほう、そうなのか。新たに興った宗門について詳しいのなら、紹介してもらえると、ありがたい」

「わかりました。雷蔵さまが会いたがっていると、その方に伝えておきます」

「頼む。ところで、それはどういう人だ」

「公事宿《くじやど》のご主人です」

公事宿とは、訴訟で江戸に出てきた人たちのための宿だ。そのほとんどが馬喰町《ばくろちょう》にかたまっている。

「公事宿のあるじが、なにゆえ新たに興った宗門について詳しいのだ」

「なんでも、お内儀がその手の宗門にはまってしまい、抜け出させるのに、ひどく難儀したそうなのです。その経験を生かし、宗門にはまってしまった人を抜け出させたり、苦労している家人を救いたいという思いから、新たに興った宗門のことをいろいろ調べたり、研究したりしているそうです」

「ふむ、そういうことか。宗門にはまった者を抜け出させたり、家人を救いたいと思ったりするなど、奇特な人だな」

「はい。今は少し具合が悪くて、私のもとに通っていらっしゃいますが……」

「具合が悪いとは、まさか命に関わるような病ではなかろうな」

「ご安心を。それほどの病ではありません」

「もしや五十肩みたいなものか」

「いえ、ちがいます。肝の臓が少し弱っているのです。お酒はやめてもらっていますから、薬で必ず治るはずです」

「新たに興った宗門の者から、その人は命を狙われたりはしておらぬのか」

「そういう話は聞いてはおりませんが、もしかすると、危難にさらされたことはあるかもしれません」

「そうであろうな。新たに興った宗門は、性質《たち》が悪いものが多そうだ」

一刻も早くその公事宿の主人に会いたいものだ、と雷蔵は思った。

「その公事宿のあるじは、名をなんという」

「矢之助《やのすけ》さんとおっしゃいます」

「矢之助だな。よし、覚えた。ところで長飛どの」

威儀を正して雷蔵は長飛に問いかけた。

「話は変わるが、ここはほかに人の気配が感じられぬ。長飛どのは独り暮らしなのか」

「さようにございます」

長飛がさらりと答えた。

——そうか、一人で住んでいるのか。

雷蔵は、部屋の中が一気に暑くなったような気がした。

「この医療所には助手の女人が二人いたが、通いなのか」

気持ちを落ち着けて雷蔵はきいた。

「二人とも近所に住んでおります」

そうか、と雷蔵はつぶやいた。

「ところで、長飛どのはいつ江戸に来たのだ」

「八月《やつき》ほど前です」

「けっこう前なのだな。実家の日善屋はどうした」

「何事もありません。一番上の兄が継いでおり、商売もつつがなく……」

「それはよかった」

雷蔵は、胸をなで下ろした。なにかいやな予感がしていたのだが、杞憂《きゆう》に過ぎなかったようだ。

「長飛どのは、なにゆえ江戸にまいった」

雷蔵は少し踏み込んだ質問をした。

「ぐいぐい来ますね」

優しげに笑ったが、長飛がすぐに表情を引き締めた。雷蔵にまっすぐな眼差しを向けてくる。

「なんとしても、雷蔵さまのおそばにいたいと思いました」

凜とした声音で、はっきりと告げた。

「なんと、まことか」

驚きが強く、雷蔵は腰を浮かしそうになった。すぐに座り直す。

「はい。おそばといっても、同じ町にいられるだけでよいと思っておりましたが……」

「それゆえ、八月もたつのに俺につなぎの一つもよこさなかったのか」

微笑んで長飛が首を横に振る。

「十八年ものあいだ音信不通だったのに、急に知らせるというのも照れくさかったのです」

「水くさいとしかいいようがないが、十八年か。うむ、そんなにたったのだな。照れくさいという、おぬしの気持ちはわからぬでもない」

長飛が言葉を続ける。

「私は長崎で、江戸から見えた長崎奉行の配下の方から、江戸で伊香雷蔵という火盗改の頭が多くの咎人《とがにん》を捕縛するなど、大いなる働きを見せて、町人たちから『江戸の雷神』と崇《あが》められているという話をうかがいました」

「ほう、長崎までそのような話が……」

「思いがけず雷蔵さまの御名が耳に入り、私は矢も盾もたまらず江戸に行きたくなりました。ですが、長崎でいろいろと片づけなければならないこともあり、さすがにその願いはすぐには叶《かな》いませんでした」

うむ、と雷蔵はうなずいた。

「長飛どのが医者になろうと志したのは、なにゆえだ」

「十年ばかり前に、一番上の兄が難病にかかったのですが、うちにいらした蘭方のお医者がものの見事に治してくださったのです。そのお姿を見て、自分もあんな風になりたいと願い、そのお医者に仕えて、教えを受けました。ちょうど一年前にお師匠が病で亡くなり、私は江戸に出る決意をかためました。お師匠はそのとき八十五でした。老衰ゆえもはやなにをしても無駄だ、とおっしゃっていました」

悲しげに長飛が目を落とした。そんな仕草も雷蔵には美しく見えた。

「そのようなことがあったのか。それは大変だったな。辛《つら》かったであろう」

優しい口調で雷蔵は慰めた。

「ところで、おぬしの長飛という名はなにからつけたのだ。由来があるのか」

「由来などはありません。ただ、長崎から飛んできたという意味です」

「ああ、そういうことか……」

——俺に会いに飛んできたのは、本当のことかもしれぬ……。

気恥ずかしくて下を向いた雷蔵は唇を湿らせた。

「このあいだそなたは、俺に嘘つきといったようだが、あれはなにゆえだ」

「約束をしたのに、反故《ほご》にされたからです」

怨みなどみじんも感じさせないすっきりとした目で、長飛が雷蔵を見る。

――どんな約束をかわしたのだったか……。

思い出そうとして雷蔵は沈思した。

「覚えていらっしゃいませんか」

長飛にいわれた途端、雷蔵の中でその言葉が唐突によみがえった。

「いや、覚えているぞ。俺に勝てば嫁さんにしてやる、といったのだ」

それを聞いて長飛がにこりとした。

「ですので、私は一所懸命に稽古に励みました。それなのに……」

言葉を途切れさせて長飛がうつむいた。

「ある日突然、雷蔵さまは長崎から消えてしまわれた……」

任限を終えて江戸に復する父の丙蔵に、雷蔵はついていくしかなかったのだ。

「おぬしに事情を聞かせる間もなく、江戸に戻ることになったゆえな。申し訳なかった」

長飛に向かって雷蔵はこうべを垂れた。

「しかも江戸に戻られた雷蔵さまは、いつの間にか奥方を娶《めと》られたと聞きました。嘘つきとなじったのは、そのこともあります」

「その妻も病で亡くなってしまったが……」

「存じております。それでも、私は雷蔵さまに嘘つきといいたかったのです」

いたのです」

「本音をいえば、先ほど雷蔵さまに勝負を挑んだあのとき、私は勝ちたかったのです。勝って、お嫁さんにしてくださいといいたかったのです。ずっとそのときが来るのを待っていたのです」

「なんと、そうだったのか」

長飛を抱き締めたくなったが、雷蔵はなんとかこらえた。襖一枚を隔てて米造もいる。下手なことはできない。

「でも、雷蔵さまのほうが、まだまだ上とわかりました。勝てないのがわかったので、私は引いたのです。医術ともども、これからも精進を続けるつもりです」

凜々《りり》しさを感じさせる表情と姿勢で、長飛が宣した。

「いろいろと済まなんだな。そなたには借りができた。必ず返させてもらう」

長飛は無言で、ただ雷蔵を見つめている。

「長飛どの、まだいいたいことがあるのではないか」

すぐさま長飛がかぶりを振った。

「いいたいことは、すべて申し上げたような気がします」

さようか、と雷蔵は点頭した。

「気持ちはわかる」

「よし、今宵はここまでにしよう。俺は帰ることにいたす」

本当は長飛ともっと一緒にいたかったが、さすがにそういうわけにもいかない。

――長飛どのとの仲は、ゆっくりと深めていけばよかろう。焦ることはない。

なにしろ、長崎で別れてからすでに十八年もたっているのだ。その長い年月のあいだに穿《うが》たれた狭間《はざま》や谷間を埋めるのは、そうたやすいことではあるまい。

腹に力を入れた雷蔵は、愛刀を手にすっくと立ち上がった。

「では、失礼する」

会釈して雷蔵は襖を開けた。どこか呆然《ぼうぜん》とした様子の米造が土間に立っていた。米造は雷蔵たちの話をすべて聞いていたのである。

「米造、なにか耳にしたか」

えっ、と米造が目をみはり、雷蔵の言葉の意味を解した顔つきになった。

「いえ、なにも耳にしてはおりませぬ」

ぶるぶると首を横に振ってみせた。

「それでよい」

にこりとして土間の雪駄を履き、雷蔵はくるりと振り向いた。いつの間にか狭い式台に、長飛が端座していた。

「長飛どの、いろいろ話せてよかった。また来る」

「お待ちしております」

両手をつき、長飛が深く辞儀した。真っ白なうなじが目に入り、雷蔵はどきりとした。すぐに目をそらす。

「お茶もお出しせずに済みませんでした」

顔を上げた長飛が申し訳なさそうにいった。

「なに、構わぬ。歳のせいか、夜分に茶を飲むと、眠れなくなってしまうのでな」

「そうではないかと思うておりました」

くすりと笑い、長飛が不意に立ち上がった。美しい顔が間近に迫ってきて、雷蔵はどぎまぎした。

「雷蔵さま、あの約束は今も生きているのですか」

すがるように長飛がきいてきた。雷蔵は奥歯をぎゅっと嚙み締めた。

「むろんだ。あの約束は永遠《とわ》のものだ」

またしても抱き締めたいという思いが湧き上がってきたが、雷蔵はなんとか耐えた。思いを振り切るように長飛から目を離し、くるりと体を返した。外で剣吞な気配を発している者がいないかどうか、確かめて障子戸を開ける。

まず米造が外に出て、火打ち道具を使って提灯に火を入れた。あたりがふんわりと明るくなったところで、雷蔵は敷居をまたいだ。振り返って、土間に立つ長飛を見つめる。

「では、これで失礼する」

丁寧に一礼して、雷蔵は障子戸を閉めた。一瞬で長飛の顔が消えた。

それだけで寂しさが一気に募り、すぐにでも会いたいという衝動に駆られたが、その気持ちを押し殺して雷蔵は歩きはじめた。

帰り道は寒風がひどく身にしみた。屋敷までの道のりが遠く感じられてならなかった。

第三章

一

多顕尼《たあきに》は伊香雷蔵を亡き者にしたい。

この手でくびり殺してやりたい。

しかし、雷蔵の剣術の腕は相当のものだ。隙を狙わない限り、命を奪うのは無理かもしれない。

その上、あの男には呪術がまったく効かないのだ。自分が行っても、他の者がやってみても、効果がない。これまでに何度も呪い殺そうと試みたのだが、今も雷蔵はぴんぴんしている。

そのために多顕尼は、腕利きの三人を差し向けてみた。

そのうちの一人は雷蔵をおびき出すために辻斬りをし、三人の罪のない町人や僧侶などを殺したようだ。

その誘いに引っかかって雷蔵が夜間、単身で探索に出たところへ襲いかかったらしいのだが、逆に足に傷を負わされ、撃退されたという。

この前、三人が多題尼のもとにやってきて、しくじりを謝っていった。必ずや伊香雷蔵を亡き者にしてみせると改めて誓ってみせたが、果たして本当に殺《や》れるものなのか。あまり当てにしないほうがよいかもしれない。

どうすれば、と多題尼は目を閉じて考えた。あの男をこの世から除くことができるか。だが、その手立てはなかなか見つからない。雷蔵というのは不死身のような男なのだ。

今は、あの三人が首尾よくやってのけるのを、見守るしかできることはないのではないか。

再び三人がしくじったときに、雷蔵を始末する方法をじっくりと思案するのでは遅いだろうか。

雷蔵という男は、存外、人がよいらしい。そこにつけ込むことはできないだろうか。

少し思案してみたが、よい手は思い浮かばなかった。

そのとき、襖の外から衣擦れの音が聞こえてきた。ご老中がいらっしゃった、と覚り、多顕尼は居住まいを正した。

「待たせた」

襖越しにしわがれ声が届いた。

「入るぞ」

からりと襖が開き、男が姿を見せた。

「ご老中、お邪魔しております」

畳に手をつき、多顕尼は平伏した。老中首座の松平伊豆守が多顕尼の向かいに座した。

「そなたがせっかく来たというのに、邪魔ということなどあるものか」

「ありがたきお言葉にございます」

多顕尼は顔を上げた。伊豆守が脇息《きょうそく》にもたれ、にやりとして多顕尼を見る。

「相変わらず美しいの」

今日の多顕尼は、どこにでもいる江戸の娘のような桃色の小袖を着ている。宗祖の衣装は、不要だと判断した。

「いえ、そのようなことはありません。私より美しい娘は、この世にいくらでもおります」

多顕尼は謙遜してみせた。

「ところでご老中、お体の具合はいかがでございますか」

うむ、とうなずいて伊豆守が脇息から身を起こした。

「すこぶるよいぞ」

相変わらず顔色はあまり優れないように見えるが、前はもっとどす黒かった。その頃に比べたら、今はだいぶましになったといってよい。

「はい、お顔の色もずいぶんよろしいかと」

「そうであろう」

うれしげに伊豆守が笑み、自分の頬をつるりとなでた。

「これもそなたのおかげよ」

「畏れ入ります」

十月《とつき》ばかり前に多顒尼は、伊豆守が御典医もお手上げの病に冒されて寝込んだとき、効《こう》験《げん》あらたかな祈禱師がいるとのことで、この役宅に呼ばれたのだ。

寝所の隣の部屋で多顒尼が祈禱を行ったところ、伊豆守は起き上がれるようになった。多顒尼は、伊豆守にその後、何回か祈禱に呼ばれた。そのたびに、伊豆守の病は快方に向かっていったのである。

その一件で伊豆守は多顒尼に盤石《ばんじゃく》の信頼を寄せるようになり、少しでも体調が優れなくなれば、役宅に呼ぶようになったのだ。

「それにしても多顕尼、今日はどうしたというのだ。そなたを呼んではおらぬが……」

不思議そうに伊豆守がきいてきたが、すぐになにか思いついたらしく、喜色を浮かべた。

「もしや、ようやく余の願いを受け容れる気になったか」

好色な伊豆守から側室になるよう誘われているが、多顕尼ははぐらかし続けている。軽く咳払いし、真剣な顔で伊豆守にいう。

「つい先日のことですが、伊香雷蔵に会いました。そのことをご老中にお話ししたく、まかり越しましてございます」

むっ、と伊豆守が表情を険しいものにした。

「あやつに会ったか。どこで会《お》うた」

「さる商家の主人に祈禱をした帰路でございます。町なかでばったり会いました。あの男とは初めて顔を合わせましたが、すぐに伊香雷蔵だとわかりました。この手で殺してやりたいと心から思いました」

ふむう、と声を漏らし、伊豆守がたるんだ顎の肉をつまんだ。

「あやつの兄が不始末をしでかした折に、やはり、とっとと殺しておいたほうがよかったのではないか」

間髪を容れずに多顕尼は首を横に振った。

「生かしておいてよかったと思います」

「しかし、あの男は実にしぶとい」

伊豆守が渋い顔をする。

「しぶとすぎるくらいだ。あやつの息の根を止めるに恰好の機会があったのだ。それを逃したのは、もったいなかった」

伊豆守がいうように、雷蔵の兄の要太郎が江戸の町を荒らし回った押し込みの一人だと知れ、その責任を雷蔵が問われたとき、切腹に追い込むことは、さして難しくはなかったはずである。

それをなんとか生かすよう伊豆守に頼み込んだのは、ほかならぬ多顕尼だ。多顕尼は、なんとしても仇を自らの手で討ちたかったのである。

「伊香雷蔵は、必ず私があの世に送ってみせます。切腹などという生やさしい手立てで、死んでほしくはありません」

「だが多顕尼、まことに殺れるのか」

「殺れます。必ず殺ります」

全身に決意をみなぎらせて多顕尼は答えた。

「それならよいが、手に余るようなら、わしに相談せい」

「承知いたしました」

「必ず成就《じょうじゅ》できるものと、わしはそなたを信じておる」

軽く息をつき、伊豆守が脇息にもたれる。小さく辞儀してから多顕尼は背筋を伸ばした。

「今日はご老中とお話ができ、満足いたしました。では、これにて失礼いたします」

「なんと、もう帰ると申すか。今しばらく一緒にいてくれぬか」

脇息から離れ、伊豆守が懇願する。

「わかりましてございます。ご老中のお望みとあらば……」

胸を張って多顕尼は座り直した。好色そうな目で伊豆守が多顕尼の姿をじろじろと見る。

「つい最近、余は弟を失った」

多顕尼を見据えて伊豆守がつぶやく。

「うかがっております」

すかさず多顕尼は相槌を打った。辛そうな表情で伊豆守が目を閉じる。

座敷内を沈黙が支配し、多顕尼はなんとなく息苦しさを覚えた。

——お気持ちは私にもよくわかるが……。

「ご老中、弟御の後始末はどうされるのでございますか」

多顕尼が問うと、伊豆守が目を開け、強い眼差しを注いできた。

「弟を手にかけた下手人は、仁和家の家臣だった安斎六右衛門という者だ。引っ捕らえ、この手で殺すつもりでおる」

「その安斎とやらの居どころは、わかっているのでございますか」

「わかってはおる」

悔しそうに伊豆守が唇を嚙んだ。

「このあいだ仁和家の討手が安斎を囲んだらしいのだが、しくじりおったそうな。やつを捕らえ、ここに連れてくる手はずになっていたのだが……」

「ああ、さようにございましたか……」

「次は、余が討手を送るつもりでおる。この手で、安斎に仕置きをしてくれよう」

ぎりぎりと奥歯を嚙み締めて、伊豆守が断言した。

天下の老中首座ににらまれては、と多顕尼は思った。安斎という男は、もはや生きてはいけないだろう。

そのとき胸がずきりと痛み、またか、と思って身構えた。胸の中が熱くなり、それが喉に伝わって激しく咳き込んだ。咳は永遠と思えるほど長く続いたが、どのくらい時がたったかと思った頃ようやくやんだ。

「大丈夫か」

心配そうな顔で伊豆守がきいてくる。

「大丈夫でございます」

気丈さを装って多顕尼は答えた。

二

ゆっくりと歩く紀左衛門の背中を間近に見つつ六右衛門は、大丈夫なのか、と雇い主の身を案じた。

なにしろ、昨日、心寛丸を受け取りに行った薬種問屋の伊豆見屋では、心の臓がさらに悪くなっているようですね、とあるじの博右衛門《ひろえもん》に案じ顔でいわれたのだ。もう仕事はおやめになって隠居されたほうがよろしいでしょう、という忠告までもらったのである。

だが、紀左衛門に隠居しようなどという気は、まったくない。心寛丸さえ服用していれば、大丈夫との思いがあるようなのだ。

——心寛丸をつくっている薬種問屋のあるじの言葉に、なにゆえ耳を傾けぬのか、俺には解せぬ。

今日も、まだ朝の五つ前だというのに、商談のために紀左衛門はのっしのっしと牛のように道を歩いている。後ろ姿からも貫禄がにじみ出ているが、前よりも背中が小さくなった感は否めない。

やはり体の具合がよくないのであろうな、と六右衛門は考えざるを得ない。博右衛門がいっていたように、紀左衛門の心の臓がひどく弱ってきているのは、疑いようがないのではないか。

背中の小ささだけではない。前回、六右衛門が用心棒についたとき、紀左衛門の歩調はもっと速かった。今はもう、ゆっくりとしか歩けないのではないか。動きがいかにも大儀そうなのだ。

紀左衛門の露払いをしている番頭の銀之助《ぎんのすけ》も、主人のことを気にしながら歩を進めている。何度も振り向いて紀左衛門のことを気がかりそうに見ているのが、その証である。

——隠居すれば体も楽になるはずなのに、そうしようとせぬ。三笠屋にとって、命よりも仕事のほうが大事なのか……。

そうなのかもしれぬ、と六右衛門は思った。江戸だけでなく、六右衛門の国元にもその手の者は大勢いた。

紀左衛門は、今朝も飲んでいた心寛丸を心から頼りにしているのだろう。心寛丸を服用していれば仕事を続けていても、心の臓は保つと考えているにちがいない。

——薬頼りは危ういのに……。

七年前、六右衛門の父の八兵衛《はちべえ》が病に倒れ、ほとんど寝たきりになった。もともと八兵衛はかなりの酒飲みで、肝の臓がひどく悪くなっていたのだ。

寝たきりになる前に、肝の臓の病はとにかく安静が大事ゆえ、もう歳だし、隠居なされたほうがよい、と医者に口酸っぱくいわれたのだが、八兵衛は意に介さなかった。

さすがに酒を喫するようなことはなかったものの、医者に処方された薬を飲んで、使番として奉公を続けていたのだ。このよく効く薬があればわしがくたばるようなことは決してない、と公言していた。

しかし顔はどす黒く、六右衛門には父の身が案じられてならなかったのだが、そんなある日、ついに無理が祟《たた》って八兵衛は城中で倒れ、その半年後に帰らぬ人となった。

——今の三笠屋は父上にそっくりだ。父上と同じようにならなければよいが……。

ふとそのとき、六右衛門は背後から目のようなものを感じた。悪意がこもっている眼差しに思えた。

——ついに来たか。

だが、その眼差しは六右衛門が振り返る間もなく途切れた。

しばらく六右衛門は背後に神経を集中していたが、目は戻ってこなかった。今は背後から襲ってくる気はなさそうだ、と判断し、再び紀左衛門の身の回りに気を配りはじめた。用心棒として最も怖いのは、雇い主の背後を狙われることだ。誰から教わったわけでもないが、紀左衛門の後ろに位置していれば、前から襲ってくる者にも対処できるし、背後は自身で守れるということを、六右衛門はほんの数日で学んだのだ。

紀左衛門がちらりと振り返り、六右衛門を見つめてきた。

「安斎さま、もうじきでございます」

今朝の商談先は安曇屋《あずみや》という米問屋だと伝えられているが、道の右側に店の名を記す看板がかかっているのが見えた。看板には、米、とも書かれていた。

道々、紀左衛門と銀之助が語り合っていたが、この店にまとまった金を貸せるかどうか、安曇屋の主立った者と話をして、決める算段のようだ。

あと五間ばかりで安曇屋に到着するというところまで来たとき、六右衛門は横合いから殺気のようなものを覚えた。ついにあらわれたか、と六右衛門はずいと前に出て、紀左衛門をかばうように立った。まだ刀を抜くつもりはない。

右の路地から、男が姿を見せた。ぎらついた瞳で、紀左衛門をにらみつけている。手にきらりと陽射しを弾く物が握られているのを、六右衛門は見た。

「舷吉《げんきち》たちの怨みを知れっ」

匕首を腰だめにして、男が突進してきた。六右衛門はすかさず男と正対した。

「安斎さま」

六右衛門の背中にしがみつくような勢いで、紀左衛門が体を寄せてきた。

紀左衛門の前に立つ六右衛門を邪魔とみたか、男が右手に回り込もうとした。六右衛門はそれを許さず、さっと体を向けた。

「ええい、余計な真似をするなっ。どけっ」

六右衛門をにらみつけて男が叫ぶ。

「そうはいかぬ。俺は三笠屋の用心棒だ。給銀をもらっている以上、それだけの働きはせねばならぬ」

「そいつは極悪人だぞ。人を不幸にしてばかりいる男だ。そいつの甘言にのせられて金を借りたせいで、俺の兄貴一家は心中しちまったんだ」

六右衛門の後ろから紀左衛門が顔を出し、男を蔑んだような声を発した。

「誰も、金を借りてくださいなんて頼んでいないよ」

「なんだと。きさまっ、殺してやる」

猛《たけ》った男が匕首を掲げ、突っ込んでこようとする。

「やめておけ」

六右衛門は冷静な声音で命じ、男の前に再び立ちはだかった。

「三笠屋に怨みを抱いているのも、無念を晴らしたい気持ちもわかるが、そんな真似をして、よいことなど一つもない」

——妻の無念を晴らそうと、主君を殺した男がそのようなことをいうのか。俺は殿を亡き者にしたことを悔いておるのか。いや、そんなことはない。芳江《よしえ》も喜んでいるはずだ。

「うるさいっ。俺は兄貴一家の無念を晴らさなきゃならねえんだっ」

必死の形相で紀左衛門に襲いかかろうとするが、六右衛門が盾となっているために、男は一歩も前に進めない。

「頼む、後生だ。俺にそいつを殺させてくれ」

死を決意した目で六右衛門を見、男が懇願する。

「ならぬ」

男を見据えて六右衛門はかぶりを振った。

「おぬしこそ、このような真似はさっさとやめるのだ。さもないと、痛い目に遭わせなければならなくなる」

「やれるものならやってみろ」

六右衛門に向かって男が吼える。

「容赦はせぬぞ」

厳しい声音で六右衛門は告げた。

「むろん、命まで取る気はないが、おぬしを引っ捕らえ、町奉行所に引き渡すことになる。それでもよいか」

「おう、やれるものならやってみやがれ。覚悟の上だ」

ぺっ、と足元に唾を吐き、男が匕首を振り回してきた。憎しみの目を六右衛門に向けてくる。紀左衛門を殺る前に、まず用心棒をなんとかしなければならないと考えたようだ。

「えいっ」

男が腕を振り、六右衛門の脇腹のあたりに匕首を突き立てようとする。もっとも、その動きは、六右衛門にはのろのろとしたものにしか見えなかった。

手のひらで匕首の腹を叩くと、男の手からびしっ、と小気味よい音が立った。男の手を離れた匕首がくるくると回転しながら飛んでいく。

六右衛門の狙い通り、通行人など誰もいないところに落ち、小さく土煙が上がった。

「うおっ」

驚きの声を上げて男が六右衛門を見る。

「くそう」

得物を失って逃げるかと思ったが、男はそうはせず、六右衛門にむしゃぶりつこうとした。なぜ逃げぬ、と六右衛門はあきれ、仕方なく男の腕をねじり上げた。

男が、いてててて、と情けない声を上げ、体をよじった。六右衛門は、男をどんと突き放した。

路上でたたらを踏んで男がなんとか踏みとどまる。さっと体勢を立て直して、六右衛門を見た。化け物とでも見えたか、恐れの色が目に宿っていた。

逃げろ、と六右衛門は心で念じた。男が六右衛門の意図を解したか、身を翻そうとした。

だが、その前に横合いから飛び出した見知らぬ若者がいきなり六尺棒を振るった。がつ、と音がし、うっ、とうめいた男が後頭部を押さえ、地面に倒れ込んだ。気を失ったらしく、横たわったままぴくりともしない。

「何者だ。なぜその男を打った」

若者を見つめて六右衛門は声を荒らげた。そんなことをいわれるとは思っていなかったらしく、若者が驚いたように身を縮める。

「あの、あっしはこの町の自身番の者なんですが……」

「自身番から来たのか」

六右衛門の問いに、はい、と若者がうなずいた。

「刃物を持って人を襲っている男がいるとの知らせを受けて、あっしはこいつを手に駆けつけたのです」

若者が六尺棒を持ち上げてみせる。

「ここまで来て、襲われているのが三笠屋さんだとわかり、捕縛のお手伝いをしたつもりだったのですが……」

「ああ、そういうことだったか」

六尺棒は自身番に備えつけのものだろう。若者はすべきことをしたに過ぎない。

「わかった。怒鳴って悪かったな。助かった」

「ありがとうございます」

ほっとしたように若者が礼を述べた。

「あの、この男をふん縛ってよろしいですか」

若者が六右衛門に伺いを立ててきた。

「それがそなたの仕事であろう。俺に許しなど求めずともよいのだ」

「わかりました」

腰に吊《つる》してある捕縄《ほじょう》を地面に置き、若者が男の体を起こした。座るような恰好にしてから、改めて捕縄を手にし、まだ気を失ったままの男の体をぐるぐる巻きにする。その上で、男の頬をぺしぺしと軽く叩いた。

「起きてくれ」

その声が聞こえたらしく、男がはっとして目を開けた。眼前の若者をまじまじと見る。あわてて立ち上がろうとしたが、体の自由が利かないことに気づいて、呆然とした。

「これはおまえの仕業か。とっととほどけ」

叫んだ拍子に頭が痛んだか、男が顔をしかめた。

「ほどくことはできん。これからあんたは御番所行きだからな」

江戸において御番所というのが町奉行所を指すことを、六右衛門はすでに知っている。

「御番所には、使いを走らせてある。御番所から人が来るまで、あんたには自身番に来てもらうことになる。立ってくれるか」

若者は、態度も言葉遣いも平静そのものである。物慣れたものを六右衛門は感じた。抗《あらが》ったところで、もうどうにもならないことを男は覚ったようだ。

「わかった」

若者の手を借りて、男がおとなしく立ち上がった。

「ちょっとよいか」

二歩ばかり足を踏み出し、六右衛門は若者に声をかけた。

「その男と話をしたいのだが。ときはかからぬ」

「どうぞ」

若者が少し後ろに下がった。

「おぬし、なにゆえ三笠屋に書状など出した」

男を凝視して六右衛門はきいた。

「書状だって……。いったいなんのことだ」

「出しておらぬのか」

「ああ、出してねえよ」

「まことか」

男が顔をしかめる。

「こうして捕まっちまったのに、今さら嘘をついてもしようがねえだろう」

それはそうだな、と六右衛門は納得した。

「おぬし、名は」

一瞬、どうしようか思案したようだが、男は小声で名乗った。

「琴吉《こときち》だ」

なんときれいな名だ、と六右衛門は感じ入った。二親のどちらかが、琴の弾き手なのかもしれない。

「よし、もう連れていっていいぞ」

六右衛門は若者に伝えた。

「行くよ」

若者が琴吉を促し、捕縄を軽く引く。琴吉が歩きはじめたが、不意に気づいたように顔を横に向けた。目で捜しているのは、どうやら紀左衛門のようだ。

「きさま、必ず殺してやるからな」

琴吉に怒鳴りつけられた紀左衛門が、小馬鹿にするように腹を揺すった。

「手前を殺してやるだなんて、今のおまえにいったいなにができるというんだい。仮におまえが死罪にならずとも、天下にその名が轟《とどろ》く三笠屋を襲ったんだ。遠島はまぬがれない。だからそんな真似は、したくてもできやしないんだ」

くっ、と琴吉が奥歯を嚙み締めたが、すぐに口を大きく開いた。

「遠島になったとしても、俺は必ず舞い戻って、きさまを殺してやる」

ははは、と紀左衛門がさらに高笑いした。

「もしおまえがそこまでやれたら、いいよ、おとなしく殺されてやろうじゃないか」

「約束だぞ。俺が舞い戻ってきたとき、そんな約束をした覚えはないなんて、いうんじゃないぞ」

「ああ、約束だ。おまえこそ、ちゃんと島から帰ってくるんだよ」

「帰ってくるに決まっているさ。三笠屋、それまで死ぬんじゃないぞ。わかったか」

「安心おし。そんなにたやすく、くたばりはしないよ」

もういいだろう、と若者にいわれて琴吉が縄を引かれた。歩き出しながら、今にも紀左衛門に嚙みつきそうな顔をしていた。

「まったくお笑い草ですよ。笑いすぎて、涙が出てきましたよ」

目尻に少し浮いた涙を指先で拭って、紀左衛門が六右衛門に話しかけてきた。

「島で生き抜くのは、並大抵のことではないらしいですからね。恩赦があれば江戸に帰れますが、あの男、そのときが来るまで、生きていられると思っているんですかね」

「三笠屋は、今の琴吉という男を知っているのか」

「いえ、存じません。初めて見る顔です」

「琴吉の兄だろうが、舷吉という者の一家がおぬしに金を借りたせいで、心中したといっていたな。そちらの覚えはさすがにあろう」

「いえ、存じませんねえ」

表情を見る限り、本当に紀左衛門は知らないようだ。

「これまでに金を貸した相手は数知れません。その中で誰が心中しようと、手前に知らせが来ることは、まずありませんし」

「しかし、情けというものは生きていく上で、欠かせぬぞ。太平記にも、情けは人のためならず、とあるくらいだ」

ほう、と紀左衛門が感心したような声を上げた。

「その諺《ことわざ》は、太平記に載っているのでございますか。さすがに安斎さまは物知りでございますな」

あからさまに紀左衛門が話題を変えてきた。舌打ちしたい気分だったが、六右衛門はあえてそれに乗った。

「いや、誰でも知っていることだと思う」

「とんでもない」

紀左衛門が大仰に手を振る。

「少なくとも手前はたった今、知りましたよ」

旦那さま、と横から銀之助が紀左衛門に呼びかける。

「そろそろ安曇屋さんにまいりませんと」

「ああ、そうだった。あまり待たせては悪いな。まったく、こんなところで思わぬ長居をしてしまったよ。安斎さま、さあ、まいりましょう」

足を進ませた紀左衛門と銀之助が安曇屋の暖簾を払って、中に入る。六右衛門もそのあとに続いた。

いらっしゃいませ、と安曇屋の者が大勢で出迎え、紀左衛門と銀之助は客間に連れていかれた。

六右衛門はその隣の間に入った。すでに茶が置かれている。

紀左衛門と銀之助の相手をしているのは、安曇屋の主人と筆頭番頭のようだ。四人は低い声でなにやら話し合っていた。

六右衛門はできるだけ話の中身を耳に入れないよう、ほかのことを考えることにした。

——あの琴吉という男は、脅しの書状は出しておらぬ、といっていたな。

その言葉が本当なら、ほかにもまだ紀左衛門を狙う者がいるということだ。紀左衛門自身、あまりに心当たりが多すぎて誰に狙われているのかわからないというくらいだ。

——やはり武家か……。

達筆な書状から、六右衛門にはそう思えてならなかった。

紀左衛門たちの安曇屋との話し合いは、半刻ばかりで終わった。紀左衛門と銀之助とともに六右衛門は外に出た。

安曇屋にとってはありがたい商談だったらしく、紀左衛門たちを見送る主人たちは、にこにこしていた。

——この店の者は金を借りられることを喜んでいるようだが、返済は甘くないものだと、わかっているのだろうか。

下手をすれば、琴吉の兄の舷吉一家のように心中に追い込まれるかもしれないのだ。

だが、そのことを口にできるはずもなく、六右衛門は紀左衛門たちの後ろにつき、黙って歩き出した。

考えてみれば、六右衛門の主家だった仁和家も、江戸屋敷の留守居役が上方《かみがた》の商家から大金を借りており、その返済に追われまくっていた。

少しでも借金を減らすために、家中では禄米の二割借り上げが行われており、六右衛門たちの苦しい生活は、さらに厳しいものになっていた。内職をやらずに暮らしが立ちゆく者は、家老や仁和一族など、ほんの一握りでしかなかった。

刺客に命を狙われている身だけに、と六右衛門は歩きながら思った。いつまで生きられるかわからないが、こうして江戸で好きに暮らしていられるのは、実に気楽でありがたいことだ。

禄など放り出してもっと早く江戸に出てきていれば芳江と楽しく暮らせたかもしれぬ、と思うが、主君を殺して故郷の五本松《ごほんまつ》を出奔したことで、それが実現に至ったのである。なにも起きないまま平穏無事な暮らしが続いていれば、六右衛門は江戸のことなどほとんど知らず、国元で一生を終えていたにちがいなかった。

――これが俺に与えられた運命だ。運命に逆らうことなどできぬ。

安曇屋からの帰路は襲撃者などあらわれず、不穏な雰囲気も感じられなかった。六右衛門は紀左衛門とともに無事三笠屋へ帰り着いた。

店に戻った紀左衛門は帳場に直行し、何事もなかったかのように仕事をはじめた。

いつもと同様、六右衛門は帳場の隣の間に落ち着き、紀左衛門の姿が見えるように襖を少し開けた。

昼になり、六右衛門は紀左衛門と一緒に昼餉を取った。少し話をしたが、話題は先ほど襲いかかってきた男についてだった。

「安斎さまがお確かめになっていましたが、まことにあの琴吉という男が、脅しの書状を出したのではないのでしょうか」

きかれて六右衛門は首をひねった。

「琴吉が嘘をついているようには見えなかった。脅しの書状は、やはり他の者が出したのであろう」

「お武家でございますか」

「そうではないかな」

「腕が立つのでしょうか」

「かもしれぬ」

「しかし、手前には安斎さまがついております。手前は大船に乗った気分でございます」

「それでよい。もし外でまた襲われたら、今日のように俺を盾にすればよい。下手に動かぬことが一番だ」

「よくわかりましてございます」

紀左衛門がうやうやしく頭を下げた。

「それで先ほどのことでございますが」

「先ほどのことというと」

「琴吉が襲いかかってきたときのことにございます」

「それがどうかしたか」

「存じてはおりましたが、安斎さまはすさまじいまでの腕をされておりますな」

紀左衛門が六右衛門の腕前のことに話題を移した。

「安斎さまは刀も抜かずに琴吉をあっさりと退けましたが、素手で戦ってもあんなにお強いとは、なにか秘訣《ひけつ》があるのでございますか」

たくあんをぼりぼりと咀嚼《そしゃく》してから、紀左衛門がきいてきた。

「秘訣などないな」

六右衛門は素っ気なく答えた。

「俺は剣術しか知らぬが、本物の刀は恐ろしいほど速い。琴吉の匕首はあまりに遅すぎた」

「あの、安斎さまは、真剣で立ち合ったことがあるのでございますか」

興味津々《しんしん》という顔で紀左衛門が問うてきた。

「うむ、あるな」

「ほう、さようでございますか」

紀左衛門が目をむいた。

「どのような事情で、そのような仕儀に至ったのでございますか」

「それはよかろう」

冷めた茶をぐびりと飲んで、六右衛門は膳に湯飲みをとんと置いた。

「いま話せるようなことではない」

なんといっても、主君の仁和越前守長茂を五本松の城中で殺したのだ。丸腰だった六右衛門に、怒りに震えた長茂が愛刀で斬りかかってきたところを、白刃取りで刀を奪い取るや斬り殺したのである。

あれが初めての真剣での戦いだったが、意外なほど落ち着いていた。妻の芳江の力添えがあったのだ、と六右衛門は確信している。

「さようでございますか。まあ、深くおききするのは、やめておきましょう」

興醒《きょうざ》めしたような顔でそそくさと立ち上がり、紀左衛門が帳場に戻っていった。六右衛門はそのあとを追い、隣の間に落ち着いた。

——そういえば、江戸の雷神はどうしているかな。竹刀ではあったが、あの男の斬撃は本当に速かった。俺が見た中では、まちがいなく一番だ。

顔を見たいな、と六右衛門は思った。伊香雷蔵には、男までもが惹かれる魅力があるようだ。

——女にも、もてるのであろう。触れ合ったほとんどの者が惹かれるにちがいあるまい。この仕事が終わったら、と六右衛門は考えた。屋敷に行ってみるか。雷蔵は喜んで迎えてくれるのではないだろうか。

——しかし、この仕事はいつ終わるのか。

紀左衛門を殺すという脅しの書状を書いたのは、琴吉でないのは疑いようがない。だとすれば、必ず紀左衛門に襲いかかってくる者がいるということだ。

その者を捕らえない限り、この仕事から解放されることはない。

六右衛門に、紀左衛門を襲う者を殺す気はない。が、もし襲撃者があまりに強く、生きて捕らえることができそうもなかったら、斬るしかあるまい、と覚悟を決めていた。

——そこまで強い者があらわれるとは、さすがに思えぬが……。

そのときふと六右衛門は、なにやら妙な気配を嗅ぎ取った。これはなんだ、と顔を上げ、帳場にいる紀左衛門に目を向けた。

紀左衛門は帳簿づけでもしているのか、一心に筆を動かしている。

——もしや、脅しの書状を書いた者が来たのではないか。

六右衛門が感じているのは殺気の類である。外に、そんな剣呑な気をほとばしらせている者がいるのだ。

——店に入ってくるかもしれぬ。

襲撃者に、紀左衛門が外に出るのを待つ気はないだろう。刀を手に立ち上がり、六右衛門は敷居を越えて帳場に入った。どうしました、という顔で紀左衛門が見上げてくる。

「来たぞ」

「えっ」

「奥に行っておれ」

しかし、病のせいで体が自由に動かないのか、紀左衛門は立ち上がろうとしない。

六右衛門の目は、たった今暖簾を払い、土間に入ってきた若侍を捉えた。

若侍の頰は紅潮し、目は血走っていた。土間でひらりと跳躍し、土足で店座敷に上がり込んだ。同時に刀を抜き、紀左衛門を鋭く見据える。

「三笠屋、覚悟せい」

怒鳴りつけるや、若侍が畳の上を滑るように紀左衛門に近づいてきた。畳に、履き物の跡がついていく。

うわっ、と番頭や手代が泡を食って立ち上がり、その場から離れる。

畳の上を進みながら、若侍が刀を八双に構え直した。

なかなかの遣い手だが、と六右衛門は冷静に若侍の腕を見て取った。

――俺に敵し得る技量ではない。

少し横に動いて、六右衛門は若侍の前途を遮った。

「やめておけ」

右手を上げて、若侍を制した。まだ刀を抜く気はない。できるなら、抜刀せずに始末をつけたい。

「邪魔立てするなっ」

足を止めた若侍が、六右衛門に向かって怒号する。

「それは無理だ。俺は三笠屋紀左衛門を守らなければならぬ」

「おぬしが三笠屋の用心棒だとは、わかっている。凄腕であるのもな。だが、やめるわけにはいかぬ。三笠屋を成敗しなければ、死んでも死にきれぬ」

紀左衛門を手にかけたあと、自害するつもりなのだろう。若侍が命を捨てる覚悟でかかってきているのは、全身から発せられている強烈な気からはっきりと知れた。

「おぬしが脅しの書状を出したのか」

若侍に目を据えて六右衛門は確かめた。

「そうだ」

「いったいなにがあった」

「うるさい。さっさとどけ」

「それはできぬと申した。脅しの書状など、出さなければよかったのだ。さすれば、俺が用心棒につくこともなかった」

くう、と若侍が無念そうに唇を嚙んだ。

「闇討ちのような、卑怯《ひきょう》な真似はしたくなかった。俺は侍だ。正々堂々と三笠屋を討たねばならぬ」

人を殺すのに、と六右衛門は思った。正々堂々もへったくれもないのだ。

「三笠屋を襲おうと思うなら、もっとよい機会があったであろう。なにゆえ今日という日を選んだ」

若侍がうつむきそうになる。

「なかなか踏ん切りがつかなかった。今日に至り、ようやく気持ちが定まった。今しかないと思った」

「もう一度きく。おぬしの身に、いったいなにがあった」

六右衛門に真摯にきかれて若侍が、ふう、と息をついた。

「三笠屋にだまされたのだ」

間を置くことなく若侍が言葉を続ける。

「俺は、さる旗本家の勘定方に勤めていた。それがある日、三笠屋に主家の為替《かわせ》手形をだまし取られたのだ。主家に申し訳が立たず、切腹しようとしたが、死に切れなんだ。これはきっと、天が三笠屋を成敗してから死ねと命じているのだと覚り、脅しの書状を送りつけた」

——それで、今日こうして乱入してきたというわけか……。

「人殺しなどやめておけ。つまらぬ」

「止めても無駄だ。俺はやる」

「やめたほうがよい。考え直せば、これから先、きっといいことがある。おぬしはまだ若いのだ」

「今日という日を命日と決めた。俺は三笠屋を斬る」

うおー、という声とともに刀を振り上げ、若侍が今にも振り下ろそうという体勢を取った。その瞬間、若侍の右の脇腹に隙ができたのを六右衛門は目の当たりにした。

——やるしかあるまい。

音もなく畳を蹴り、六右衛門は若侍の懐に一気に入り込んだ。あっ、と若侍が驚きの声を発しながらも、刀を振り下ろしてくる。

だが、その前に六右衛門は、若侍の右の脇腹に拳を打ち込んでいた。どす、と重い音が立ち、うっ、と若侍がうめいて前のめりになった。

六右衛門の目に、がら空きの首筋が映った。かわいそうだが、と思いつつ、完全に抗えないようにするために手刀を落としていく。

びしっ、と鋭い音が六右衛門の耳に届いた。ぐあっ、と悲鳴を上げ、若侍が畳にうつぶせに倒れ込んだ。刀が手を離れ、さーと畳を滑っていく。

若侍は両手を使って必死に起き上がろうとしたが、やがて力尽き、勢いよく畳に顔を打ちつけた。

がん、と畳に顎がぶつかり、頭が激しく上下した。ただし、気絶しているわけではないようで、かすかにうめき声が聞こえた。

畳を少し歩いて、六右衛門は若侍の刀を拾い上げた。三笠屋の番頭や手代がわらわらとやってきて、六右衛門から刀を受け取り、若侍を荒縄できつく縛り上げた。

喜色を浮かべた紀左衛門が揉《も》み手《で》をしながら、六右衛門に近づいてきた。

「やりましたな。さすがに安斎さまだ、またしても素手で倒しなさった」

「三笠屋」

平静な声音で、六右衛門は紀左衛門に呼びかけた。

「為替手形を、この若侍の旗本家からだまし取ったというのは、まことのことか」

「とんでもない」

血相を変えて、紀左衛門が首を横に振る。

「両替屋たる者がお武家を相手に、そんな愚かな真似をするはずがございません」

「しかし、この若侍が嘘をついているようには見えなんだぞ」

「いえ、きっとなにか勘ちがいされているのではないかと思うのですが……」

まじめな顔で紀左衛門が答えた。

「このお侍とは、手前もお屋敷でお話をしたことがございます。つい最近、こちらのお旗本では為替手形に不備があり、換金できなかったことがございました。おそらく、そのことをおっしゃっているのではないかと……」

「ほう、そのようなことがあったのか」

はい、と紀左衛門が顎を上下させた。

「為替手形の不備で換金できなかったことを、だまし取られたと、誤って思い込まれていらっしゃるのではないでしょうか」

「不備のあった為替手形はどうした」

「もちろん、お旗本にお返しいたしました。こちらが持っていても、仕方がないものですから……」

それはそうであろうな、と六右衛門は心の中でつぶやいた。紀左衛門の話を聞いていると、三笠屋はなんの不正もはたらいていないように思える。

金というのは難しい、と六右衛門は首を振りつつ思った。金が絡むと、誰が正しいのか、本当にわからなくなってしまうのだ。

——金が人をおかしくするとは、まことのことだな……。

「安斎さま、自身番の者を呼んでもよろしゅうございますか」

かたく縛《いまし》めをされてはいるが、まだ畳の上に横たわったままの若侍を見やって、紀左衛門がきいてきた。

「自身番の者に、この若侍を引っ立ててもらうのだな」

はい、と紀左衛門がたるんだ顎を引いた。

「このお侍はまだお若いですが、ここで情けをかけて逃がすわけにはまいりません。また手前を狙うかもしれませんし……」

「それはそうだな。うむ、呼んだほうがよかろうな」

「お守りいただき、ありがとうございました」

改めて礼を口にした紀左衛門が二十代半ばと思える手代を呼び寄せ、自身番に走るよう命じた。手代はあっという間に店を出ていった。

「これでよし」

紀左衛門がどす黒い頬に笑みを浮かべて満足そうな声を出した。

おや、と六右衛門は首をひねった。いつから紀左衛門の顔はこのような色になっていたのか。

これまでも顔色がよいとはとてもいえなかったが、ここまでひどくはなかった。すぐに休んだほうがよいのではないか、と六右衛門は勧めようとしたが、先に紀左衛門が口を開いた。

「しかし、この若侍にいきなり店座敷に躍り上がってこられたときには、心の臓が縮み上がりましたよ。身が軽い者はいくらでもおりますが、この店座敷はけっこうな高さがあります。そこに軽々と跳びのってくるとは、手前は夢にも思いませんでした」

安堵の思いがあふれ出てきているのか紀左衛門が饒舌《じょうぜつ》にしゃべったが、言葉を切ったところで六右衛門は声をかけた。

「三笠屋。休んだほうがよいぞ」

だが、その声が届かなかったかのように、紀左衛門からは返事がなかった。ううぅ、と苦しそうなうめき声を上げ、目を閉じて胸を押さえた。

「三笠屋っ、大丈夫か」

紀左衛門の体がふらつき、ぐらりと倒れそうになった。それを六右衛門は両手を伸ばしてかろうじて受け止めた。肥えた体の重みがずしりと腕にかかり、畳に両膝をつくことになったものの、紀左衛門が勢いよく畳に倒れ込むのだけは、なんとか防げた。

「医者を呼べっ」

紀左衛門の体を支えながら、六右衛門は奉公人たちに向けて叫んだ。ただいまっ、と切迫した応えがあり、数人の者が転がるように外へと姿を消した。

ほかの奉公人たちが、わらわらと六右衛門のそばにやってきた。口々に、旦那さま、と容態を案ずる声を出す。

今も六右衛門は紀左衛門の体を支えたままだったが、その者たちの手を借りて、紀左衛門を畳の上に横たえた。

紀左衛門は、緩んだ口元から泡を吹いている。白いよだれが口の端から垂れて、頬を濡《ぬ》らしていく。

「三笠屋、しっかりしろ。目を開けるのだ」

六右衛門は励ました。奉公人たちは題目のように、旦那さま、旦那さま、と呼び続けているだけだ。

すでに紀左衛門は、息をしていないように見えた。このままでは死んでしまうぞ、と六右衛門は暗澹たる思いにかられた。

――おい、三笠屋。死ぬな。

心の中で六右衛門は必死に声を上げた。体を揺さぶってよいものかもわからず、なすべなく見守っているしかなかった。

やがて医者がやってきて、紀左衛門を診た。だが、とっくに手遅れなのは、誰が見ても明白だった。

紀左衛門の顔は白くなり、体は冷たくなりつつあったからだ。

なんということだ、と六右衛門は呆然とせざるを得なかった。虫の知らせがあったとはいえ、まさか紀左衛門が死んでしまうとは思ってもいなかった。これでは、琴吉との約束を果たすことはできない。

三笠屋の死は防げなかったか、と六右衛門は自問した。無理だったな、とすぐに答えは出た。若侍の襲撃が、紀左衛門の弱った心の臓にとどめを刺したのだろう。

これが三笠屋の寿命だったのだ、と考えるしかなかった。

三

目が覚めたとき玄慈は、一つの決断をした。

——今日は、雷蔵さんを狙った殺し屋を追うことにしよう。

朝の勤行《ごんぎょう》を済ませ、寺男の季《き》八郎《はちろう》とその女房のお末《すえ》がつくった朝餉を、寺でともに暮らしている十九人の子供たちととった。

その後、子供たちは離れに向かった。通いで毎日、寺に来ている手習師匠の沢山景右衛《さわやまかげえ》門《もん》の教えを受けるためだ。

玄慈は、今日の午前は三軒の檀家に行くことになっていた。袈裟を着て一人で寺を出、檀家を回って経を上げていく。

三軒の檀家回りを終えたときには、すでに昼近くになっていた。玄慈は寺に戻って着替えをし、身なりを町人と同じものにした。庫裏《くり》で子供たちと一緒に昼餉をとる。

子供たちの手習師匠をしている景右衛門は浪人で、妻の雅乃《まさの》がつくる昼餉を食しに、近所にある長屋にいったん帰っていた。昼餉を終えればまた寺にやってきて、七つまで子供たちに学問を教えるのだ。

昼餉のあと、子供たちと別れた玄慈は再び一人で寺を出た。今から雷蔵のために働くのだ。気合がみなぎっている。

向かったのは、同じ町内にある一膳飯屋だ。一町も行かないうちに、一軒の平屋の建物が見えてきた。暖簾が風にふわりと揺れている。今日はあまり寒くなく、体が伸びやかになる気がする。

さらに近づくと、暖簾には閑古屋《かんこや》と店の名が入っているのが知れた。昼を過ぎ、一膳飯屋はまずまず暇な刻限になっているはずだ。

暖簾越しに中をのぞいてみたが、十畳ほどの土間に置かれたいくつかの長床几《ながしょうぎ》に、客の姿はなかった。

――これなら商売の邪魔にはなるまい。

煮染《にし》めたような色がついている暖簾を払い、玄慈は店内に足を踏み入れた。

「いらっしゃい」

厨房《ちゅうぼう》で煙管《キセル》を吹かしていた男が張りのある声を発し、軽く頭を下げた。

目当ての人物である。名は鉄三郎《てつさぶろう》といい、歳は六十前後だろう。幼い頃からの顔見知りだが、話をしたことは数えるほどしかない。

長いあいだ鉄三郎は玄慈にとって謎の存在で、閑古屋の主人であるのはもちろん知っていたが、店で顔を見ることは、ほとんどなかった。

閑古屋を切り盛りしていたのは、女房のおこんである。今は出かけているのか、奥に引っ込んでいるのか、姿は見えない。

鉄三郎に関して玄慈は、なにか裏で悪いことをしているのではないかと子供の頃から胡散臭《うさんくさ》く思っていた。それゆえ、ろくに話もしなかったのだ。

岡っ引をしていたのだと、ようやく知れたのは、玄慈が二十歳近くになった頃である。

鉄三郎はとうに隠居し、今は閑古屋の厨房で腕を振るうのを本職としているようだ。鉄三郎の腕はかなりのものらしく、店は閑古鳥など鳴いておらず、むしろ相当繁盛している。

「おや、帆縷寺の住職じゃねえか。珍しいね、うちに見えるなんて……」

煙管を土間に置かれた火鉢にぽんと打ちつけて、鉄三郎が歩み寄ってきた。

「済みません、ご近所なのに、足を運ぶことがなくて……」

「いや、そんなのはいいんだ」

目尻のしわを深めて鉄三郎が笑う。元岡っ引の割りに、意外に人のよさそうな顔をしていた。もともとは咎人だったという話を、玄慈は聞いたことがある。

もっとも、岡っ引をやるのは、そういう者ばかりだ。闇の世を熟知しているために犯罪人の探索に長《た》けており、町奉行所の与力や同心に重宝されるのである。

今も鉄三郎は、多くの犯罪人とつながっているらしい。だからこそ玄慈は、三人組の殺し屋について、話を聞きにこの店にやってきたのだ。

「どこでも好きなところに座ってくれればいいよ」

土間の長床几だけでなく、右側には四つに仕切られた小上がりがあるのが見えた。この店に小上がりがあるのを、玄慈は初めて知った。

「わかりました」

腹は十分に満ちていたが、玄慈は端からこの店で食事をとる気でいた。閑古屋に来るのがわかっていて寺での昼餉を抜かなかったのは、子供たちが玄慈と一緒に食事するのを楽しみにしているからだ。

――俺も、子供たちとの食事は心弾むものがあるしな……。

それに、子供たちがいつまで帆縷寺にいられるか、わからないのだ。子供たちはいずれ巣立つからである。

今はまだほとんどの子供が十《とお》になるやならずだが、あと三、四年もすれば、奉公先が見つかっていくに決まっている。

子供たちと過ごす時間は、あまり残されていない。その時間は、玄慈にとって貴重なものとなっていた。

「では、失礼して……」

一礼して玄慈は一番奥の長床几に腰かけた。

「住職、なにが食べたいんだい」

鉄三郎にきかれて、玄慈は迷った。献立が書かれた紙の札が、土間の煤《すす》けた壁にずらりと貼られている。

焼魚や刺身が主で、どれもうまそうに見えた。あまり腹に重くないのがよいな、と考えたとき、刺身の盛り合わせという札が目に入り、これにしよう、と玄慈は決めた。

「では──」

「住職、実は腹は空いてないんじゃないのかい」

「えっ」

見抜かれて、玄慈はさすがに狼狽せざるを得なかった。

「図星だったか」

鉄三郎がにんまりと笑う。

「なに、無理して食べなくてもいいよ。気を遣うことなんかねえ」

あの、と玄慈は鉄三郎に声をかけた。

「どうしてわかったんですか」

ふふ、と笑って鉄三郎が左の目尻を指先でかいた。

「この店に滅多に来ることがない住職がこうして見えたのも妙だし、わしの風体を見透かすような目をしたしな。それになにより、腹を空かしている顔には見えなかった」

「ああ、そうでしたか」

こいつはまいったな、と玄慈は降参するしかなかった。

「だから、住職はなにかあってうちに来たんだな、とすぐにわかったさ」

この人は、と玄慈は思った。腕利きの岡っ引だったのだろう。舌を巻くしかない。

「それでどうしたんだい。なにがあった」

向かいの長床几に座って、鉄三郎がきいてきた。

「実は……」

「ああ、いや、ちょっと待ってくれ」

手を上げて鉄三郎が玄慈を制した。

「その前に、わしのほうからききたいことがあるんだ。いいかい」

「はい、なんでしょう」

かしこまって玄慈は問うた。体を乗り出した鉄三郎が顔を寄せてきて、声をひそめた。

「あんたが匠小僧だという話を聞いたんだが、本当かい」

まるで軽口のように問うてきたが、鉄三郎の瞳は真剣だ。なぜ知っているのか、と玄慈は愕然《がくぜん》とした。

それでも、ごまかさないほうがよい、と直感が告げる。玄慈は腹を決めた。

「確かに手前が匠小僧でした。もう盗みはやめましたが……」

ささやき声で返すと、きらりと目を光らせて鉄三郎が玄慈をじっと見る。

「そうかい、もうやめちまったのかい」

鉄三郎が目の光を和らげた。

「なんでやめたんだい」

「命が惜しかったからです」

「そりゃそうだろうな」

納得したような声を上げ、鉄三郎が大きくうなずいた。

「いくら凄腕だといっても、危ない橋を渡っているんだ。命を脅かされる目に遭わねえはずがねえ」

「おっしゃる通りです」

三笠屋の凄腕の用心棒に斬りかかられた瞬間を思い出し、玄慈は一瞬、震えが出そうになった。

「まあ、安心しな」

手を伸ばし、鉄三郎が玄慈の肩を軽く叩く。

「今のは二人だけの秘密よ。わしは誰にもいわねえから」

「ありがとうございます」

正体を明かした以上、今は鉄三郎を信用するしかない。これでもし鉄三郎が裏切り、町奉行所に通報するようなことがあったとしても、それは自分の責任だ。人を見る目がなかったと、あきらめるよりほかない。

「あの、鉄三郎さん。あっしのことは、いったいどこで知ったんですか」

脳裏に浮かんだ疑問を玄慈は口にした。

「それかい。実は誰からも知らされちゃ、いねえんだよ」

「えっ、そうなのですか」

玄慈が驚いていうと、鉄三郎が、うむ、と顎を引いた。

「子供の頃、あんたは他の子供と一緒に、よくこのあたりで遊び回っていただろう。木登りしたり、寺の屋根に上がったりしていたよな。わしはおまえさんを初めて目にしたとき、こんなに身の軽い子がこの世にいるなんて、と信じられなかったぜ。末恐ろしい餓鬼《がき》で、いずれは大泥棒になるんじゃないかと思ったものだ」

唇を湿して鉄三郎が続ける。

「その後、わしも隠居して、おまえさんのことはとっくに忘れていたんだが、そんなある日、匠小僧という凄腕の泥棒が江戸の町にあらわれ、跳梁《ちょうりょう》しはじめたんだ。その話を聞いて、ぴんときたのは、おまえさんのことだった。わしは、まちがいねえ、と思っていたんだ。だからさっき、鎌をかけてみたんだ」

その言葉を聞いて玄慈は、そういうことだったのか、と納得した。

「あっしは引っかかったんですね」

「まあ、そういうことになるな。あまりに素直に認めたから、わしのほうがびっくりしちまったが……」

　渋い顔で玄慈は首を振った。

「やはり悪いことはできませんね」

「そういうこったな。わしも、まだ若い頃に悪事をはたらいて御上の捕手《とりて》にとっ捕まり、その後、岡っ引になった。というより、させられた。だが、もし若い頃に捕まっていなけりゃ、とっくに死罪になって、今頃は生きてねえよ」

　そうかもしれない、と玄慈は思った。

「それで住職、今日はどんな用で来たんだい」

　鉄三郎が改めてたずねてきた。それですが、と前置きして玄慈は、なぜ鉄三郎に会いに来たか、わけを話した。

　ほう、と聞き終えた鉄三郎が小さく嘆声を漏らした。

「江戸の雷神が、殺し屋に命を狙われているってのかい」

「さようです。あっしはその殺し屋を突き止めたいと思って、闇の世にとりわけ詳しいといわれる鉄三郎さんに会いに来たのです」

「ふむ、そうかい……」

しばらく鉄三郎は黙り込んでいた。思いついたように煙管を吸いはじめる。煙があたりに充満し、霧のように漂うのを玄慈はなんとなく見ていた。

「煙が珍しいかい」

玄慈を見つめて鉄三郎がきく。

「いえ、そんなことはないのですが、自分は煙管を吸わないもので、なんとなく煙に目が行ってしまいました」

「こんなにうまい物をのまないなんて、わしは不思議でならねえ。たいていの江戸の男は吸っているじゃねえか」

「そうなのですが……」

煙を体に入れるなど、どうしてもよいことをしているように思えない。いずれ体を悪くするのではないか、という危惧《きぐ》が玄慈にはあった。寺の子供たちにも、長じても決して吸わないようにといってある。

「住職がうちに見えたわけはよくわかった」

うなずいて、鉄三郎が煙管の灰を火鉢に捨てた。

「わしは一度、江戸の雷神に救われたことがあるんだ」

ぽつりとつぶやくように鉄三郎がいった。

「えっ、さようでしたか」

目をみはって玄慈は相槌を打った。ああ、と鉄三郎が答える。

「捕物のとき、たった一人の賊に大勢いる捕手が押しまくられてな、わしはあわやというところまで追い詰められたんだ。そこに駆けつけてくれたのが、江戸の雷神だった」

さすが雷蔵さんだな、と玄慈は感じ入った。

「もしあのとき江戸の雷神が来てくれなかったら、わしはまちがいなく死んでいた。それで、恩返しをしたいとずっと考えていたんだ」

そうだったのか、と玄慈は思った。

「だが、なかなか機会がなくてな。向こうはわしのことなど、とうに忘れているだろうし」

「いえ、そんなことありません。雷蔵さんは頭脳明晰《めいせき》ですから、鉄三郎さんのことはきっと覚えていると思いますよ」

「そうか。そうなら、うれしいのだが……」

言葉を切り、鉄三郎がしばらく口を閉ざしていた。なにかを決意したように面を上げる。

「実をいうとな、わしはあのときの恐怖が体に染みついちまって、岡っ引を引退したんだ。もう捕物はできねえって覚ってな……」

「では、あっしと同じですか」

「まあ、そういうことになるな」

怖い目で鉄三郎がにらみつけてきた。

「今のは初めて他人にいったんだ。だから、住職も誰にもしゃべらないでくれるか。わしは女房にもいっちゃあ、いねえんだ」

「わかりました。誰にもいいません」

「それでいい」

ふう、と息をついて鉄三郎が座り直した。

「三人組の殺し屋のことだったな」

「はい、あっしはそいつらを捜し出したいのです」

ふむう、と鉄三郎が小さくうなり、沈思した。合点がいったように首を動かし、玄慈を見つめてくる。

「おまえさん、小石川橋戸町《こいしかわはしどちょう》はわかるか」

「ええ、わかります。ここからだと、丑寅《うしとら》（北東）の方角へ三十町ばかり行ったところですね」

その通りだ、と鉄三郎が首肯する。

「橋戸町の近くに桂相寺《けいそうじ》という、けっこう大きな寺がある。この寺はどうだ」

玄慈は少し考え、橋戸町あたりの地理を頭の中で引き寄せた。

「常陸府中《ひたちふちゅう》で二万石を領する松平さまの上屋敷のそばですね」

水戸《みと》徳川《とくがわ》家の初代頼房《よりふさ》の五男松平頼隆《よりたか》が、公儀から二万石を与えられたことにより、できた大名家である。

「松平さまのお屋敷とは、塀を境にして隣り合っている。しかし、おまえさん、詳しいな。あのあたりに女でもいるのか」

「いえ、うまい蕎麦屋があるんですよ。あっしは蕎麦切りに目がないんで……」

「わしも蕎麦切りは大好きだ。あとでその店を教えてくれ」

「お安い御用ですよ」

鉄三郎がうれしそうににこにこと笑った。まるで赤子の孫でも、あやしているかのような顔つきだ。すぐに真顔になった。

「桂相寺の境内には、よく目立つ立派な鐘楼がある。その鐘の中に、文を貼りつけておくんだ。頼み事の中身と住処がどこなのかを書いてな」

「わかりました。鐘の中に文を貼りつけておくと、どうなるのですか」

「殺し屋の元締から、つなぎが来る」

「ああ、そうなのですね」

うむ、と鉄三郎が肯《がえ》んじた。

「その上で、おまえさんはどこかで殺し屋の元締と会うことになる。そのときに三人組の殺し屋について、きけばいいんだ」

「もし三人組が、その元締の息のかかった者だったら、どうなりますか。なにも話してはもらえないのではありませんか」

「なに、大丈夫だ」

確信のある声音で鉄三郎が請け合った。

「元締とは古い付き合いだが、三人組の殺し屋を手下に入れたことは一度もない。殺し屋は何人も抱えているようだが、一人で仕事をする者ばかりらしい」

「一人の者ばかりですか……」

鉄三郎が薄く笑った。

「おまえさんは、それほど古い付き合いなら、そんな手間のかかることなどせず、わしが元締にじかに話を通してくれればよいのではないかと思うかもしれんが、なかなかそうはいかんのだ」

なにゆえだろう、と玄慈は考えた。

「わしは、元締がどこに住んでいるのか知らん。つなぎを取る唯一《ゆいいち》の手立ては、桂相寺の鐘に文を貼っておくことなのだ」

「よくわかりました」

元締が鉄三郎と親しい仲なのは本当のことだろうが、捕まれば死罪になる商売の親玉をしている以上、どうしても慎重にならざるを得ないのだろう。

「元締は三人組の殺し屋に関して、きっとなにか知っているはずだ。蛇《じゃ》の道は蛇《へび》が知るという諺もあるしな」

なるほど、と玄慈は相槌を打った。

「鉄三郎さん、ありがとうございました。これから桂相寺に行って、文を貼りつけてみることにします」

「一つ忠告しておく。鐘の文を取りに来る者の顔を見ようなどと、妙な気を起こすんじゃないぞ。そんな真似をしたら、おまえさんの命に関わる」

「わかりました。文を貼りつけたら、さっさと寺を離れることにしますよ」

「それがよかろう」

鉄三郎に礼をいって、小石川橋戸町の蕎麦屋を教えた玄慈は、閑古屋をあとにした。その足で桂相寺に向かう。

途中、目についた紙屋で、半紙を何枚か購入した。さらに近くの茶店に入り、長床几に腰かけて茶を飲んだ。この茶店の名物らしい竹皮に包まれた握り飯も食した。

十粒ほどの飯粒を残し、それを竹皮包みでくるみ、懐にしまう。懐から一枚の半紙を取り出し、矢立の筆でさらさらと文を書いた。これでよかろう、と代を払い、茶店を出る。

それから四半刻もかからずに、玄慈は桂相寺の山門をくぐった。広大な境内の右手に、大きな鐘楼が鎮座していた。

すぐさま玄慈は歩み寄り、五段ばかりの階段を使って鐘楼に上がった。竹皮包みの飯粒で、茶店で書いた文を鐘の内側に貼りつける。

境内は静かなもので、人けは感じられず、玄慈の振る舞いを見咎めるような者はどこにもいなかった。

これでいいのだろうな、と思いつつ玄慈は鐘楼から下り、境内を突っ切って桂相寺の山門をくぐり抜けた。

足早に桂相寺から離れながら、やるべきことはやった、と考えた。今は殺し屋の元締からつなぎが来るのを、帆縷寺で待つしかなかった。

四

三笠屋で行われた紀左衛門の通夜に六右衛門は出た。

悔やみに来た者は近所に住む町人や同じ町で軒を並べる商家の主人や奉公人で、さほど多くなかった。ざまあみろ、これまでの悪行の罰が当たったのだ、というふうに思っている者が、近所にも多いのかもしれない。

夜明けとともに六右衛門も、三笠屋の奉公人や紀左衛門の家人たちと行列を組んで墓場まで赴いたが、菩提寺《ぼだいじ》で行われる葬儀には出ず、それまでの用心棒代を番頭からもらって、麴町《こうじまち》十二丁目にある長屋に戻ってきた。

住処は寛介店《かんすけだな》といい、九尺二間《くしゃくにけん》の広さでしかないが、一人暮らしの六右衛門には十分過ぎるほどだ。

何日も空けていたこともあり、四畳半は冷え冷えとしていたが、唯一の家財である文机の上に妻の芳江の位牌《いはい》が置いてあるのを見て、六右衛門は部屋の冷たさを忘れた。

「帰ってきたぞ」

位牌の前に座して、六右衛門は妻に語りかけた。お帰りなさい、と芳江にいわれたような気がし、小さく笑みを漏らした。

線香を上げ、目を閉じて両手を合わせた。しばらくそうしていたが、やがて目を開けた。

「芳江、三笠屋が死んでしまった。俺がしくじったわけではないぞ。心の臓の病であの世に逝《い》ってしまったのだ。そなたはもう存じておるかもしれぬが……」

はい、と芳江がうなずいたのが知れた。

「やはり存じておったか。芳江、俺はさすがに疲れたゆえ、今から眠ろうと思う。もしなにかあったら、起こしてくれるか」

わかりました、と芳江から返答があった。部屋の隅に寄せてあった布団を敷き、掻巻《かいまき》を着て六右衛門は横になった。いつ刺客に襲われてもあわてずに済むよう、刀は胸に抱いたままだ。

眠っている最中、六右衛門は夢を見た。仁和越前守長茂を斬り殺した場面である。それがまるでうつつのことのように、明瞭にあらわれた。

広々とした大書院の畳の上を転がった長茂の首が、怨みのこもった目で六右衛門を見つめた。妻を手込めにし、流産での死に追い込んだ張本人である。当然の報いとしか思えず、六右衛門は冷ややかに見返した。

六右衛門は、芳江の無念を晴らすために、長茂の首を刎《は》ねたのだ。その長茂ににらみつけられたところで、恐ろしいことなど一つもなかった。六右衛門から目をそむけるようにその首がごろりと転がった。

その途端、不意に目が覚めた。少し暑苦しさを感じたが、寝汗をかくほどではなかった。六右衛門は上体を起こし、部屋の中を見回した。

暗くなっていた。眠っているうちに、いつしか夜が到来したようだ。

——ここまで熟睡するとは、俺はやはり疲れていたのだな。

それも無理はないような気がした。不眠不休とまではいかないが、用心棒をしているあいだは、眠っていても常に気を張っているのだ。ぐっすりと眠れないのは体に相当、無理を強いるのだろう。

——しかし、まさか越前守が夢に出てくるとは……。

長茂は、老中首座松平伊豆守の実弟である。もし六右衛門が捕まるようなことがあれば、松平伊豆守からどんな仕置きをされるか、わかったものではない。

もし刺客に六右衛門を殺すつもりがなく、生きたまま捕らえようとするなら、自ら死を選ぶほうがよいだろう。

老中首座の怒りを買った以上、このままなにもないでは済まされない。刺客は必ずやってくる。

次も切り抜けられるだろうか、と六右衛門は考えた。ついこのあいだ、仁和家家中の四人の刺客に囲まれて斬りかかられたが、あのときは雷蔵に救われた。

雷蔵は、妙な体技を遣って刺客たちを追い払った。なにかしらの拳法だったように見えたが、雷蔵はあんな技をどこで会得したのか。

——とにかく、あのような幸運に立て続けに恵まれるはずがない。いつあの世に旅立ってもいいように、しっかりと覚悟を決めておかねばならぬ……。

不意に、あなたさま、という切迫した芳江の声が頭の中で響いた。その声に六右衛門はぴんときた。

「刺客がやってきたのだな」

即座に覚った六右衛門はすっくと立ち上がり、愛刀を腰に差した。芳江の位牌をここに置きっ放しにしておけないような気がして手に取り、懐にしまい込んだ。

すでに六右衛門は強烈な殺気を覚えている。相当の手練が外にいるのだ。

——仁和家の者ではないな。ここまですさまじい遣い手は家中におらぬ。

刺客は一人のようだ。四、五人で襲いかかるより、六右衛門を確実に殺れる腕の持ち主を、一人だけ送り込むほうがうまくいく、と刺客を遣わした者が踏んだとみえる。

——命を下したのは、まちがいなく松平伊豆守であろう……。

いきなり障子戸が、ばりばり、と音を立てて土間に倒れ込んできた。

刺客が乗り込んできたのを知り、六右衛門は土間の前にさっと進んだ。天井が低い上、鴨居《かもい》や長押《なげし》が邪魔になるため、刀は高く振り上げられない。

六右衛門は片膝立ちになり、倒れた障子戸を乗り越えて躍り込んできた影に向かって、抜き打ちに愛刀を払った。

その斬撃を、かがみ込んだ影が刀で打ち返してきた。がきん、と激しい音が立ち、六右衛門の腕に衝撃が伝わる。

同時に、愛刀が上のほうへ持っていかれそうになった。愛刀を引き戻しつつ六右衛門は、刺客の斬撃の強さに目をみはった。

——俺から仕掛けたのに、これだけの力で撥《は》ね返されるとは……。

もしかすると、六右衛門の想像を超える腕の主があらわれたのかもしれない。

——だが俺は負けぬぞ。こんなところで死んでたまるか。

土間との敷居際で、刺客も片膝をついている。低い体勢から猛然と刀を振り下ろしてくるのを、六右衛門は目の当たりにした。部屋の中は暗く、刃がひどく見えにくかった。

それでも六右衛門は愛刀を上げ、刺客の斬撃を刀の腹で受け止めようとした。頭上で、がきん、と音がし、六右衛門の額に愛刀の峰が軽く当たった。

全身の力を使って六右衛門は、刺客の刀を押し戻した。逆にこちらに押し返そうとした刺客がわずかによろけ、膝が折れる。

刺客はおのれの力の強さを過信し、六右衛門が力士のような力を持つことを知らなかったのだろう。もしかすると知っていたのかもしれないが、刺客にとって予想外の強さだったはずだ。

間髪を容れずに、六右衛門は上体だけで斬り込もうとした。だが、刺客がすぐさま体勢を立て直し、刀を構え直す。

さすがに隙がなく、六右衛門は片膝をついたまま愛刀を正眼に構えた。そのとき刺客が覆面をしていることに気づいた。

覆面の中の目がぎらりと光を帯びる。刀同士の押し合いに負けたことで、自らに気合を入れ直した目だ。

よく光るその目は、六右衛門にとって恰好の標的に思えた。六右衛門は刺客の目に向かって愛刀を横に振った。顔を斬り裂いてやるつもりだった。

しかし、刺客は頭を下げて六右衛門の斬撃をかわした。六右衛門は愛刀の角度を変え、真上から振り下ろした。

横に跳ね飛ぶことで、刺客がそれもよけてみせた。六右衛門は、敵ながら見事なものだ、と感服した。

いきなり刺客が突きを繰り出してきた。こちらの体勢が崩れてもいないのに、大技を使ってきたことに六右衛門は少し驚いたが、顔をそむけることで刀を避け、死ねっ、とばかりに袈裟懸けに刀を振るっていった。

しかし、瞬時に刀を手元に戻した刺客が、六右衛門に向かって再び刀を突き出してきた。

なんという業前《わざまえ》の速さだ、と六右衛門は面食らったが、体《たい》を開くことで冷静に刺客の突きをかわした。

刺客はすぐさま刀を引き、また突いてきた。六右衛門の胸に刀尖《とうせん》が突き立ちそうになる。その前に六右衛門は体をねじった。刺客の刀が、着物をかすめるように通り過ぎていく。

えい、と心で気合をかけ、六右衛門は愛刀を逆袈裟に振り上げた。それを刺客が刀で弾き返す。

ぎん、と鈍い音が立ち、その衝撃で六右衛門は少しだけ上体を押されたが、刺客はもっと体勢が崩れていた。右肩がひどく落ちているのだ。

その機を逃さず、六右衛門は深く右足で踏み込み、愛刀を逆胴に振っていった。

その斬撃を刺客は刀を立てて受け止めたが、自身の刀の峰が脇腹に食い込んだらしく、うっ、とかすかなうめき声を発した。

六右衛門はさらに姿勢を低くし、今度は胴に刀を払った。ぴっ、と着物が破れる音が六右衛門の耳を打った。

むう、とうなった刺客が憎しみのこもった目で六右衛門をにらみつけてきた。立ち上がって逃げるかもしれぬ、と六右衛門は思ったが、刺客は逆に斬りかかってきた。

刺客が八双の構えから繰り出した斬撃は振り出しが体に隠れ、六右衛門にはひどく見えにくかったが、勘で愛刀を動かし、刺客の刀を鋭く弾き上げた。

刺客の刀が横に流れ、引き戻すのにときがかかった。食らえっ、とばかりに六右衛門は片手での突きを見舞った。咄嗟に首を振って、刺客が突きをよけた。

ただし、六右衛門は刺客がそう動くだろうとすでに予測しており、愛刀をさっと払って首を刎ねようとした。

畳に額をつけることで刺客はそれもかわした。だが、すでに反撃に移る余裕は失われているように見えた。

勢いに乗って六右衛門は袈裟懸けで刺客の左肩を狙った。横に跳ね飛ぶことで、刺客がよけた。

刺客の動きの先を読んで六右衛門は、愛刀を逆胴に振っていった。

左手だけで自身の体を跳ね上げ、さらに刺客が体をよじる。六右衛門の斬撃は、刺客の体の下をかすめるよう通り過ぎていった。

——なんと、しぶとい。だからこそ討手に選ばれたのだろうが。ならば……。

素早く愛刀を引き戻した六右衛門は、真明眼流《しんめいがんりゅう》の秘剣舞葉《まいは》を用いることにした。高さがほしいために本当なら立って使いたいのだが、膝をついたままでもやれないことはない。それだけの鍛錬はしてきた。

えいっ、と気合を発して六右衛門は刺客に袈裟懸けを浴びせ、左肩を斬り割ろうとした。それを刺客が刀で受け止めた。

すぐさま反動を利して六右衛門は腕を返し、愛刀の角度を変えた。今度は刺客の右肩を斜めに斬り裂こうとする。その斬撃も刺客は弾いた。

休むことなく六右衛門は愛刀を左右から振り続けた。刺客の左肩を両断しようとし、次に右肩を打ち砕こうとして、めまぐるしい速さで刀を左右から振り続ける。

まるで樹上から風に吹かれて落ちてくる木の葉のように、刀がひらりひらりと身の両側を交互に見せつつ落ちてくるのだ。

この秘剣を使っている最中は、どうしても自分の胸のあたりに隙ができやすいため、敵に反撃の暇《いとま》を与えないよう、できるだけ刀を速く振り続けることが肝心だ。

そして最後の仕上げは、敵がこちらの攻撃に慣れた頃を見計らい、今度は右から刀が来ると見せかけて、またしても左からの斬撃を繰り返すことだ。これで敵の予測を外すのである。

実際に六右衛門はそうした。刺客が、あっ、と声を上げ、六右衛門の斬撃に刀を合わせそこねた。

六右衛門の愛刀は、刺客の右肩を斬り裂いた。それでも、刺客はぎりぎりで体をねじっていた。六右衛門の斬撃は、刺客に致命傷を与えるまでには至らなかった。

だが着物がぱっくりと裂け、そこから血が流れ出てきているのを、六右衛門ははっきりと見た。

ぐむう、と獣がもだえ苦しむような低い声が刺客の口から漏れた。これ以上は戦えぬと判断したか、くるりと背中を見せた。

――逃がさぬ。

前のめりになって六右衛門が斬りかかろうとしたとき、こちらに背中を向けている刺客の左の脇の下から、いきなり刀が突き出された。柳生新陰流《やぎゅうしんかげりゅう》にこんな技があると、六右衛門は聞いたことがあった。

しかし、まさか刺客がここで使ってくるとは思わず、さすがに狼狽せざるを得なかった。刀尖があやまたず胸に突き刺さろうとするところまで迫ったが、六右衛門はわずかに体を動かした。

すると、刺客の刀身が六右衛門の左脇の下を通り抜けていった。同時に六右衛門は、腕を使って刺客の刀を脇に挟み込もうとした。

すぐに刀はするりと引き抜かれたが、ちっ、と刺客が舌打ちしたのが知れた。

――逃げると見せかけて、こやつは柳生新陰流の秘剣に懸けておったのだな。

つまり、刺客は柳生新陰流の遣い手ということか。松平伊豆守の家は、きっと柳生新陰流を御家流《おいえりゅう》としているはずだ。

譜代大名としては、なにも珍しくはない。譜代だけでなく外様《とざま》大名ですら、柳生新陰流を御家流としているところは少なくない。

愛刀を斜め上に持ち上げ、六右衛門は刺客の背中を真っ二つに割ろうとした。だがその前に刺客が、だん、と畳を蹴った。蹴破られた障子戸を飛び越え、外に出ていく。

六右衛門の愛刀の刃は刺客に届かなかった。

立ち上がるや、六右衛門もすぐさまあとを追った。しかし刺客はすでに路地を走り出しており、あっという間に闇の中へと消えていった。追いかけたところで、追いつけそうになかった。

地面に点々とついているはずの血の跡をたどっていくことも考えたが、どこかで刺客は血止めをするに決まっている。そうされてしまえば、六右衛門の手立ては断ち切られる。追っても無駄だ、と追跡をあきらめるしかなかった。ふう、と息をつき、愛刀を鞘におさめる。

「安斎さま、なにがあったのですか」

背後から声をかけられ、六右衛門はさっと顔を向けた。長屋の大家の五郎兵衛《ごろべえ》がこわごわ六右衛門を見ていた。

ほかにも大勢の者が集まっているのに、六右衛門は気づき、おっ、と声を出しそうになった。刺客との戦いだけに集中し、我を忘れていた自分を殴りつけたくなった。

この長屋で暮らす者はほぼ全員、集まっているようだ。

――迂闊だった。

六右衛門は申し訳なさに顔をゆがめた。六右衛門の店《たな》から、激しい剣戟《けんげき》の音が響いてきたのだ。いったい何事が起きたのかと、近くに住む者なら誰しもが驚き、外に出てくるのが当たり前だ。

「済まぬ、騒がせてしまった」

こうべを垂れて六右衛門は謝った。

「安斎さま、今の人に襲われたんですか」

五郎兵衛がおずおずときいてくる。

「そうだ」

「なぜ襲われたんですか。物取りでも来たんですか」

「いや、そうではない。襲ってきた者は俺の命を狙ってきたのだ」

ええっ、と五郎兵衛がのけぞる。他の者も大きく目をみはって六右衛門を見た。

「安斎さまは、お命を狙われているんですか。誰にですか」

「済まぬが、それはいえぬ」

こんな騒ぎを引き起こしては、と六右衛門は歯嚙みするように思った。ここにはもういられない。

「申し訳なかった」

皆に謝ってから、六右衛門は蹴破られた障子戸を、がたがたいわせながら敷居にはめた。

「大家どの、俺はここを出ていく。これは迷惑をかけた代だ」

懐の巾着から一両を取り出し、六右衛門は五郎兵衛に手渡した。

「いえ、そんな……」

「では、これで失礼する。短いあいだだったが、世話になった」

謝意を口にした六右衛門は、五郎兵衛や寛介店の者たちに頭を下げ、どぶ板がはまっている路地を歩き出した。

「安斎さま、どちらに行かれるのです」

背中に五郎兵衛の声がかかった。足を止め、六右衛門は振り返った。

「まだ決めておらぬ」

「えっ、さようでございますか。あの、無理に出ていかれなくとも、よろしゅうございますよ」

ありがたい言葉だったが、また襲撃を受けるかもしれない。長屋に居続けるわけにはいかなかった。

「いや、出ていくしかないのだ。ほかに道はない」

「さようですか……。でしたら、せめてこれをお持ちください」

小走りに寄ってきた五郎兵衛が渡してきたのは、火の入った提灯である。

「夜、提灯なしで出歩くのは、ご法度でございますので……」

「ああ、そうだったな」

それは国元の五本松でも同じだった。各地の大名家は、だいたい公儀の法度を基本としており、似たような定めになっている。

「かたじけない」

提灯を手に六右衛門は長屋の木戸を抜けた。

——さて、どこへ行くか。

当てもなく足を進めながら六右衛門は思案した。どこへ行ったところで、刺客は嗅ぎつけ、襲ってくるかもしれない。

——ならば、もう二度と長屋は借りられぬな。住人に迷惑はかけられぬ。

もし刺客との戦いが激しいものになれば、住人を巻き添えにすることもあり得る。下手をすれば、怪我人どころか死人も出かねない。

——これは弱ったな。

いきなり住むところがなくなり、六右衛門は途方に暮れた。

——さて、どうするか。

六右衛門は胸に手を触れてみた。そこには芳江の位牌がしまわれている。位牌がじんわりと熱く感じられた。芳江の肌の温かさがよみがえってくる。

——会いたいな。

六右衛門は芳江が恋しくてならなかった。不意に、あなたさま、と芳江が呼びかけてきた。あまり差し迫った声ではない。どうした、と六右衛門は心で応じた。

すると、一人の人物の顔が頭に浮かんできた。精悍《せいかん》な表情をしており、聡明《そうめい》そうな二つの瞳が六右衛門を見つめてくる。

――江戸の雷神……。

いつでも来たいときに来てくれ、と初めて会ったときあの男は笑みを頰に宿して、六右衛門をいざなった。

いま芳江も、雷蔵を頼ればよい、と助言してくれている。

――ならば、江戸の雷神の言葉に甘えさせてもらうか……。

深くうなずいた六右衛門は四谷を目指し、歩きはじめた。

だが、すぐに気が変わった。やはりいきなり頼ることはできぬ、と考えたのだ。雷蔵に頼るのは最後の手段として、取っておかねばならぬのではないか。

――住む家を失った程度のことで、あの男にすがるわけにはいかぬ。刺客に狙われるのは、端からわかっていたことではないか。

一人でもう少しがんばってみるのだ。でなければ、生き馬の目を抜くといわれる江戸で、生きていけるわけがない。

必死にやってみてそれで駄目なら、と六右衛門は心中で芳江に語りかけた。

――江戸の雷神に頼ろうと思うが、それではいかぬか。

あなたさまの思う通りに、という声が聞こえたような気がした。

「許してくれるか。芳江、感謝する」

懐に手を触れると、位牌はまたじんわりと熱を持っていた。その温かみが六右衛門にはありがたくてならなかった。

五

朝早くから雷蔵は女宗祖のことを調べに、家臣とともに小日向東古川町へ赴き、宗門の五人組の姿を目の当たりにした茶店の周辺で、徹底して聞き込んだ。

だが、なにも得られないまま夕刻を迎え、雷蔵は屋敷に引き上げざるを得なかった。

雷蔵だけでなく、家臣たちも疲れているのは明らかだ。腹も空いている。

屋敷に戻ると、すぐに夕餉を食した。その後、風呂にも入った。

湯船にじっくりと浸かったことで体が芯《しん》から温まり、雷蔵はほっと息をついた。

――やはり風呂はよい。疲れが取れ、さっぱりする。

子供の頃、風呂が嫌いだったのが嘘のようだ。今は毎日入らないと、気持ちが落ち着かない。

まだ刻限は五つにもなっていなかったが、湯冷めせぬうちに今夜はさっさと寝てしまおう、と心に決め、搔巻を着込んだ雷蔵は自ら寝所に布団を敷いて横になった。

――まさかと思うが、今宵、殺し屋は襲ってこぬであろうな。

来ても不思議はない。起き上がって刀架から刀を取り、胸に抱いて再び横になった。来るなら来いと思っているうちに、うつらうつらしはじめた。そのとき廊下を渡ってくる足音が聞こえた。

あれは栄之進だな、と雷蔵は覚ったが、横になっているのは気持ちがよく、すぐに起きようという気にはならなかった。

「殿」

襖越しに低い声で呼ばれ、仕方あるまい、と雷蔵は目を開けて上体を起こした。

「入れ」

失礼いたします、と断って栄之進が襖をすすっと開けた。

「おっ、もう横になっておられましたか」

「少し休もうと思っただけゆえ、大丈夫だ。栄之進、どうした」

「客人でございます」

「どなたが見えた」

「矢之助どのとおっしゃっていますが、ご存じでございますか」

雷蔵は、ほとんど考えなかった。この前、長飛が紹介すると話した男である。新たに興った宗門について詳しいという、馬喰町の公事宿の主人である。

もう来てくれたのだ。ありがたし、と雷蔵は感謝した。

「客間に通してくれ。俺もすぐ行く」

「承知いたしました」

音もなく襖が閉まり、栄之進の足音が遠ざかっていく。

立ち上がった雷蔵は搔巻を脱ぎ捨て、手早く着替えを済ませた。刀を腰に差し、冷え冷えとした廊下を歩く。

客間の前に来た。念のために、襖越しに中の気配を嗅いだ。

矢之助と名乗ったとはいえ、もしかすると本人ではないかもしれないのだ。しかし、剣吞な気は一切、漂っていなかった。

この客人は害心を抱いておらぬ、と雷蔵は判断した。本人であろう。失礼する、と告げて襖を横に滑らせた。

座布団を後ろに引いて、四十代半ばと思える一人の男が畳の上に端座していた。雷蔵の顔を見るや、畏れ入ったように平伏した。

客間には二つの行灯が置かれており、中は明るくなっていた。腰から鞘ごと刀を抜いて敷居を越えた雷蔵は、遠慮なく座布団に座った。手にしている刀を横にそっと置く。

「おぬしが矢之助か。俺は伊香雷蔵と申す。よく来てくれた」

丁寧に名乗って雷蔵は頭を下げた。男は両手を畳に揃えたままだ。

「矢之助と申します。公事宿の武田屋《たけだや》のあるじを務めております。夜分に突然お邪魔し、まことに申し訳ございません」

肝の臓が悪いことが影響しているのか、顔色がすぐれないのが、下を向いていても雷蔵にはわかった。

「いや、邪魔などということはない。そなたも忙しい身であろう。この刻限が空《あ》いていたということだな」

「はい、おっしゃる通りにございます。まことにありがたきお言葉にございます」

いまだにこうべを垂れたままだが、矢之助がうれしそうに笑った。

「矢之助、そろそろ面を上げてくれぬか」

「あの、お言葉に甘えてよろしゅうございますか」

「もちろんだ」

笑って雷蔵は首肯した。

「ありがとうございます」

礼を述べて矢之助が顔を上げた。

「座布団も使ってくれ。尻が冷たかろう」

雷蔵と矢之助のあいだに火鉢が置かれ、炭が真っ赤に爆《は》ぜているが、座布団を敷かないと、寒気が床下から上がってきて、体が冷え切ってしまうだろう。

「いえ、手前はこのままでけっこうでございます」

「寒くはないか」

「この火鉢のおかげで、暑いくらいでございます」

「暑いくらいとは……。そなたは強いな。俺は寒くてならぬ」

くすり、と矢之助が笑いをこぼした。

「なにがおかしい」

やんわり雷蔵はたずねた。

「あっ、これは失礼いたしました」

あわてて矢之助が真顔に戻る。なぜ矢之助が笑ったか、雷蔵はその理由がわかったような気がした。

「そなた、長飛どのから、なにか吹き込まれたな」

「お見通しでございますか……。実は昨日、長飛先生から、伊香さまはとんでもなく寒がりだと、聞かされまして、実際にその通りなのだなと思ったら、つい……」

「そうだったか。長飛どのがそんなことを申したか」

「はい、目をきらきらさせて、そんなことをおっしゃっておりました」

「目をきらきらさせてな……」

はい、と矢之助が顎を引いた。

「すでにお聞き及びかもしれませんが、手前は肝の臓を悪くして、長飛先生の医療所に繁く通っております。医療所に行くたびに、伊香さまがどんなにすごいお方なのか、手前は唾を飛ばすように話しておりますが、昨日初めて、先生が伊香さまとお知り合いだと聞きまして、跳び上がらんばかりに驚きました。手前は、以前より伊香さまにお目にかかりたいと願っておりました。今日その願いが叶い、とてもうれしゅうございます」

「なにゆえ俺に会いたいと思った」

不思議に思い、雷蔵はきいた。

「火盗改のお頭としての手並みのあまりの素晴らしさに、手前は感服しておりました。新たに興った宗門の宗祖や主立った者にだまされて、その手の宗門にはまる者が跡を絶ちませんが、伊香さまがいらっしゃれば、必ず宗門を騙《かた》るその者どもを根っこから絶やすことができると思っていたのでございます。手前にとって伊香さまは憧れのお方でございます。

是非とも一度、お目にかかりたいと思っておりました」

「そうであったか。では、俺が火盗改の頭を下ろされたのを知って、そなたは落胆したであろうな」

「はい。正直に申し上げれば。明かりが消えたような心持ちになりました……」

「済まなかった」

雷蔵は深く頭を下げた。

「いえ、とんでもない。伊香さまが謝られるようなことではございません」

背筋を伸ばして、矢之助が雷蔵を見つめてくる。

「あの、長飛先生によれば、伊香さまはお命を狙われているとか……」

「俺を狙っているのは、おそらく新たに興った宗門の宗祖と思われる女だ」

どういう事情で女宗祖が雷蔵を憎んでいると思われるか、そのわけを矢之助に話した。

なるほど、と聞き終えて矢之助が相槌を打った。すぐに問いを発する。

「その女宗祖ですが、どのような形《なり》をしていましたか」

「俺が見たときは五人組で、いずれも黒い面をしていた。供の四人の男はただの面を着けているだけだったが、宗祖と思える女の面は、面の額のところに、兜の前立物の如く矢羽根のような物が五本ばかり並んでいた」

「矢羽根が……。その女宗祖ですが、若かったですか」

「若かった。まだ二十代半ばであろう」

「顔はご覧になりましたか。人目を引くような美しい顔立ちをしておりませんでしたか」

「俺に怒りを覚えたからか、女宗祖は面を外したのだ。そのとき顔を見たが、長飛に匹敵する美しさだったな」

やはり、と矢之助がつぶやいた。

「矢之助、その宗門に心当たりがあるのか」

「ございます」

確信のある声音で矢之助が断じ、雷蔵を凝視する。

「宗祖の名は」

「多顕尼といいます」

多顕尼というのか、と雷蔵は思った。妙な名をつけるものだ。

「なんという宗門だ」

すぐさま雷蔵はきいた。

「仁旺教《じんおうきょう》といいます」

こちらも変な名だ。あの女は、と雷蔵は思った。そんな名の宗門の宗祖なのか。

「多顕尼とは何者だ」

「それが、まだ正体についてはよくわかっておりません。調べてはいるのですが……」

無念そうに矢之助がうつむいた。

「仁旺教の本居《ほんきょ》がどこにあるか、わかっておるのか」

「いえ、それも調べがついておりません。申し訳ございません」

「いや、謝らずともよい」

しかし、仁旺教という名がわかっただけで大きな一歩である。今まではなにもわからずに調べていたが、これからは仁旺教を的にしていけばよいのだ。

「矢之助、俺が質問していくゆえ、仁旺教について知っていることを話してくれぬか」

承知いたしました、といって矢之助が乾いた唇を湿した。

「仁旺教はいつできた」

「これもはっきりとはしておりませんが、一年ばかり前から活動をしているのが、わかっております」

「仁旺教の信者は、どのくらいいる」

「仁旺教に所属している者は、まださほど多くはなく、せいぜい四、五十人ほどではないかと存じます」

これで多くはないということは、と雷蔵は考えた。他の新たに興った宗門はもっと大勢の信者を抱えているということか。

「信者は町人ばかりなのか」

「いえ、町人だけでなく、百姓、お武家もいるようでございます」

「なんと、侍もいるのか」

「さようにございます。多顕尼の祈禱がよく効くと評判らしく、それがために、お武家の信者が増えているようなのです」

それはまた容易ならぬな、と雷蔵は思った。

――ならば、俺を襲ってきたのは金で請け負う殺し屋ではなく、信者の侍ということは考えられぬか。

「多顕尼という女宗祖の評判を聞いて祈禱を頼みたいと思ったとき、どういう手立てを用いれば、仁旺教につなぎが取れるのだろう。初めて頼むときは、多顕尼の本居もわからぬはずだ」

「おそらく紹介ではないでしょうか」

間を置かずに矢之助が答え、続ける。

「仁旺教の信者か、すでに多顕尼から祈禱を受けた者に紹介されない限り、祈禱を受けられない仕組みになっているのではないかと」

「そういうことか……」

　雷蔵は納得がいった。

「矢之助は、仁旺教もむろん潰したいと願っているのであろう。仁旺教のどんなところがよくないのだ」

「すべてよくないのですが、特に金に汚いところです」

　強い口調で矢之助がいい切った。

「もちろん、新たに興った他の宗門も似たようなものですが、仁旺教は信者からとにかく金を巻き上げようとあれこれと策を巡らせておるのです。多顗尼には本物の霊力があり、祈禱には効き目があるのかもしれません。多顗尼に力を見せつけられて心を奪われ、それまでに貯めた金をすべて仁旺教に寄付したり、仕事を放り出して多顗尼のもとに身を寄せたり、必死に働いて得た金を貢いだりと、まあ、ひどい有様なのです。家人から仁旺教の信者が一人でも出ると、その一家はあっという間に不幸になり、散り散りになります。それはもう決まったようなものです」

　女房を返せ、と叫んでいた男の姿を雷蔵は思い出した。あの男も一家離散の目に遭ったのだろうか。

となるとあの男の女房は、とそのとき雷蔵は気づいた。紹介を受けて多顕尼か仁旺教の主立った者につなぎを取り、祈禱をしてもらい、それが宗祖に傾倒するきっかけになったということだろうか。

町人の女房ですらつなぎを取れたのだとしたら、仁旺教について調べ上げるのは、さして難しくはないのではないか。

矢之助が言葉を続ける。

「仁旺教は信者に金をたかるだけでなく、宗祖の身代わりとかいう紙の人形や、宗祖の入った風呂の残り湯からつくった飲み薬やらを、売りつけたりしています。まさに、やりたい放題でございますよ」

矢之助は憤懣《ふんまん》やるかたないという顔だ。

「つまり多顕尼の本居には、風呂があるのか」

「ああ、さようにございますね。武家でないのに風呂があるなら、江戸の町なかではないということになります」

「しかし、ただの百姓家でもないな。五右衛門風呂が備えられているのは、かなり富裕な家だろう」

「なるほど……」

矢之助は、大いに感じ入ったという表情をしている。

「家に風呂をしつらえるには相当の金がかかりますし、薪《まき》を集めるのも大変でございます。それに、湯船に溜《た》めるための水汲《みずく》みも難儀でございます」

だから、近くに湯屋がない百姓たちは風呂どころか、行水が精一杯だという話を雷蔵は聞いたことがある。

「金があって人手もある家だな。金は信者から巻き上げたものがあるし、人手は信者がいるから、どうにでもなろう」

――仁旺教の本居を調べるとしたら、江戸の郊外ということになるが、これはまた広いな。多顕尼を見た小日向東古川町に近い郊外を、調べてみるのがよいか。

それにしても、と雷蔵は矢之助にいった。

「そこまでひどいことをされているのに、多顕尼のもとから逃げ出そうとする者はおらぬのか」

「どうやらいるらしいのですが、手前はまだ一人も会えていません」

「そうなのか。残念だな」

眉間《みけん》に太いしわを盛り上がらせ、矢之助が難しい顔を見せた。

「どうした」

その顔が気にかかって雷蔵は声をかけた。

「もしかすると、逃げ出した者は、すべて口封じされているのかもしれません」

「なに、殺されたというのか」

「はい。死骸が一切出ないのは、息の根を止めるたびに土に埋めているか、荷車などで運び去っているか、そばを流れる川に流してしまっているか、ではないかと存じます」

江戸だけでなく、他の大名領でもそうかもしれないが、川岸に流れ着いた死骸は棹《さお》などで突いて押し、海まで流してしまうように、公儀から命が出ているのだ。水死体は腐臭がひどい上、下手に引き上げたりすれば、疫癘《えきれい》を引き起こすかもしれないと考えられているからだ。

「もし逃げ出した者がすべて殺されたとするなら――」

矢之助を見据えるようにして雷蔵は口を開いた。

「そなたがただの一人にも会えておらぬのは、当然ということになるな」

「おっしゃる通りでございます」

悔しげに矢之助が肯定した。

「いったい何人の者が口をふさがれたのか」

その者たちの無念を思うと、雷蔵は心が張り裂けそうになった。

「恐るべきことを冷然と行いますな。新たに興った宗門に慣れている手前も、ぞっといたします。仁旺教も多顕尼も断じて許せません」

怒りをにじませた顔で矢之助が口をゆがめていったが、雷蔵も同じ思いである。多顕尼の美しい顔を脳裏に浮かべ、固く誓った。

——もしまことにおぬしが信者の口封じをしているのなら、俺は容赦せぬぞ。成敗してやる。

兄と一緒にあの世で仲よく暮らせばよい、とまで雷蔵は思った。渦巻いた怒りが全身からほとばしりそうだった。

第四章

一

今日つなぎがあるのではないか、という予感が玄慈にはあった。

「どうしたの、和尚さん、なにか落ち着かないね」

朝餉の最中、寺で暮らす子供の一人の完吉《かんきち》にきかれた。

「ほう、わかるか、完吉」

味噌汁をすすって玄慈は笑いかけた。

「だって、なにかそわそわしているもの」

「そうか、ばれているのか」

「和尚さん、ひょっとして今日、逢引《あいびき》なんじゃないの」

完吉の隣に座る栄太《えいた》がにやにやする。

「おっ、栄太、相変わらず鋭いな」

玄慈は目をみはってみせた。

「えっ、和尚さん、本当に逢引なの」

びっくりしたように口にしたのは、おみつだ。寺には九人の女の子がいるが、そのうちの一人である。

「おみつ、焼餅か」

おみつの向かいに座る由吉《ゆきち》が冷やかした。

「まあ、仕方ないな。おみつは和尚さんに惚れているからな」

「でも由吉は、そんなおみつが大好きなんだよな」

由吉の横にいる香助《こうすけ》がからかった。一瞬で由吉の顔が真っ赤になる。

「こ、香助、馬鹿なことをいうなよ。こんなおかめ、好きになるわけないだろう」

「ちょっと、誰がおかめよ。あんたなんか、ひょっとこじゃないの」

「なんだと」

「ちょっとおみつちゃん、それはひょっとこに失礼よ」

おみつに加勢をしたのは、おらくという女の子である。

「そうよね、由吉はひょっとこじゃ、もったいないよね。もっとずっと変な顔、しているもの」

「うるさいぞ、おみつ。減らず口を叩くのをやめないと、ぶん殴るぞ」

由吉が息巻く。由吉、と玄慈はなだめるように呼びかけた。

「おまえは優しいから、いうだけで殴るような真似は決してしないのはわかっちゃいるんだが、脅すような物言いは、やめたほうがよいな。いずれおまえも社会に出る。そのときに、柄の悪さで損をしたくはなかろう」

「柄が悪いと損をするの」

真剣な顔で由吉がきいてきた。

「もちろんするさ。物腰が優しい商人と、柄が悪い商人では、同じ物を売っていても、売上はまちがいなくちがってくる。それに、柄が悪いと、上の人に認められず、出世も望めなくなる。武家が厳しく修養を積むのは、人品を錬磨するためだ。柄が悪くてよいことなど、一つもない」

由吉が納得した顔になった。

「和尚さんのいう通りだね。これからは一所懸命、自分を磨くようにするよ」

物わかりがよすぎるくらいだ。

「由吉は素直でよい子だから、生きていくのに案ずることなど、なにもない。自分を信じて、暮らしていけばよい」

「ありがとう、和尚さん」

「ねえ、和尚さん。ちょっときいていい」

呼びかけてきたのは完吉だ。

「なんだ」

玄慈は顔を向けた。

「社会ってなに」

思いもしない問いに、玄慈は少し驚いた。

「ああ、そうか。完吉たちはまだ沢山さんから、教えてもらっておらんか。『近思録《きんしろく》』という唐土《もろこし》の古い書物に、社会という言葉が記されているんだ」

「古いって、どのくらい昔なの」

「俺もさして詳しくはないのだが、『近思録』というのは、宋《そう》という国の時代の書物だ。今から六、七百年ばかり前に、出されたのではないかな」

「そんなに古い書物に、社会って言葉が載っているんだね」

「その通りだ」

「それで和尚さん、社会って、どういう意味なの」

完吉だけでなく、そこにいるすべての子供が、興味津々という目で玄慈を見つめてくる。

きっと学問が楽しくてならんのだろうな、と玄慈は思った。

手習師匠の沢山景右衛門の教え方がよいにちがいない。新たな知識を得るのは楽しく、おもしろいと子供たちが思えるように、手習を行ってくれているのだろう。

――ありがたいな。

景右衛門に感謝しつつ玄慈は、社会とは、と話しはじめた。

「人々が寄り集まり、力を合わせて暮らすことをいう。その場所自体を指す言葉でもある。つまり江戸もそうだし、大名家の領内もそうだ。日《ひ》の本《もと》の国全体も社会だな。江戸八百八町といわれる町々や、郊外の村々のことをいっても、まちがいではない」

「大きいのから小さいのまで、いろいろあるんだね」

「そうだな。おまえたちは、じきにこの寺から社会に出ていく。いやだと思っても、その日は必ず来る。さっき由吉がいったように、その日のために一所懸命に自分を磨いたり、鍛えたりすることが肝心だ。いうまでもないが、学問は特に大切だ。励んで損をすることは、決してない」

「和尚さんも、『近思録』という書物を、学問で知ったの」

「そうだ。学問はやればやるほど、いろいろな知識を我が物にできる。知識などいったいなんの役に立つのか、という人もいるが、社会という言葉がきっかけで話が弾み、商売がうまくいくかもしれん。知識というのは、人との関係を円滑にしてくれるものでもある。生きていく上で、必ず役に立つ。だから学問は大事なんだ」

「和尚さん、よくわかったよ」

完吉が元気な声を出す。

「もともとおいらは学問が好きだけど、今の話を聞いて、もっといろいろなことを知りたいって思った。一所懸命に学問に励むことにするよ」

完吉がうれしそうに笑う。他の子供たちも笑顔になっていた。

「それは実によいことだ」

その頃には、玄慈だけでなく子供たちも朝餉を終えていた。

「よし、後片づけをするか。ごちそうさまでした」

ごちそうさまでした、という甲高い声が離れ内に響き渡った。

食事の片づけを終えて離れをあとにした玄慈は、庫裏にある書庫に足を運んだ。なんとなく『近思録』をもう一度、開いてみたいと思った。

書庫の中はどこかかび臭く、大きな書棚がいくつも置かれている。『近思録』が入っている書棚を探した。

わけもなく見つかったが、同じ題簽《だいせん》の書物がずらりと並んでいるのを見て、玄慈は息をのんだ。数えてみると、十四冊もあった。

「そうか、『近思録』は全十四巻だったか」

手を伸ばし、一巻目を取り出そうとしたとき、外から玄慈を呼ぶ声がした。ここだ、と答えると、寺男の季八郎が出入口から顔をのぞかせた。

「ご住職、お客人でございます」

「どなただ」

「それが、お一人でいらしたのですが、名乗られないのでございます」

困ったように季八郎が表情を曇らせる。

「ほう、そうなのか……」

いったい誰だろう、と考えたが、名乗らないということから、もしや、と玄慈は覚った。殺し屋の元締から、つなぎの者が来たのではないか。

――まさか俺が匠小僧であると知り、寺社奉行所が踏み込んできたわけではあるまい。それなら季八郎に取り次ぎを頼むはずもない。

「客間に通してくれ。茶も持ってきてくれ」

「承知いたしました」

辞儀をして季八郎が去っていく。玄慈は自室に戻って作務衣《さむえ》を脱ぎ捨て、小袖を着用した。人に会うのに、作業着である作務衣のままでは失礼だろうと考えた。

着替えを終えて、客間に向かった。襖の前で足を止め、軽く息を吸い込む。

「失礼します」

襖を開け、玄慈は客間内にちらりと眼差しを投げた。かなり歳のいっている男が、座布団の上にちんまりと座っていた。すでに茶の入った湯飲みが二つ置かれている。

一礼してから玄慈は敷居を越え、男の前に座した。

――この人がつなぎ役なのか。それにしては、歳を取り過ぎているような気もするが。

「玄慈と申します」

頭を下げて玄慈は名乗った。

「手前は米代屋元次《こめしろやもとじ》といいます」

しわがれた声で男が名を告げた。米代屋とはまた珍しい名だ、と思った。玄慈はすぐさまたずねた。

「米代屋さんは、どのようなご用件でいらしたのですか」

「玄慈さんに文で呼ばれたので、まかり越しました」

やはり、と玄慈の胸は高鳴った。

「では、元次さんと話をすれば、元締に会えるのですね」

いいえ、とかぶりを振って元次が薄い笑いを見せた。

「玄慈さんはもう会っていますよ」

えっ、と玄慈は考えた。

「もしや元次さんが元締ですか」

「さよう。わし自身はもう歳だから仕事から手を引いている。金で仕事を請け負い、手下たちにやってもらう。いずれも腕利きだ」

元次という男が発する、人を威圧するような強烈な気からして、相当の腕を持つ手下が殺しを行っているのが想像できた。

「もし生きていてほしくないと思う者がいるなら、遠慮なくわしに頼んでくれればよい。わしらは必ずその者を……」

玄慈はごくりと唾を飲み込んだ。

「いえ、けっこうです。あの、一つだけききたいのですが、仮に逆恨みのような理不尽なわけでも、頼まれれば殺るのですか」

「いや、それはない」

あっさりと元次が否定し、理由を告げる。

「なぜなら、逆怨みで人殺しを頼むような者は、仕事が終わったあと、我慢できずに必ずわしらのことをしゃべってしまうものなんだ。しゃべったら命はないと事前に警《いまし》めているにもかかわらず、口が軽くなる。逆怨みでの仕事を頼まれた際、ちょっと痛い目に遭ったことがあるので、逆怨みによる殺しは引き受けていない」

元締を痛い目に遭わせた者は、とうにこの世にいないのは考えるまでもないことだろう。

「では、事情を調べてから、仕事にかかるのですか」

「そういうことだ。金を積まれたから、すぐさま殺すというやり方はしていない。金さえもらえれば、すぐに仕事をしてのける組は珍しくはないが……」

組か、と玄慈は思った。

「殺し屋の組というのは、いくつもあるものなのですか」

「いくつあるのか数えたことはないが、江戸にはけっこうあると思ってくれてよい」

「組に属している者は、互いに殺し屋だと知っているものなのですか」

「それはそうだ。狭い世界の者ゆえ、知らないほうがむしろおかしい」

「なるほど」

「まだききたいことはあるかい」

瞬きをしない目が玄慈の顔をじっとのぞき込んできた。

「いえ、もうありません。失礼しました」

「ならば、本題に入るとするか」

肩を揺すって元次が瞳を光らせた。

「はい、お願いいたします」

玄慈は居住まいを正した。

「その前に茶をいただくよ」

「はい、どうぞ」

目を細めて茶を喫し、元次が湯飲みを茶托に置いた。

「玄慈さんの文によると、三人組の殺し屋について聞きたいとのことだったが……」

「さようです」

低い声で玄慈は答えた。

「文にも書きましたが――」

なぜ三人組の殺し屋について知りたいのか、玄慈は改めて語った。聞き終えて元次が、
うむ、と顎を引いた。

「江戸の雷神を、殺し屋とおぼしき三人組が狙っているとのことだったゆえ、わしなりに、

江戸の雷神を狙っている殺し屋がまことにおるのかどうか、調べてみた」

「はい。それでどうだったのでしょう」

我慢できず、玄慈はすぐさまうながした。

「江戸の雷神の殺しを請け負っている組は一つもなかった」

考えてもいなかった言葉が元次の口から吐き出され、なんと、と玄慈は腰を浮かしそうになった。

「あの、それはまちがいないのでしょうか」

玄慈は元次に確かめざるを得なかった。

「玄慈さんが、そう思うのは当然だろうな。だが、まちがいではない。わしの組を含め、どこの組も江戸の雷神の殺しなど、請け負っておらん」

それはどういうことだ、と玄慈は自問した。

「江戸の雷神が、命を狙われているのは事実だろう。ゆえに、考えられるのは、三人組は殺し屋ではないということだ」

「どこの組にも属していない殺し屋ということは考えられますか」

「考えられんことはない。だが、まずなかろうよ。わしらにも、商人と同じようにいくつかの座があってな。よそから入ってきた者が、勝手に仕事をすることは許されんのだ。そんな者は必ず始末される」

「ああ、そうなのですか……」

それだけ非情な世界ということなのだろう。

「しかも、三人組の殺し屋は目立つ。わしらの目を逃れられるはずがない」

元次が全身から放つ迫力からして、それは紛れもない事実であろう。

「江戸の雷神は、殺し屋ではない者に狙われているということだ。だから、誰に狙われているか、わしらには正直つかめん。わしらは殺しが仕事で、探索は得手とはしていないのでな」

「わかりました」

元次を見て玄慈はうなずいた。

「わしがいえるのはここまでだが……。こんなものでよかったか。あまり役には立たなかっただろう」

「いえ、そのようなことはありません」

玄慈はきっぱりと告げた。

「殺し屋が狙っているわけではないことを、雷蔵さんに知らせることができます。それだけでも、相当、大きいことだと思います」

「玄慈さんがそう思うなら、それでよい。では、わしは引き上げることにする」

「わざわざご足労いただき、ありがとうございました」

玄慈は深々と頭を下げた。感謝の思いで一杯である。

「いや、そちらから来てもらうわけにはいかんしな。わしに仕事を頼みたいと思ったら、いつでも桂相寺の鐘に文を貼りつけてくれればよい」

「はい、わかりました」

苦笑を浮かべて、玄慈は首を縦に動かした。

「それから玄慈さん、わしのあとをつけんようにな。そんな真似はせんだろうが、一応、念のためにいうておく」

「よくわかっております。決して妙な真似はいたしません」

「それでよい」

満足したような笑みを漏らし、元次が立ち上がった。

「あの元次さん、最後にうかがってもよろしいですか」

「なにかな」

玄慈を見下ろして元次がきいてきた。

「米代屋さんという屋号は、なにか意味があってつけているのですか」

それを聞いて、元次がにやりとする。

「米代屋という屋号だけでなく、わしの元次という名乗りも合わせて考えると、すぐに答えは出よう」

なにやら謎かけのようなことをいわれた。客間をあとにした元次が廊下を歩き、玄関で雪駄を履いた。くるりと振り返って、玄慈を見つめる。

「玄慈さん、ここまででいい。わざわざ山門まで見送りに出ることはない」

山門を出た元次が道を左右どちらに向かうか、それすらも見られるのがいやなのかもしれない。ここは従うべきだ、と玄慈は考え、式台に座して改めて礼を述べた。

「いや、そこまでいわれるほど、大層なことをしてはおらん」

会釈して元次が玄関を出ていく。元次を見送った玄慈は、その場で先ほどの謎解きをはじめた。

ひとしきり考えたあと、そういうことか、と合点がいった。

米代屋元次。これをすべて平仮名にすると、『こめしろやもとじ』になる。それをさらに並べ替えると『ころしやもとじめ』になるのである。

――殺し屋元締か……。

むろん偽名だろうが、ただの言葉遊びとして『米代屋元次』という名をいつも使っているのかもしれない。

――それにしても、雷蔵さんを狙っているのは殺し屋ではないのか。だとしたら、三人組は誰かに頼まれたのではなく、三人組自体が江戸の雷神の命を欲しているということになるのではないか。

とにかく、と玄慈は思った。元次が教えてくれたことを、急いで雷蔵に伝えなければならない。

二

多顕尼という名に、雷蔵は聞き覚えがあるような気がしてならない。

どこで聞いたのか。いや、それとも、目にしたのか。

わからぬな、と雷蔵は首をひねった。

――聞いたのではない。やはりどこかで見たのだ。

なにかの書物に載っていたのか。宗門関係の書物だろうか。

書物問屋に並んでいたのか。いや、興味がないから、外で宗門に関する書物を読もうとするはずがない。

そのような書物を目にするとしたら、この屋敷で偶然、目に入ってきたもの以外、考えられない。

だとしたら、書庫にある書物だろう。書庫でなんとなく興が湧き、手を伸ばしたことがある書物なのではないか。

居間を出た雷蔵は、屋敷内にしつらえられている書庫に足を運んだ。

この書庫は、父の丙蔵が増築したものだ。骨董《こっとう》に凝っていた丙蔵はときおり仏像も手に入れていたが、だまされないよう、仏教関係の書物を読みふけっていたのである。ほかに、骨董に関する類の書物も、あふれるほど書棚に積み上がっている。

前はもっと小さな部屋が書庫になっていたが、父が新たにつくった書庫はかなり広く、十坪ほどの広さがある。

朝の五つ過ぎという刻限だが、書庫の中は闇色に染められたように暗かった。出入口の脇に置かれた行灯に火を入れると、あたりがまばゆいほど明るくなった。行灯の取っ手を持ち、雷蔵は書庫内を歩いた。

中にはいくつもの書棚が連なり、おびただしい書物がおさめられて、まさに壮観としかいいようがない。

奥のほうに進み、雷蔵は仏教関係の書物が並んでいる書棚の前に立った。目を凝らし、書名を次々に見ていった。

雷蔵は、目にとまった書物に手を触れた。書物の題名は『日真経通本《にっしんきょうつうほん》』というものだ。

――これだったか……。

題名に、引っかかるものがあった。『日真経通本』を開き、目を落とす。

いきなり荼枳尼天《だきにてん》という言葉があらわれ、やはりこの書物だ、と雷蔵は確信した。

――多顕尼という名は、荼枳尼天から取ったものにちがいあるまい。

荼枳尼天と多顕尼は、よく似ているではないか。

さらに頁《けつ》を繰って、雷蔵は『日真経通本』を読み進める。

荼枳尼天とは、死者の肉を食らう夜叉《やしゃ》のことを指すらしいのが知れた。荼枳尼天は自在の通力をもって、半年前に人の死を知ることができるのだそうだ。

次に書いてあることを目の当たりにした瞬間、雷蔵は心から驚いた。

――なんと、荼枳尼天とは人の心の臓を食らうのか……。

もしかすると、と雷蔵は冷静さを取り戻して考えた。市谷柳町で起きた心の臓を抜かれた死骸の一件に、多顕尼が関わっているということはあり得ないか。

――あり得るどころではない。きっと関わっているにちがいない。

あまりに興奮して、心の臓がどきどきしてきた。落ち着け、と自らに言い聞かせながら、さらに読み進んでいく。

すると、荼枳尼天に関し、また新たな驚くべき事実が記されていた。

人の心の臓には人黄《じんおう》という生命を維持する力の元になるものが存在し、それこそが荼枳尼天が呪術の力を発揮するための源になっているとのことだ。

——人黄……。

仁旺教の仁旺とは、実は人黄のことを指しているのではないか。ふむう、と雷蔵の口からうなり声が出た。

市谷柳町の件《くだん》の下手人は、多顕尼なのではないか。多顕尼でなくとも、仁旺教の信者が関わっているのは、疑いようがない。殺された男の心の臓は、多顕尼が力を得るために食したのではないか。

そういえば、と雷蔵は思い出した。公事宿のあるじ矢之助が、仁旺教から逃げ出した者が口封じをされているのではないかといっていた。

もしや、それらの者は殺されただけでなく、心の臓を抜き取られ、食べられてしまったのではないだろうか。

そうにちがいない、と雷蔵は思い、奥歯をぎゅっと嚙み締めた。これまで仁旺教から逃げ出して殺された者は何人もいるのだろうが、市谷柳町で殺された者だけが、どういうわけか、埋められたり、運び去られたり、川に流されたりしなかった。

なにゆえなのか。

——急に人があらわれたのか……。

ほかの理由なのかもしれないが、市谷柳町では、死骸を思うように始末できなかったことだけは確かだろう。

——よし、このことを冬兵衛に伝えなければならぬ。

書棚に『日真経通本』を戻し、雷蔵は行灯を持って出入口に向かった。行灯を吹き消して廊下に出、書庫の扉を閉めて居間に向かう。

居間に入ると、雷蔵は手早く他出のための身支度をととのえた。腰に愛刀の伊勢守重郷を差して居間を出、廊下を歩きはじめる。

胸が高鳴っている。今わかったことを冬兵衛に伝えたら、どんな顔をするだろうか。

いや、とすぐに考え直した。

——やめておくか。仁旺教の者が下手人であるという、確たる証もないのだ。

やはり、まずは証拠をつかまなければならない。どうすれば、動かぬ証拠をこの手にできるか。そんなことを考えて、雷蔵は居間に引き返そうとした。

そのとき用人の栄之進が、廊下をこちらにやってくるのが見えた。

「あっ、殿」

足早に近づいてきて、栄之進が目の前で膝をついた。

「どうした」

「客人でございます」

このところ客人が多いな、と雷蔵は内心で首をかしげた。

「どなただ」

「初めていらしたお方で、鷺坂三郎さまと名乗られました。北町奉行所の定町廻り同心とのことでございます」

そういえば、と即座に雷蔵は思い当たった。このあいだ冬兵衛が来たときに話していた同心であろう。市谷柳町の一件の調べに当たっている腕利きとのことだ。

――俺が、多顕尼が市谷柳町の一件に関わっているとの思いを抱いたとき、調べに当たっている町方同心があらわれたか。

これは、市谷柳町の一件が解決に向かって確実に進み出している証ではないだろうか。

それにしても、と雷蔵はいぶかった。鷺坂三郎はなにをしに来たのか。見当もつかないが、今は会うしかない。

「客間に通してくれ。俺は先に行っておる」

「承知いたしました」

立ち上がった栄之進が玄関へ向かう。雷蔵はその背中を追うように歩き、玄関そばにある客間に入った。

襖を閉じ、押し入れから二枚の座布団を出し、畳に置いた。上座に座し、背筋を伸ばす。

鷺坂を待つあいだ右肩を動かしてみたが、まだ市岡三左衛門の鍼が効いているらしく、痛みは感じなかった。ありがたいな、と心から思った。

――このまま治ってくれたら、どんなによいだろう。そんなことはあり得ぬのだろうが。できるなら、治ってほしかった。痛くないのは、やはり実に楽なのだ。しかし三左衛門は、必ずぶり返すといっていた。

――一度、こうして楽なのを知ってしまうと、また痛みが来るのが怖くてならぬな。

雷蔵が小さく顔をゆがめたとき、廊下に人が立った気配が襖越しに伝わってきた。

「鷺坂さまをお連れしました」

栄之進の声が耳に飛び込み、入ってくれ、と雷蔵は命じた。するすると襖が動き、栄之進が顔をのぞかせた。

「どうぞ、お入りください」

後ろを向いて鷺坂を促し、栄之進が横にどいた。

「失礼いたします」

栄之進の前に出てきた鷺坂が敷居際で低頭し、客間に入ってくる。歳は、三十に届いているかどうかだろう。

腰に差していたはずの長脇差は栄之進に預けたのか、丸腰である。町方同心は一本差で、脇差は帯びていない。

「鷺坂、そちらに座ってくれ」

雷蔵は座布団を手のひらで指し示した。

「承知いたしました」

「よいか、座布団に座るのだ」

鷺坂が座布団を後ろに引こうとしたのを、雷蔵はいち早く制した。

「えっ」

意外そうな顔で三郎が雷蔵を見る。雷蔵はにこりとした。

「聞こえただろう。いう通りにせよ」

「わかりましてございます」

小さく笑みを浮かべて、鷺坂が座布団の上に端座した。

それを見て雷蔵は朗々たる声で名乗った。鷺坂が名乗り返してくる。

「そなたのことは、奈古屋どのから聞いておる。腕利きだそうだな」

「とんでもない」

「俺の前で謙遜は不要だ」

「はっ。しかし、それがしはさほどの手並みを誇っているわけではありませぬ。これは決して謙遜ではありませぬ」

「そうか、わかった」

三郎をじっと見て、雷蔵は水を向けた。

「それで今日はどうした」

「ようやくでございますが――」

雷蔵を見つめて三郎が居住まいを正す。

「昨日の夕刻、心の臓を抜かれた仏の身元が明らかになりました。それを、お知らせにまいりました」

「なんと、ついにわかったのか。さすがとしかいいようがない」

やはり並みではない腕利きなのだ。雷蔵は三郎を褒めたたえた。

「それで、仏は誰であった」

身を乗り出して雷蔵はたずねた。はっ、と鷺坂が点頭する。

「幸三《こうぞう》という名で、商家の手代を務めておりました。歳は四十二歳でした」

「厄年か。下手人は知れたのか」

「いえ、それはまだわかっておりませぬ」

無念そうに鷺坂が答えた。

「その幸三という男は、どこの出だ。江戸の者か」

「江戸ではありませぬ。入間郡《いるまぐん》の勝楽寺村《しょうらくじ》というところの出です」

「その村の名は初めて聞いたが、入間郡は江戸と同じ武蔵国《むさしのくに》だし、江戸から近いのか」

「江戸から七、八里くらいではないでしょうか。だいたい一日で行ける距離です」

「そうか、一日でな……」

背筋を伸ばし、雷蔵は新たな問いを発した。

「幸三が奉公していた商家は、なんというところだ」

「大塚仲町《おおつかなかまち》にある三升屋《みますや》という武具問屋です。かなりの大店《おおだな》で、得意先は武家が多いとのことです」

「幸三の奉公先は大塚仲町にあったのか。市谷柳町からだと、かなり遠いな」

「三十町以上は優にあります。そのために、仏の身元が、なかなかつかめませんでした。ときがかかりました」

へたばったような表情を鷺坂が一瞬だけ見せた。

「そなたは、さまざまな場所を地道に聞いて回ったのだな。ご苦労であった」

雷蔵は鷺坂をねぎらった。

「畏れ入ります」

かしこまって鷺坂が頭を下げる。雷蔵はまた質問した。

「幸三は、いつから三舛屋に奉公をはじめた」

「かれこれ三十年ほど前、十三歳のときに勝楽寺村から出てきたそうです。仕事熱心で、番頭の座も決して夢ではなかったらしいのに、いきなり三舛屋をやめ、宗門に走ったそうです。それが半年ほど前のことです」

宗門だと、と雷蔵は腰を浮かしかけた。

「幸三が走った宗門とは仁旺教か」

鷺坂に目を据え、雷蔵はずばりといった。

「えっ、なにゆえご存じなのです」

雷蔵に言い当てられたことに、鷺坂が目を丸くする。

これまでにわかったことを、雷蔵は鷺坂に語って聞かせた。

「なるほど、そういうことでしたか……」

さすがだ、といわんばかりの目で鷺坂が雷蔵を見る。

「伊香さまは茶店の前で見かけた女宗祖に命を狙われたとお考えになり、その女宗祖のことをお調べになったら、仁旺教という宗門のことが知れたのですね」

「そうだ。まさか、心の臓を抜かれた死骸の一件と、このような形でつながってくるとは思いも寄らなんだが……。仁旺教の名の由来は人黄からであろうし、女宗祖の多顕尼という名が荼枳尼天から来ているのは明白だ」

「おっしゃる通りでありましょう」

鷺坂が賛意を示した。

「それがしも昨夜、奉行所で仁旺教のことを調べてみました。文献などろくになかったのですが、それでも少しだけ触れているものがありました。それには、仁旺教は荼枳尼天を信仰しているのではないか、とだけ記してありました」

「それは誰が書き記したのか、わからぬのか」

「わかっているのですが、残念ながらもう話は聞けませぬ」

「もしやその者は亡くなったのか」

「はい。隠密《おんみつ》廻り同心だった者で、三月ばかり前に病で……。前から体の不調を訴えてはいたのですが、かなりの歳でしたので、致し方ないことかと……」

隠密廻りは町奉行の耳目となって働く者だが、任に就くのは経験豊かな六十過ぎの者がほとんどである。その歳では、仮に仕事中に倒れても、なんら不思議はない。

「しかし、その隠密廻り同心、仁旺教のことを調べていたとは、なかなか大したものではないか」

「おっしゃる通りです。その者がもし病に斃《たお》れずにいたら、もっと詳しく調べ上げていたのはまちがいないでしょう。そう思うと、残念でなりませぬ」

気持ちを入れ替えるように息を大きく吐き、鷺坂がしゃきっとしてみせる。

「それで、それがしは荼枳尼天のことも調べてみました。人黄のことを知り、荼枳尼天が心の臓を食すことも知りました。それゆえ、幸三を殺して心の臓を抜いたのは、仁旺教の者だと信ずるに至りました」

仁旺教のことがわかれば、そう確信するのは当然のことである。

「ところで、なにゆえ幸三は仁旺教に走ったのだ」

頭に浮かんだ疑問を雷蔵は口にした。

「幸三が仕事熱心だったのはまちがいないのですが、ちょっとしたしくじりをしてしまい、店に五十両ほどの損を与えたそうです。弁償の要はないとあるじは明言したらしいのですが、幸三は金を出したそうです。幸三にはそれだけの蓄えがあったのかもしれませんが、もしかすると、その金の出どころは仁旺教かもしれませぬ」

「もし仁旺教が本当にそのような真似をしたのなら、どんなわけがあって幸三を助けたのだろう」

「それは今のところ、わかっておりませぬ」

少し渋い顔で言葉を切ったが、鷺坂がすぐに続けた。

「幸三が三舛屋をやめたのは、しくじりを犯したせいで、番頭の目が消えたゆえかもしれませぬ」

「十分に考えられるな。聞いたところによれば、仁旺教は、まだ長い歴史があるわけではないとのことだ。信者が増えるに従い、上の者のいうことを聞かず、勝手をしたがる者も出てくるだろう。皆が同じ方角に進んでいくのは、難しくなっていくはずだ。それをうまく舵取《かじと》りするのに、幸三が呼ばれたのかもしれぬ」

なるほど、と鷺坂が首を縦に動かした。

「大店に勤めていた経験が買われたかもしれぬのですね」

「仁旺教には、武家の信者もいると聞いた。武家の信者をもっと獲得するために、武具問屋に奉公していた幸三に、白羽の矢が立ったということも、あるのかもしれぬ」

「大店の武具問屋に勤めていた手代なら、武家に顔が広いでしょう。大身の武家を信者に取り込むことができると、仁旺教の上の者が考えても、不思議はありませぬ」

うむ、と雷蔵はうなずいた。

「しかしながら幸三は、仁旺教に入って、たった半年で殺された。俺が話を聞いた者によると、仁旺教を抜けようとした者は次々に息の根を止められているのではないかという。仁旺教の秘密を守るためにそうしているということだろうが、幸三もなんらかのわけがあって抜けようとしたところを、始末されたのかもしれぬな」

「伊香さまのお考えの通りでしょう」

鷺坂が同意する。

「そのわけはわかりませぬし、仁旺教の本居もいまだに知れておりませぬ。しかし、伊香さまのお話では、かなり目立つ恰好で町なかを歩いていたとのことですから、いずれ本居ははっきりするのではないでしょうか」

「その通りだ。仁旺教自体、今はまだ深い霧に包まれているも同然だが、いずれ霧は晴れ、すべてが明らかになろう。大勢の者が関わっているのだ。いつまでも秘密を保てるわけがない」

鷺坂、と雷蔵は呼びかけた。

「今から北町奉行所に戻るか」

「そのつもりでおります」

「ならば、奈古屋どのに、いま俺と話したことを報告してくれるか」

「もちろんです。それがしは端からその気でおりました」

「そうか。では、よろしく頼む」

「お任せください。では、これにて失礼いたします」

一礼し、鷺坂がすっくと立ち上がった。

「鷺坂、よく知らせてくれた。感謝する」

雷蔵は謝意を伝えた。

「重大な事実をつかめたら、必ず伊香さまを訪ね、隠し立てすることなくお話しするように、お奉行からかたく命じられました。それがしは、命令通りにしたまででございます」

雷蔵も立ち、鷺坂とともに客間をあとにした。玄関の式台に立ち、雷蔵は鷺坂を見送った。三和土で雪駄を履いた鷺坂が雷蔵に挨拶をして、玄関を出ていく。

あるじの戻りを玄関の外で待っていたらしい若い中間が鷺坂に辞儀し、敷石を踏んで先導をはじめた。

そこまで見届けて、雷蔵はいったん居間に戻った。先ほど『日真経通本』で目にしたことと、鷺坂から聞いた事実を頭の中で整理し、次にどうすればよいか、考えたかった。

座布団に座り、目を閉じる。そばに火鉢が置かれており、とても暖かい。

雷蔵が客間で鷺坂と話しているあいだに、栄之進が炭を足してくれたようだ。寒がりの雷蔵は、ありがたし、と栄之進に向かって心中で手を合わせた。

さて、と考えはじめる。雷蔵が最も気になっているのは、多顗尼と幸三の関わりである。

幸三のしくじりで三舛屋は五十両もの損を出したが、幸三の代わりに仁旺教がその損金を支払ったかもしれないと鷺坂はいった。

もしそれが本当なら、その行いには多顗尼の意志が働いていたとしか思えない。なにゆえ多顗尼は、幸三のためにそこまでしたのか。

もしかすると、二人には古い因縁があるのかもしれない。幸三は入間郡勝楽寺村の出とのことだったが、多顗尼も同村の出身ということも考えられないではない。

ただし、両者の歳が十五は離れているのは確実だ。二人が幼馴染みということはないだろうが、勝楽寺村で浅からぬ関わりがあったとは、十分に考えられるのではないか。

勝楽寺村へ行くしかあるまい、と雷蔵は決断した。村まで仮に八里の距離があるとして、愛馬で行けば、一刻半もあれば着くのではないか。

今は、まだ四つにもなっていない。九つ半頃に勝楽寺村に着いたとして、一刻は村内での調べに当てられるだろう。八つ半に村をあとにすれば、ぎりぎり日暮れ前に屋敷へ帰ってこられるのではないか。

ただし、地理も知らず闇雲に向かうわけにはいかない。居間に置いてある小さな書棚から、常用している江戸とその周辺が描かれた地図を抜き取り、文机の上に置いた。

それを開き、雷蔵は勝楽寺村がどこにあるか、確かめた。

青梅《おうめ》街道を西へ進み、小川宿《おがわじゅく》のあたりで土地の者に道をきくのがよい、と踏んだ。小川宿に追分があり、山口道《やまぐち》という北へ向かう道が分岐しているのだ。

おそらくこれは、山口村という村へ通ずる道であろう。勝楽寺村は青梅街道から北へ一里ほど行ったところにあり、山口村と隣接しているのである。

この地図を見る限り、どうやら山深い地であるようだが、馬に乗っていくのなら、さほど難儀はしないはずだ。

地理を頭に叩き込んで雷蔵は、よし、と全身に気合を入れた。居間を出て廊下を歩き、玄関で雪駄を履いた。敷石を踏んで、まず門に向かう。

門衛の市次《いちじ》に、今から馬で出るゆえ門を開けておいてくれ、と命じた。

厩《うまや》は門から十間ほど離れた左手にある。近づいてくる雷蔵を愛馬がいち早く見つけ、勢いよくいなないた。雷蔵は柵を挟んで雪風《ゆきかぜ》の前に立ち、語りかけた。

「雪風、なかなか乗ってやれずに済まぬな」

手を伸ばし、雪風の首をなでた。

「あっ、これは殿さま」

厩の陰にいた馬丁の駒輔《こますけ》が雷蔵に気づき、近寄ってきた。足を止め、頭を下げる。

「雪風でお出かけでございますか」

「ちと遠出をせねばならなくなった。駒輔、雪風に鞍《くら》を置いてくれ」

「承知いたしました」

駒輔が雪風を厩の外に引き出し、背中に鞍を置いた。

「駒輔、草鞋《わらじ》はあるか」

「ございます。履かれますか」

うむ、と雷蔵が答えると、駒輔が柵の端に吊してあった草鞋を手渡してきた。

「まだ一度も使っておりませんから、きれいなものでございます」

「かたじけない」

雷蔵はありがたく受け取った。

「別に駒輔のお古でもよかったのだが……」

「とんでもない。畏れ多いことでございます」

草鞋に履き替えた雷蔵は鐙《あぶみ》に足を置き、雪風にまたがった。

「駒輔、俺の雪駄を預かっておいてくれ」

雷蔵が脱いだ雪駄は地面に置かれたままだ。

「承知いたしました」

雪駄を拾い上げ、駒輔が大事そうに懐にしまった。

「では、行ってくる」

「あの、殿さま、お供は」

雷蔵を見上げて駒輔がきいてきた。

「今日はつける気はない」

「えっ、お一人でお出かけになるのでございますか」

「そうだ」

「遠出とおっしゃいましたが、どちらに行かれるのでございますか」

雷蔵はにやりと笑った。

「秘密だ」

「御用人の田浦さまは、殿さまのお出かけをご存じでございますか」

「いや、知らぬ」

「でしたら、手前がお知らせしても、よろしゅうございますか」

「頼む。駒輔、急いでおるゆえ、話はここまでだ。日暮れまでには戻る」

いい放って雷蔵は軽く馬腹を蹴った。蹄《ひづめ》の音も軽やかに、雪風が小走りになる。

開いている門を抜け、道をゆっくりと駆けはじめた。

だが、目の前に不意に人があらわれ、雷蔵は手綱を引いた。雪風が小さな土埃を上げて止まった。

一間ほど先に立つ人物を、雷蔵はじっと見た。つるつるの頭が目に入る。

「玄慈ではないか」

玄慈が済まなげに雷蔵を仰ぎ見る。

「申し訳ない、驚かせたか」

いや、と雷蔵はかぶりを振った。

「もし早馬のように駆けていたら驚いただろうが、町なかではそのような真似はせぬゆえ、なんということもない」

「それを聞いて安心した」

「それで玄慈、いったいどうしたというのだ」

「知らせたいことがあって来たのだが、雷蔵さんは出かけるのだな」

「今から、勝楽寺村というところに行こうと思っている」

「聞いたことのない村だが、なにゆえ行くのだ。ああ、雷蔵さんは急いでいるようだな。うしろをついていくゆえ、馬を走らせてくれればよい。そのあいだに話を聞こう」

「ありがたし」

雷蔵は再び雪風の腹を蹴った。雪風がゆったりと駆け出す。後ろに玄慈がつく。

「勝楽寺村というのは江戸から八里ほど西にある村で、市谷柳町で心の臓を抜かれた仏の故郷だ」

「なんと、仏の身元が知れたのか」

「そうだ。俺も北町奉行所の同心に、先ほど教えてもらったばかりだ。それで、出身の村に行けば、いろいろわかることがあるだろうと、その気になった。仏は幸三といい、武具問屋の手代を務めていた」

「そうか、幸三さんというのか」

「玄慈はなにゆえ俺に会いに来た」

ちらりと後ろを振り返って、雷蔵はたずねた。雷蔵がゆっくりと雪風を走らせていることもあるのか、玄慈は遅れることなくついてくる。よく鍛えているようで、息を弾ませてもいない。

「雷蔵さんをつけ狙っているのは、殺し屋ではないらしいのを伝えに来た」

「どうもそのようだな」

「なんだ、知っていたのか」

うむ、と馬上で雷蔵はうなずいた。

「拍子抜けさせて済まなかったが、どうやら仁旺教という、新たに興った宗門の宗祖が俺を狙っているようなのだ。俺を殺そうとした三人組は、仁旺教の信者かもしれぬ。その上、仁旺教は幸三とも関わりがある」

「なんだと」

どういうことなのか、雷蔵は委細を玄慈に語って聞かせた。

「なんと、そういうことか。幸三という人は、武具問屋をやめて仁旺教の信者となった。それがどういうわけか半年後に殺され、心の臓を抜かれた……」

玄慈が走る速さを上げ、雪風の真横に来た。

「俺もその勝楽寺村に行ってよいか」

「それは構わぬが……」

「なに、大丈夫だ。疲れたから馬に乗せてくれなどと、わがままはいわん。村まで八里ほどといったな。そのくらいなら遅れずに走れる。足手まといには決してならん」

玄慈は自信満々の顔をしている。

「玄慈は忍びの術でも会得しているのか。戦国の昔、忍びの者は一日に四十里を走ったらしいではないか」

「さすがに四十里は無理だが、八里くらいならなんとかなる。うちの寺はもともと忍びの血筋でな、書庫にはその手の書物が一杯ある」

「ほう、そうだったのか。玄慈は書物を読んで忍びの鍛錬に励んだのか」

「熱心に読み、稽古を積んだのは確かだが、父親にも教わった」

「そうか、父親にな。忍びの血筋ゆえ、玄慈は偸盗術《ちゅうとうじゅつ》にも長けていたのだな」

「盗みも、忍びの立派な仕事だ」

「わかった。では一緒に行こう」

「そうこなくては」

走りながら玄慈が満面の笑みになる。

「俺も、道連れができてうれしくてならぬ」

「だが、雷蔵さんは供も連れず、一人で行こうとしていたのであろう」

「まあ、そうだ。しかし供の者は家臣ゆえ、堅苦しい。だが、玄慈はちがう。友垣だ。一緒に行くのは心弾むものがある」

「俺も同じ気持ちだ。だが雷蔵さん、俺に気を遣って馬を走らせずともよいぞ。さっきもいったが、俺はまず遅れることはないからな」

「承知した」

玄慈がそういうのだ。雷蔵は手綱を緩めることなく雪風を走らせはじめた。

——しかし、忍びというのは信じがたい術を身につけているのだな……。

太平の世でこれなら、戦国の昔の忍びというのは、どれだけすさまじい業前を見せたのか、雷蔵には想像もつかない。

三

屋敷のある四谷から青梅街道の起点である中野宿《なかのじゅく》までは、ちょうど一里ほどである。

中野宿から青梅街道に入った雷蔵たちは途中、雪風に休息と水を与えながら勝楽寺村を目指した。

水飲み場では玄慈も水を飲んだが、雷蔵たちの後ろをずっと走り続けているにもかかわらず、息は切らしていなかった。平然としているのを見て、すごい男だな、と雷蔵は舌を巻くしかなかった。

何度か休憩を挟みつつ、雷蔵たちはひたすら青梅街道を西へ進み、やがて小川宿に入った。雷蔵は勝楽寺村への行き方を、宿場の者にきいた。やはり、山口道を北へ進めばよいのが知れた。

小川宿まで来るのに、雷蔵たちはおよそ一刻ばかりしかかかっていない。ここまでの道行きは順調すぎるほど順調だった。

決して用心は怠っていなかったが、多顕尼の息がかかっているはずの三人組の襲撃は受けなかった。いやな眼差しや剣呑な気配を、感ずることもなかった。

小川宿に握り飯を売っている店があったので、それを購入した。雷蔵たちはその場で食べることなく、小川宿をあとにした。

さらに西へ進むと、追分があった。道の脇に道標が立っており、それには『西おうめみち　北山くちみち』と刻まれていた。

おかげで、雷蔵たちは迷うことなく青梅街道から山口道に入ることができた。

追分から、およそ一里行ったところに勝楽寺村はあった。

あたりは思ったほど山の中ではなかった。意外なくらい平坦な地である。そのおかげで、何軒もの百姓家が望見できた。

村の手前には、一筋の川が流れており、橋が架かっていた。橋のそばで雷蔵たちは足を止めた。

雷蔵は雪風から下り、河原《かわら》に出た。川は清流そのもので、雪風が喉を鳴らして水を飲んだ。満足したように息を入れる。雷蔵と玄慈は水をすくって飲んだ。冷たかったが、生き返ったと思えるほどうまかった。

「思ったよりも早く着いたな」

水に濡れた手をかざし、雷蔵はほぼ中天にある太陽を見上げた。玄慈が軽く息をつく。

「刻限は、九つを少し過ぎたくらいだな」

「俺は、九つ半くらいに着くのではないかと思っていた。しかし、さすがに玄慈だ。本当に遅れなかったな」

「これだけ長く走ったのは久しぶりで、さすがにちょっとこたえたが……」

だが、玄慈はくたびれたようには見えない。平素と変わらない風情である。

「よし、腹ごしらえをするか。さすがの玄慈も腹が減っただろう」

「ああ、もう腹が痛いくらいになっている」

「それは大変だ」

川のそばの岩に腰かけて、雷蔵と玄慈は小川宿で買い求めた握り飯を食した。中に入っている具は梅干しだけだったが、塩が利いていてとてもうまかった。体に染み渡るような気分になった。

握り飯を食べ終わり、雷蔵たちが再び流れで喉を潤したとき、一人の年寄りがあらわれた。泥に汚れた鍬《くわ》を肩に担いでいる。雷蔵たちがそこにいるのに気づき、少し驚いたように腰が引けた。

「これはお侍」

年寄りがあわてて辞儀してきた。

「おぬしは、その鍬を洗いに来たのか」

少し歩み寄って雷蔵は年寄りにたずねた。

「はい、さようで」

「ならば、洗ってくれればよい」

「は、はい。ありがとうございます」

年寄りが河原を進み、流れで鍬を洗いはじめた。

「あの、お侍方は、こんな田舎《いなか》にどうしていらしたのですか。まさか道に迷ったわけではありますまいな」

ごしごしと手で鍬をきれいにしながら年寄りがたずねる。

「ちょっとこの村の者にききたいことがあって、来たのだ」

「この村の者っておっしゃるのは、手前どものことですか」

「おぬしが勝楽寺村の者なら、むろんそうだ」

「あの、こんな田舎の者に、お侍がどのようなことをおききになりたいのですか」

興が湧いたような顔で年寄りが問うてきた。

「その前に俺が何者か、名乗っておく」

静かな口調で雷蔵は名を告げた。

「伊香雷蔵さまでございますか」

はて、と年寄りが首をひねる。

「どこかで聞いたような……」

「江戸の雷神だ。高名な人ゆえ、おぬしが知っていてもおかしくはない」

横から玄慈が助け船を出した。玄慈の言葉を聞いて、年寄りがはっとする。

「江戸の雷神さまって、あの、火盗改のお頭でございますか」

うむ、と雷蔵は認めた。

「もうやめてしまったが……」

「えっ、もうおやめになったんですか」

このあたりまでは、まだその事実は伝わっていないようだ。

「そうだ。正しくいえば、やめさせられたのだが……」

「さようでございましたか。あの、手前は潮兵衛《ちょうべえ》といいます」

潮兵衛と名乗った年寄りが、真剣な眼差しを雷蔵に向けてきた。

「江戸の雷神さまがこの村の者におききになりたいこととは、いったいどのようなことですか」

「おぬしは、この村の住人だった幸三という男を覚えているか」

「幸三さん……」

眉間に深くしわを寄せて、潮兵衛が考え込む。思い出す足しになればと雷蔵は言葉を添えた。

「かれこれ三十年ほど前、十三歳のときに江戸の三舛屋という武具問屋に奉公へ出た男だ」

「三舛屋……。武具問屋……」

つぶやいたが、潮兵衛はすぐには思い出せないようだ。ほかの者にも話をきくほうがよいか、と雷蔵が迷ったとき、不意に潮兵衛が、ああ、と弾んだ声を上げた。

「わかりましたよ。あの幸三か……。久しぶりに名前を聞きました。幸三は、まだ小さい頃から、実にしっかりしていましたよ」

柔和に目を細めて潮兵衛が懐かしがる。

「それで、幸三がどうかしましたか」

気づいたように潮兵衛がきいてきた。

「残念ながら死んだのだ」

「ええっ」

絶句し、潮兵衛が信じられないという表情になる。

「まだそんな歳でもないはずなのに……」

「そうだな。四十二だった」

「厄年でございますか……」

ふう、と潮兵衛がため息をついた。

「考えてみれば、手前の父親も四十二で亡くなりました。きっと手前もそのくらいの寿命だろうと覚悟しておりましたが、今はもう還暦を過ぎて、古稀《こき》も見えてまいりましたよ」

どこか寂しげに潮兵衛が微笑んだ。

「それはよかった。働いて体を動かしているのがよいのではないか」

雷蔵は、潮兵衛が洗い終えた鍬を見た。

「手前もそれは感じます。体が動くのなら、このままずっと働き続けたいと思っておりますよ」

「それがよかろうな」

疲れを覚えたわけではないが、雷蔵はまた岩に腰かけた。玄慈も雷蔵の横に座した。

「これはまた、頭のよさそうな馬でございますな」

恐れ気もなく潮兵衛が近づき、雪風の首をなでた。雪風はほめられて気分がよいのか、心地よさそうになでられている。

潮兵衛、と雷蔵は呼びかけた。

「幸三だけでなく、この村の出と思える女のこともききたいのだが、よいか」

「もちろんでございますよ。この村の出の女とおっしゃいますと」

雪風から手を離して、潮兵衛が雷蔵に顔を向けてくる。

「幸三の十五は下と思える女だ。幸三と浅からぬ因縁がある女がこの村にいたと思うのだが、潮兵衛に心当たりはないか」

「幸三の十五は下というと、今は二十七、八くらいでございますか……」

「そうだな。まだ三十にはなっていないと思えるのだが……」

ふと潮兵衛がなにかを思い出すような顔つきをした。

「浅からぬ因縁といえば、幸三は、この川で溺れた女の子を救ったことがありますよ。でも、その女の子はお秋《あき》といいますが、あのとき三歳ばかりだったような気がします。ちと計算が合いませんね」

「幸三が、そのお秋という女の子を救ったのはいつのことだ」

「確か、江戸で奉公するために幸三が村を出ようとしていた年ですね」

「すると、幸三が十三歳のときだな」

「ええ、そのくらいでしょう」

つまり、幸三とお秋という女の子は、十歳ちがいになるのか。多顕尼は二十代の半ばに見えたが、本当は三十を過ぎているのかもしれない。実際の歳より若く見える女というのは、この世にいくらでもいる。

――もし潮兵衛の覚えが確かなら、多顕尼はいま三十二歳ということか……。

生死の境をさまよった子供が霊力のようなものを身につけた、という話を聞いたことがある。果たして、お秋は多顕尼なのか。そして、命を救ってもらった恩があったから、多顕尼は幸三を厚遇したのか。だが、その半年後には幸三を殺してしまった。

「幸三の家は、今どうなっている」

「幸三の兄が一人で暮らしていましたが、つい最近、病で……」

「つい最近のことか。幸三の兄には家人はおらなんだか」

「前はおりました。幸三の兄は才太郎《さいたろう》といいまして、せがれを産んだあと、女房は肥立ちが悪くて死んでしまいました。才太郎はせがれを男手一つで育てておりましたが、今度は十《とお》になったばかりのせがれが重い病にかかりましてね……。才太郎は一所懸命、医者代や薬代を工面していましたが、それも無駄に終わってしまいました。せがれは長いあいだ病と闘ったのち、儚《はかな》くなってしまったのです」

潮兵衛が辛そうに面を伏せた。

「その医者代や薬代はかなりかかったのか」

「手前は詳しい金額までは知りませんが、才太郎の近所の者が、五十両はかかったのではないかといっておりました。いくらなんでも、それはないだろうと手前は思いますよ。五十両という目もくらむような大金を、こんな寒村の者に工面できるわけがありません」

――もし五十両もかかったというのが本当だとしたら、才太郎は、どうやってそれだけの大金の算段をしたのか。

すでに雷蔵の中で答えは出ていた。

――幸三は奉公先の三舛屋に、五十両の損を与えたとのことだったが、それは表向きのことに過ぎず、実は甥《おい》っ子の医者代や薬代に消えたのではないか……。

甥っ子のためとはいえ、店の金を使い込んだのなら、幸三は店をやめるしかなかっただろう。そして、三舛屋の損金を穴埋めしてくれた多額尼には感謝しかなかったはずだ。店をやめて仁旺教に走ったのも、無理からぬことではあるまいか。

それにしても、と雷蔵は首をひねった。

――多顗尼の本名はお秋というのだろうか。

そうかもしれぬ、と雷蔵は思った。

――多顗尼という名の中には『あき』という文字が含まれているな。

「潮兵衛、お秋には兄がいたか」

賭場荒らしの男を念頭に、雷蔵はたずねた。

「いえ、兄はおりません。お秋には弟が一人おりました。春吉《はるきち》といいまして、お秋とは確か二つちがいでしたが、実に姉思いでしたよ。お秋は病弱でしてね、よく床に臥《ふ》せっているのを看病しておりました。三年ばかり前にお秋と一緒に江戸に出ていきましたが、その後のことは存じません」

賭場荒らしの男は多顗尼よりも歳上に見えたが、実際は弟だったのだ。

そうか、と雷蔵は潮兵衛にいった。

「お秋の家は、今もこの村にあるのか」

「あるといえばあるのですが……」

潮兵衛の答えは歯切れが悪かった。

「雲粒寺《うんりゅうじ》というお寺でしたが、今はもう住職もおらず、破れ寺になってしまっています……」

「どこにある」

それなら足を運んでみたところで、なんの手がかりも得られないだろう。

「雲粒寺は、お秋の父親が住職をつとめていたのか」

「さようにございます」

顎を引いた潮兵衛が渋い顔になる。

「住職は宝蔵院流の槍の達人でした。当時は、大勢の村人が楽しそうに教えを受けていましたよ」

春吉も、そのうちの一人だったのだろう。春吉の父親は、特に心を込めて指導していたのではあるまいか。

「春吉が二十歳くらいのときに父親が病で亡くなり、その後、お秋と春吉の叔父《おじ》に当たる者が住職として寺に入ってきたのですが、二人とは仲がよくありませんでした。二人は叔父にいじめられ、ひどい扱いを受けていたという話もありましたよ」

潮兵衛が痛ましそうに唇を噛んだ。

「なにも知らなかったというのもあったのですが、手前は二人になにもしてやれませんでした」

「そうだったのか……」

「雲粒寺を出ていくとき、春吉は住職を叩きのめしていったそうですよ。住職は小川宿の医者に担ぎ込まれましたが、それきり寺に戻ってくることはありませんでした。その後の消息は不明です」

潮兵衛は、もう生きていないのではないかといいたげな口ぶりだ。

「ところで、雲粒寺の宗派はなんだった」

「浄土真宗《じょうどしんしゅう》でしたが……」

寺で生まれ育ったから、多顕尼にはもともと仏教の素養があったのだろう。それが今につながっているのではないかと思えるが、仁旺教と寺の宗派は関わりがないようだ。

――しかし、多顕尼は命の恩人だった幸三をなにゆえ無慈悲に殺したのか。

恩人の心の臓を死骸から抜き取り、食したというのは、さすがに信じがたいものがある。幸三が手ひどい裏切りをしてのけたのかもしれぬな、と雷蔵は思った。

――幸三には、仁旺教がしていることがあまりにむごく、許せるものではなかったのかもしれぬ。

そろそろ江戸に戻らなければならない刻限になりつつあった。

雷蔵には、最後に一つ、潮兵衛にきいておかなければならないことがあった。

「お秋は病弱だったといったが、どこが悪かったのだ」

「肺臓が悪いと聞いておりましたよ」

肺臓は一度悪くなると、なかなか治らないという。多顕尼ことお秋は、今も肺臓が悪いままなのだろうか。そういえば、この前会ったとき、ひどい咳をしていた。治っていないのではないか。

——うまくすると、肺臓の病が多顕尼につながるかもしれぬ。

やはりこの村に来てよかった、と雷蔵は心の底から思った。

四

暮れ六つの鐘が鳴る前に四谷に戻ってきた。

風が強まり、寒さが増す中、雷蔵は雪風を休ませるために、手綱を引いて歩いた。屋敷の門前まで来たところで立ち止まり、そばに立つ玄慈を見る。

「今日はかたじけなかった。一緒に来てくれたおかげで、実に楽しかった」

「俺も楽しかった。久しぶりに遠出ができて、気分がすっきりした。かなり走って汗はかいたが、体の悪い物が一気に出ていったようだ」

「それは重畳。しかし、往きも帰りもすべてを走り通したが、まことに雪風に乗らずともよかったのか」

「正直、馬には一度も乗ったことがないから、乗り方もわからんし。雷蔵さんは後ろに乗せてくれるつもりだったのかもしれんが、それでは雪風がかわいそうだ。俺は雪風とともに走るほうが性に合っている」

淡々とした口ぶりからして、玄慈は強がりをいっているわけでもなさそうだ。

「それならよいのだが……」

「本当に大丈夫だ。だが、さすがに今日はよく眠れるだろう。俺はそれが楽しみだ」

「普段はあまり眠れておらぬのか」

「まあ、そうだ。覚悟は決めているのだが、やはりいつ踏み込まれるかわからぬというのは心許ないものがある……」

そうだろうな、と雷蔵はつぶやいた。

「玄慈、腹が減っておるだろう。うちで食べていけばよい」

いや、と玄慈がかぶりを振る。

「子供たちが俺の帰りを待っているからな。では雷蔵さん、ここで失礼する」

玄慈が頭を下げてきた。

「そうか。気をつけて帰ってくれ」

「雷蔵さんも、身の回りには気をつけてくれ」

「油断はせぬ。では、また会おう」

うむ、と玄慈がうなずき、暮れはじめた道を歩き出す。

その姿が見えなくなるまで見送った雷蔵は門を入り、雪風とともに敷石の上を進んでいった。ご苦労だったな、と雪風をねぎらってから厩に戻し、玄関に向かう。

玄関に入った途端、雷蔵は、おっ、と瞠目した。怖い顔をした栄之進が、式台に座していたからだ。

——栄之進は優しいからな。どんなに恐ろしげにしていても、あまり効き目はない。

「栄之進、出迎え、ご苦労。ただいま戻った」

雷蔵は快活な声を投げた。

「お帰りなさいませ。殿、いったいどこにいらしていたのですか」

やや尖《とが》った声で栄之進がきいてきた。

「ちょっと遠出をしていた」

「遠出といいますと」

「雪風とともに行ってきたのは、入間郡の勝楽寺村というところだ」

どういうことで行くことになったか、雷蔵は委細を話した。

聞き終えた栄之進が、殿、と平静な声で呼びかけてきた。

「遠出されたわけはよくわかりましたが、命を狙われているときに一人でお出かけになるなど、あまりに思慮を欠いた振る舞いにございますぞ」

「実は一人ではなかった。玄慈も一緒だった」

「しかし、馬丁の駒輔には一人で行くとおっしゃったそうではありませぬか」

「その通りだが、屋敷を出てすぐに玄慈という道連れができたのだ」

「たまたま道連れができただけではありませぬか」

「栄之進。次はこのようなことがないよう、気をつけるゆえ、許せ」

「まことに同じような真似はなさらぬのでございましょうな」

念を押すように栄之進がきいてきた。

「むろんそのつもりだ。ところで栄之進」

「なんでございましょう」

「たらいに水を入れ、持ってきてくれぬか。足を洗いたい」

苦笑らしきものを口の端に浮かべ、栄之進が低頭した。

「承知いたしました」

「風呂は沸いておるか」

「暮れ六つまでには戻られると承っておりましたので、沸かしてあります」

「それはありがたい。さすがに栄之進は気が利く」

式台に腰かけた雷蔵は、栄之進自ら運んできたたらいの水で足をきれいにした。栄之進が、濡れた雷蔵の足を手ぬぐいで拭いた。

「ふう、さっぱりした。栄之進、ありがとう」

「いえ、どういたしまして」

その後、風呂に入って汗を流し、夕餉をとった。寝所に引き上げると、すでに布団が敷いてあった。火鉢にも、新たな炭が入れてある。

さすがに遠出の疲れを覚えていたが、雷蔵はすぐに寝ようという気にはならなかった。

文机の前に座し、目を閉じた。

――あの賭場荒らしは春吉という名だったのだな……。

そんなことを雷蔵は改めて思った。

春吉という多顕尼の弟が賭場荒らしをしていたのは、なんのためか。おそらく重い病にかかった姉のために、薬代を稼ごうとしていたのではないか。

幸三の甥っ子の例を挙げるまでもなく、医者代や薬代は恐ろしく高価な場合が多いのだ。多顕尼は肺臓の病にかかっていたのか、と雷蔵は考えた。やはりその病は治りきってはいないのではないか。

——多顕尼は、その手の病に強い医者にかかっているかもしれぬ。かかりつけの医者がいるのだとしたら、と雷蔵はさらに思案した。明日は、肺病の医者を当たってみればよいのではないか。しかも、今は金に飽かせて相当な名医にかかっているにちがいない。

そうだ、と雷蔵は一人の女性の顔を思い浮かべた。

——長飛どのなら、同業の者について、いろいろと詳しいかもしれぬ。

明朝早く、雷蔵は長飛に会いに行く気になった。

——よし、そろそろ寝るとするか。

さすがにまぶたが落ちそうになっている。雷蔵は立ち上がって寝床に移ろうとした。

そのとき行灯の炎がゆらりと揺れた。それを見て雷蔵は眉根を寄せた。

——今のは俺が動いたせいか。それとも……。

どこからか隙間風が入り込んだわけではなさそうだ。

じっと動かず雷蔵は耳を澄ませた。しかし、誰かが来たらしい気配は感じ取れなかった。

相変わらず屋敷内は静かなものだ。先ほど五つの鐘を聞いたばかりである。宿直《とのい》を除き、多くの家臣はすでに寝《しん》に就いている。江戸の町人たちも、ほとんどが眠っている刻限だ。

人が訪ねてくるには、さすがに遅すぎよう。雷蔵が火盗改の頭を務めていたときは、五つどころか、四つや九つを過ぎても、自身番などから急な知らせがもたらされたりしたが、今はそんなことはない。屋敷が本来の静けさを取り戻して久しい。

だとすると、と雷蔵は厳しい顔をつくって考えた。

――ついに三人組がやってきたか。

そうかもしれない。いや、それしか考えられなかった。

音を立てずに雷蔵は刀架の刀を取り、腰に帯びた。

行灯を吹き消すと、部屋が一瞬で暗くなったが、文机のかたわらで火鉢の炭が赤々と熾《おこ》っている。その光が、壁や襖などを橙色《だいだい》に照らし出していた。

――しかし、いくら三人組だとはいえ、家臣が大勢いる屋敷を、襲撃の場に選ぶものだろうか。

雷蔵がいつまでたっても生きていることに焦《じ》れた多頭尼に、急《せ》かされたのかもしれない。

――屋敷にいるときなら、俺の気が緩んでいると考えたのかもしれぬ。

家臣に守られていれば、確かに油断するときがないわけではない。

もし三人組が本当に来たのなら、雷蔵にとっては好都合である。他出したときに、あたりに気を配り続けるのにも飽きを覚えていた。

――今宵、決着をつけてやる。

暗さに目が慣れ、部屋の中がはっきりと見えてきた。

――よし、行くぞ。

敷居際に立ち、襖越しに部屋の外の気配を嗅いだ。怪しい者はおらぬ、と判断し、雷蔵は静かに襖を開けた。廊下の冷気が流れ込んできて、身震いした。

厚着をした家臣が一人、目の前に座していた。今夜の宿直の山崎観兵衛《やまざきかんべえ》である。

すぐそばに火鉢が置いてあるが、これだけでは、夜の寒さはしのぎきれないだろう。今日の昼は少しだけ寒気が和らぎ、過ごしやすかったが、夜の到来とともに再び寒さが増してきており、今も雷蔵の足先が、じんじんとしびれるように冷えていた。

「殿、どうかされましたか」

雷蔵を見上げて観兵衛がきいてきた。雷蔵はささやき声で返した。

「例の三人組が来たかもしれぬ」

「えっ」

雷蔵は唇に人さし指を当てた。立ち上がりかけていた観兵衛が動きを止め、黙り込む。

「そなたはここを動くな。俺が三人組を仕留めるゆえ」

「殿お一人で、三人を相手にされるのですか」

「案ずるな。一人のほうがよい。存分に刀を振るえるからな」

「ああ、なるほど……」

「だが観兵衛、助勢を頼むかもしれぬ。すぐに駆けつけられるよう、備えておいてくれ」

「承知しました。そのときは迷わず声を上げてください」

「わかった」

すぐには歩き出さず、三人組がどこにいるのか、雷蔵は再び気配を探った。どうやら玄関のほうにいるのが知れた。

ここまで気配を露わにしてくるとは、と雷蔵は少し驚きを覚えた。こちらを誘っているとしか思えない。

——望むところだ。

観兵衛にうなずいてみせ、雷蔵は廊下を玄関のほうへと進みはじめた。

しかし、近づく雷蔵の気配を感じ取ったのか、玄関のあたりにいた気配がかき消えた。

すぐにまた気配は湧き上がったが、庭のほうへ移動していた。

——そっちへ来いということか。広いところでやり合いたいのか……。

雪駄を履いた雷蔵は玄関を出、母屋を回り込んで庭へ向かった。

庭の入口にある枝折戸《しおりど》が開いており、風が吹くたび、きしむ音を立てて揺れた。雷蔵は枝折戸を通り過ぎた。

無人の離れを背にして、一つの影がじっと動かずにいた。頭巾をかぶっているようだ。

歩みを止めることなく雷蔵は、この男は、と見つめた。前に、辻斬りを装って雷蔵をおびき寄せた遣い手であろう。

足を止めた雷蔵は、二間ばかり先に立つ男に語りかけた。

「他の二人はどうした。また近くに隠れているのか」

「きさまこそ家臣はどうした」

低い声で男が返してきた。

「家臣を呼ぶまでもなかろう。きさまらなど、俺一人で片づけられるゆえ」

ふっ、と男が頭巾越しに小さく笑いを漏らした。

「まことに一人でやれるか、試してみるか」

「当然だ」

雷蔵はすらりと愛刀を抜き、正眼に構えた。

「容赦はせぬぞ」

「それはこちらの言葉だ」

頭巾の男も抜刀し、八双の構えを見せた。月はないが、男の刀がきらりと光を放つ。まるで獰猛《どうもう》な獣の目のようだ。

――なにか秘剣でも隠し持っているのか。

そうかもしれなかったが、どんな剣を遣ってこようと構わぬ、と雷蔵は意に介さなかった。

――勝つのは俺だ。

体から力を抜いた雷蔵は、無造作に前に進んで男を間合に入れた。渾身《こんしん》の気合を込めて、愛刀を袈裟《けさ》懸《が》けに打ち下ろした。

頭巾の男が下がって雷蔵の斬撃をやり過ごし、踏み込んでくるや胴に刀を払ってくる。横に動いて、雷蔵は再び袈裟懸けを繰り出した。男が足の運びだけで雷蔵の斬撃を軽々とやり過ごし、すかさず刀を下段から振り上げてくる。

雷蔵は顔を動かしてその斬撃を避け、逆胴に愛刀を振っていった。雷蔵の斬撃を、男が初めて刀の腹で受け止めた。

がきん、と刃音が鳴り、雷蔵の手に衝撃が伝わってきた。雷蔵はすぐさま愛刀を手元に引き戻した。

その動きを追うように、どうりゃあ、という裂帛《れっぱく》の気合とともに、男が上段から斬撃を見舞ってきた。

力感あふれる振りで、恐ろしいまでの速さがあったが、ここで引き下がるわけにはいかぬ、と雷蔵は負けずに打ち返した。

きん、と鋭い音が響き、火花が散った。同時に男の刀から閃光《せんこう》が発せられ、雷蔵の視野が真っ白になった。男の姿が閃光の中に取り込まれるように消えた。

――なんだ、これは。

驚いたが、これが秘剣だったか、と雷蔵はすぐに冷静さを取り戻した。

――打ち返してはならなかったのだな。

だが、やってしまったものは仕方がない。後悔しても、どうすることもできない。ならば、前に進むのみだ。

敵は前方からかかってくるだろうか。それとも、背後に回ろうとするのか。

それが気にかかり、白い光に視野を覆われている中、雷蔵は男の姿を捜そうとしたが、それでは敵の思う壺《つぼ》だと覚り、人の気配を感じるほうへと愛刀を、ぶんと旋回させた。

がきん、とまた音が立ち、雷蔵の腕にしびれが走った。やはり男は後ろにいたのだ。

このときになって、ようやく先ほどの閃光の影響がなくなったか、男の姿が雷蔵の視野に戻ってきた。

雷蔵は男に向かって愛刀を振ろうとしたが、背中にすり寄ってくる者の気配を察し、姿勢を低くするや、背後へ愛刀を突き出した。

どす、と妙な手応えが伝わってくる。三人組の他の一人に、傷を負わせたのはまちがいなかった。深手か浅手かは定かでないが、動けなくできたかもしれない。もしそうなら、この戦いにとって大きかった。

傷を負わせた者へは目もくれず、雷蔵は頭巾の男に向き直った。愛刀を正眼に構え、敵の攻撃に備える。

頭巾の男は三間ばかり離れた場所に立ち、雷蔵とは別の方向に刀を向けていた。男は呆然と立ちすくんでいるように見えた。

雷蔵が闇を透かすと、頭巾の男が別の何者かと対峙しているのが知れた。

――何者だ。

すぐに正体は判明した。雷蔵が今枝《いまえだ》道場の臨時の師範代として門人たちに稽古をつけていたとき、道場にやってきた道場破りだ。安斎六右衛門である。

その六右衛門が、なぜここにいるのか。しかも白刃を正眼に構え、頭巾の男と戦う姿勢を見せている。

どんなわけがあろうと、と雷蔵は思った。六右衛門が助太刀してくれるのなら、ありがたい。家臣たちでは心許ないが、六右衛門は相当の遣い手である。頭巾の男に、まず引けを取るまい。

頭巾の男は、と雷蔵は確信した。六右衛門に任せておけばよい。

闇の中、雷蔵は残りの二人の姿を捜した。ふと、血のにおいが鼻を打ち、つられるようにそちらを見た。

一間半ほど離れた植栽の陰に誰かいるのがわかり、雷蔵は足早に近づいた。

小柄な男が首を押さえて地面に倒れ込んでいた。ひくひくと手足が痙攣《けいれん》している。

男にまだ息はあったが、首の傷から血が流れすぎているのは明らかだ。

じきに息絶えるだろう。どんな名医をもってしても、この男の命を救うことはできまい。

——俺の突きがこやつの首を貫いたか……。

あと一人だな、と雷蔵が思った瞬間、背後に人の気配が立った。袈裟懸けに刀を振り下ろしてくる。

咄嗟にしゃがみ込んで斬撃をかわし、雷蔵はくるりと体を回して愛刀を払っていった。

ずばっ、と肉を切り裂く音がし、ぐっ、となにかが喉に詰まったような声が耳に届いた。

雷蔵はさっと立ち上がり、刀を構えつつ声の方向を見た。腹からおびただしい血を流し、男が倒れていくところだった。体が勢いよく地面に叩きつけられ、どう、と鈍い音が立った。その弾みで頭も強く打ったが、男はすでになにも感じていないようだ。腹からどろりと血が流れ出し、男の手からぽろりと刀が落ちた。

これで二人は始末した。雷蔵は額の汗を軽くぬぐった。あとは頭巾の男だけだ。

雷蔵は六右衛門へと目を向けた。六右衛門は頭巾の男と激しく戦っていた。

頭巾の男はまたしても閃光を放つ秘剣を遣ってみせ、雷蔵は一瞬どきりとしたが、その技はすでに六右衛門に見切られていた。

――なんと、あの剣をものともせぬのか。

六右衛門という男のすごさに、雷蔵は目をみはるしかなかった。

――それにしても、あの秘剣はどんな仕組みになっているのか。どうすれば、閃光が生ずるのか。

さっぱりわからない。わかるのなら、秘剣にはならないだろう。多顕尼に授けられた妖術なのか。

とにかく、頼みにしていたはずの秘剣がまるで通用せず、頭巾の男は明らかに六右衛門に押されていた。今や押されまくっている。

六右衛門の繰り出す斬撃を頭巾の男は必死に受け止め、さらに渾身の力で打ち返しているが、少しずつ対応が遅れつつあった。そのために、いくつもの傷を体につくる羽目になっていた。

新たな傷ができるたびに、頭巾の男の動きは鈍くなっていく。反撃の逆袈裟を放ってみせたが、それも六右衛門はあっさりとかわした。逆に深く踏み込み、下段から刀を振り上げた。

土を蹴り、男が後ろに下がった。土に足を取られ、わずかに体勢を崩したが、六右衛門はそれ以上、男を追おうとしなかった。足を引き、元の姿勢に戻る。

――なぜ見逃した……。

頭巾の男にとどめを刺す絶好の機会だったのに、攻撃しなかった理由が雷蔵にはわからない。

窮地を逃れて助かったと思ったのか、頭巾の男が戦意を新たにしたのが伝わってきた。また刀を八双に構え、前に出ようとしたが、いきなり右膝が、がくんと折れ、大きくよろめいた。

雷蔵には、男になにが起きたのか、判断がつかなかった。それは、頭巾の男本人も同じようだ。体が思い通りにならず、地面に転がりそうになるのを必死にこらえる。

だが、不意に男の頭巾が二つに割れ、はらはらと舞い落ちていった。

露わになった男の顔に、五寸ほどの長さの筋が斜めにできているのを雷蔵は見た。その筋がぷくりとふくらみ、皮を破って血が一気に噴き出す。だらだらと血が流れ、みるみるうちに顔が血まみれになった。血はさらに男の着物も濡らしていく。

ううぅ、と苦しげにうめいた男が、どさりとうつぶせに倒れた。それきり身動き一つしない。

――なんと、刃は届いていたのか。それがわかっていたから、安斎どのはあれ以上、手を出そうとはしなかった……。

むう、と雷蔵は息をのむしかなかった。安斎六右衛門とは、なんとすさまじい業前を持つ男なのか。

――道場で俺が勝てたのは、得物が竹刀だったからだ。真剣では勝てぬ。

この世にはすごい男がいるものだ、と雷蔵は改めて感じた。

ふう、と軽く息をついて六右衛門が、懐から取り出した紙で刀身をぬぐった。血で汚れた紙を袂《たもと》に落とし、刀を鞘にしまう。面を上げて雷蔵を見つめてくる。

それを合図にして雷蔵も刀を鞘におさめ、六右衛門に近づいていった。

「助太刀を頼んであるとは、きさま、卑怯な真似をしおって……」

地面から声が聞こえてきた。頭巾の男はまだ死んでいなかったのだ。横たわったまま、血だらけの目で雷蔵を見上げてくる。

「卑怯だと」

男を見下ろし、雷蔵は顔をゆがめた。

「辻斬りを装い、三人の無辜《むこ》の民を殺しておいて、よくいえたものだ」

「く、くそう……」

男は体を動かそうとしたようだが、もはやそれだけの力は残されていなかった。かがみ込み、雷蔵は男の顔をのぞき込んだ。もはや人の体《てい》をなしていない。

「きさまは仁旺教の者か。多顕尼に命じられて俺を殺しに来たのだな」

しかし、男から答えはなかった。呼吸がすでに止まっている。

死んだか、と雷蔵は立ち上がった。六右衛門をじっと見る。

「そなたはどうしてここに」

「それか……」

いったんぎゅっと目を閉じた六右衛門がまぶたを持ち上げ、ここまで来たわけを訥々《とつとつ》と語りはじめた。

六右衛門の話を聞き終えた雷蔵に、あまり驚きはなかった。

「またしても刺客に襲われたのか。しかも、今度はすさまじいまでの遣い手とは」

「この男とは比べものにならぬ。ずっと上だ。あれだけの腕の者は主家にはおらぬ」

六右衛門の目は頭巾の男に向けられている。

「そなたは、主家から狙われているのか」

「正しくいえば、元主家だ」

苦い顔で六右衛門が答えた。

「とにかく、刺客に襲われたために騒ぎとなり、俺は住処の長屋にいられなくなった。仕方なくここ二日ばかり旅籠《はたご》に泊まっていたのだが、昨夜のことだ、近所の銭湯に行って宿に戻ったところ、有り金すべてが盗まれていた。旅籠の者は気の毒がってくれ、昨日は泊めてくれたが、今日はさすがに無理だった。金を稼ぐために道場破りでもしようかと思ったのだが、どうしてもその気にならなかった。道場破りといえば、とおぬしのことを思い出し、それでここに来た。おぬしを頼ろうと思ってな」

「よく来た」

満面に笑みを浮かべ、雷蔵は六右衛門の肩を軽く叩いた。

「そなたが来てくれたおかげで、こやつらを屠《ほふ》ることができた」

三つの物言わぬ骸を、雷蔵は順繰りに見ていった。愚かでかわいそうな者たちだな、と哀れみの心が湧いてきた。

なにゆえ多顕尼の命に従って、襲ってきたのか。宗祖の命令に逆らうことは許されないのか。

六右衛門が小さく首を横に振り、辛そうに口を開いた。

「俺がおらずとも、おぬしならこの三人を討ち取っていただろう」

「そのようなことはない。俺がこうして無事なのは、そなたが来てくれたおかげだ」

「おぬしがそういってくれるなら、そういうことにしておこう」

小さな笑みを見せ、六右衛門が首肯した。言葉を続ける。

「この屋敷のそばまで来たら、塀越しに剣呑な気配を嗅いだ。すぐに剣戟の音も聞こえてきた。気の大きさから、おぬしが戦っているのがわかり、俺はなんとか塀を乗り越えた」

よく越えられたものだ、と雷蔵は驚いた。伊香屋敷の周囲を巡る塀は、父の丙蔵が骨董狙いの泥棒よけのために、新たに高さを増したのだ。あれを越えられるとは、それだけ六右衛門は身軽なのだろう。

「地面に飛び降りたら、木々のあいだから、おぬしが頭巾の男と戦っているのが見えた。頭巾の男が使った白く光る剣も目の当たりにした」

「そうだったのか」

一度見ていたから、六右衛門は悠々と男の秘剣に応ずることができたにちがいない。

「それでも、おぬしが負けるはずはないと見守っていると、おぬしの背後から別の男があらわれた。おぬしが背後の敵に気を取られた隙を狙い、頭巾の男がおぬしに斬りかかろうとした。俺は駆け出し、斬り込んでいった。男は俺の刀をかわしたものの、大仰なほど飛び跳ねてみせた」

だから、雷蔵から三間も離れたところに頭巾の男は立っていたのだ。

その気持ちはよくわかる、と雷蔵は思った。六右衛門ほどの遣い手から、不意打ちを食らったのだ。迫ってくる刀尖が巨大に感じられ、大袈裟なほど動かないと、よけられないと思ったのではないか。

面を上げ、雷蔵は六右衛門に目を当てた。

「しかし、そなたはまるで別人だった」

「なんのことだ」

息をつき、雷蔵は肩を揺すった。

「このあいだ道場で立ち合ったときとは、まるでちがったのだ。刀の速さも全身からにじみ出る凄みも……」

そのことか、と六右衛門が納得したように顎を引いた。

「国元のお師匠には、真剣での戦いでこそ、そなたは真価を発揮するであろう、といわれた。どうやら本当のことだったようだ」

真剣での戦いでは、と雷蔵は思った。

──やはり俺はこの男に勝てぬ。安斎六右衛門はあまりに強すぎる。

「安斎どの、疲れただろう。風呂に入るか。残り湯だが、沸かせば入れる」

「いや、風呂はよい。今は早く横になりたい」

本音のようだ。そうか、と雷蔵はいった。

「ならば、そこの離れを使ってくれ。布団もあるし、火鉢も置いてある。兄が暮らしていたが、今は無人だ」

「兄上はどうした」

「死んだ。俺が殺したようなものだ」

「なんと……」

六右衛門が瞠目する。

「事情はそのうち話す。今は休んでくれ」

離れに歩み寄り、雷蔵は戸を開けた。栄之進がほぼ毎日、風を入れており、かび臭さなどまったくない。

土間から一段上がった小さな式台に行灯が置いてあり、雷蔵はそれに火を入れた。離れの中が明るくなる。一瞬、兄の要太郎がそこに立っているような気がし、雷蔵は切なさを覚えた。

「三つの死骸はどうする」

後ろから六右衛門にきかれ、雷蔵は間を置くことなく答えた。

「敷地内に埋めるつもりだ」

「三人の男に襲われたことを、目付に報告せねばならぬのではないか」

「その気はない」

「なにゆえ」

「この三人の背後にいる者も、俺が裁くつもりだからだ。目付にこの三人のことを伝えては、背後にいる者についても話さなければならなくなる」

「背後にいる者というのは、先ほど頭巾の男に申していた仁旺教の多顕尼とやらのことか。その者については、ごまかせばよいではないか」

「ごまかすくらいなら、端から報告せぬほうがよい。俺は嘘が苦手だ」

そうなのか、と六右衛門がつぶやいた。

「多顕尼という者が、この三人を送り込んできたのか」

「そうだ。ただし、多顕尼の居場所はまだつかめておらぬ」

それを聞いて六右衛門が眉根を寄せた。

「だったら、こやつらを生かしておけばよかったな」

「いや、俺は今度この三人と戦うときには、けりをつけるつもりだった。殺す気で戦いに臨んだのだ。仮に生かして捕らえたところで、多顕尼の居どころは吐くまい」

「多顕尼の居どころはつかめそうか」

「明日には、はっきりするのではないかと思っている」

「だが、この三人が戻ってこぬのを知り、多顕尼は居場所を知られたと考えて、今宵のうちにも移るのではないか」

「そうかもしれぬな。そのときは、また別の手立てを考えればよい」

「そうか……」

顔を上げ、六右衛門が雷蔵に目を当てる。

「居どころがわかり次第、踏み込むのだな。多顕尼退治も、手伝ってよいか」

雷蔵は少し考えた。

「多分、そなたの手は借りずとも大丈夫だろう。もしそなたの助勢がいるようだったら、必ず頼むことにする」

「承知した。それで、三つの死骸はいつ埋めるのだ」

「今からだ」

「手伝おう」

勇んだ口調で六右衛門が申し出る。

「いや、よい」

「なにゆえ」

意外そうに六右衛門がきいてきた。

「この三人の成仏を願いながら俺一人で埋めてやる。そなたは休んでいてくれ」

「だが、三人も埋めるのは大変だぞ」

「なに、力仕事は得意だ」

右腕を掲げ、雷蔵は力こぶをつくった。

「家臣にも頼まぬのか」

「頼まぬ。この三人には俺が狙われたのだ。そうであるなら、最後まで自分で責めを負わねばならぬ」

雷蔵は迷いのない声で答えた。

「おぬしは立派だな」

「立派でなどないさ。とにかく安斎どの、休んでくれ」

「そうか。ならばお言葉に甘えさせてもらおう」

「それでよい」

さすがに六右衛門は疲れ切ったような顔をしている。あっさり打ち破ったように見えるが、頭巾の男はやはり強敵だったのだろう。

雷蔵が離れを出ると、入れ替わるように六右衛門が入っていった。

「明日の朝餉だが、膳をここまで持ってこさせよう。遠慮なく食べてくれ」

「なにからなにまで済まぬ」

雷蔵に向かって六右衛門がこうべを垂れた。

「そのような真似などせずともよい。今や、そなたは俺の用心棒も同然だ。給銀を払ってもよいくらいだ」

「そんなものは要《い》らぬ。俺には寝床と食事があれば十分だ。ほかにはなにもほしくない。それに、身の回りが落ち着き次第、また住処を見つけようと思っている」

「そうか。それまでは、いたいだけいてくれればよい」

「かたじけない」

一礼し、六右衛門がそっと戸を閉めた。漏れていた光が見えなくなった。

――よし、はじめるとするか。

雷蔵は穴を掘るつもりだったが、真っ暗ではなにもできない。

いったん玄関に戻り、式台に置いてある行灯に火を入れた。行灯の取っ手を持ち、庭の隅に建つ物置に向かう。

物置の戸を開け、鍬と鋤《すき》を取り出した。骸を埋めるのなら、と雷蔵は考えた。あまり人が来ないところのほうがよいだろう。

敷地の北側に広がる林へと足を向けた。木があまり根を張っていないところを見定め、鍬を使って穴を掘りはじめる。

三つの大きな穴を穿ったのち、庭から三体の死骸を引きずってきて穴に入れ、土をかぶせていった。

すべてを終えたときには、しばらく立ち上がれないほどくたびれていた。

――強がりなどいわず、安斎どのの手を借りればよかったか。考えてみれば、昼間は勝楽寺まで行ったのだったし……。

それでも、一人で全部をやり遂げたことに、満足の思いを得ていた。

――よし、寝るとするか。

だが、その前に体の汚れを落としたかった。井戸に行き、釣瓶《つるべ》で水を汲んだ。

懐から手ぬぐいを取り出し、それを水につけた。手がしびれるほど、水は冷たい。

――俺に根性があれば、この場で裸になり、頭から水をかぶるのだが……。

そこまではやる気にならず、諸肌《もろはだ》脱ぎになった雷蔵は、しぼった手ぬぐいで体を拭いていった。

それを何度も繰り返すと、体の汚れも汗も取れ、気分がさっぱりした。

これでよかろう、と着物を着直して雷蔵は玄関に向かった。いま何刻なのかわからなかったが、久しぶりに朝まで熟睡できそうな気がした。

六右衛門の助勢があったとはいえ、命を狙ってきていた者を三人ともに返り討ちにできたという事実は、途轍もなく大きかった。

五

明け六つの鐘の音を聞いたときには、雷蔵は富士診庵の前に立っていた。

ぐっすり眠ったせいか、体調はすこぶるよかった。

医療所の中から人の気配がしていることから、長飛はすでに起き出しているようだ。

ならばよいな、と雷蔵が訪《おとな》いを入れようとしたとき、見覚えのある若い女が富士診庵の前にやってきた。通いの助手である。

「おはようございます」

助手の女は雷蔵に丁寧に挨拶してきた。

「あの、申し訳ないのですが、こちらが開くのは五つ半からなのです」

済まなそうな口調で、雷蔵に告げた。患者の行列がまだほとんどできていないことから、きっとそのくらいに開くのだろうな、と雷蔵は見当をつけていた。

「長飛先生にお目にかかりたいのだ。今日は患者としてではないゆえ、診てもらいたいわけではない。ちょっとお話を聞きたい」

「あの、どのようなお話でしょう」

少し警戒したように女がたずねてくる。

「肺臓の病のことだ。繰り返すが、俺が肺臓を悪くしているわけではない」

「あの、お侍の御名をうかがってもよろしいですか」

雷蔵が名乗ろうとしたとき、障子戸の向こう側に人の気配が立ったのが知れた。雷蔵が目を向けると、障子戸がからりと開き、長飛が顔をのぞかせた。

「ああ、やはり雷蔵さまだった」

うれしそうに長飛が微笑んだ。

「先生、お知り合いでございますか」

意外そうに助手が長飛にたずねる。

「そうよ。あなたも知っているでしょう。このお方は、江戸の雷神さまよ」

ええっ、と助手が言葉をなくしたように、その場に立ち尽くした。

「このお方が……」

助手が雷蔵をまじまじと見る。このあいだ富士診庵を訪れたとき、この助手には会っているが、雷蔵は大勢の患者の一人に過ぎないのだ。助手が顔を覚えていないのは、当たり前のことでしかない。

「雷蔵さま、どうぞ、お入りください」

長飛にいざなわれ、雷蔵はうなずいた。

「かたじけない」

医療所の中はすでにいくつかの火鉢が入れられ、春が来たかのように暖かかった。人けのない医療部屋に入り、雷蔵は勧められた座布団に座り、刀を横に置いた。

「ああ、ありがたい」

そばの火鉢に両手をかざし、雷蔵はほう、と大きく息をついた。向かいに座した長飛が、くすり、と笑う。

「雷蔵さまは、今も寒がりのままなのですね」

「子供の頃からひどい寒がりだったが、長じた今も変わらぬ。いや、むしろひどくなったかもしれぬ」

失礼いたします、と助手が茶を持ってきた。ぬくみの感じられる湯飲みを手に持ち、雷蔵は遠慮なく茶をすすった。少し熱くて甘みのある茶が、体に染み渡るようだ。

「うまい……」

雷蔵は深い吐息を漏らした。

「それはよろしゅうございました」

にこりとして長飛が居住まいを正す。

「それで雷蔵さま。今朝は早くからどうされました」

うむ、と点頭し、雷蔵はわけを話した。

「では、肺病に強い名医を紹介してほしいのですね」

「そうだ。おそらく多顕尼という女宗祖は、金に飽かせて、自分の病を治してくれる医者を選んでいるはずだ。同業の長飛どのなら、そのあたりの事情に詳しいのではないかと考えたのだ」

「そういうことですか……」

下を向いた長飛がすぐに面を上げた。

「ご紹介するのは別に構わないのですが、その先生に迷惑がかかるようなことにはならないのですか」

「かからぬ」

即座に雷蔵は断言した。

「医者には、ただ話を聞くだけだ」

「さようですか。でも、ご紹介しても、医者が患者のことを話してくれるかどうか、私にはわかりません」

「医者たる者、患者の秘密を守ろうとするのはよくわかる。だが、多顕尼は幸三という者を殺し、その骸から心の臓を抜いた下手人ではないかと思えるのだ。下手にかばい立てすれば、その医者も罪に問われよう」

一度言葉を切り、雷蔵は軽く息を入れた。

「だからといって、俺は医者を脅すような真似は決してせぬ。真心を込めて、事情を話すつもりだ。さすれば、きっと心を開いてもらえよう」

「雷蔵さまなら、おっしゃる通りになさるでしょう。わかりました」

納得したように首を縦に振り、長飛がきりっとした顔つきになった。

「肺病の権威は、私が知る限りでは江戸に三人います。三人とも、素晴らしい腕と見識をお持ちです。お二方が私と同じ蘭医で、もうお一方は和方のお医者です」

「三人とも甲乙つけがたい腕なのだろうが、長飛どのはどの医者が一番だと思う」

雷蔵に問われて、長飛が厳しい表情で考え込む。

「さすがに迷いますが、一番は和方のお医者ではないかと存じます。ご自分で研究し配合した、蘭方とはまるで異なる薬を用いていらっしゃるのですが、それが実によく肺病に効くようなのです」

多顕尼は浄土真宗の寺の出だが、病を治してくれるのなら、むろんなんのこだわりもなく蘭方の医者にもかかるだろう。それでも、まずは最も腕がよいと思える和方の医者を、頼ろうとするのではないか。

「その和方の医者の名と住まいを教えてくれるか」

わかりました、と長飛が深く顎を引いた。

「御名は暁徳《ぎょうとく》先生とおっしゃいます。住まいは麹町二丁目です」

麹町なら、と雷蔵は思った。屋敷のある四谷からすぐだ。

「雷蔵さま、今から行かれますか」

「そのつもりだ」

「でしたら、書状を書きます。私の紹介がないと、いくら江戸の雷神さまといっても、面会が叶わないかもしれません」

「そういうものなのか。高名な医者となると、会うのも難儀なのだな」

「暁徳先生は町医者でいらっしゃいますが、患者は大名家や大身の旗本家ばかりのようです。紹介がない限り、会うだけでも難しいでしょう」

背後に置いてある文机に向き直り、長飛が一枚の紙にすらすらと文字を書きつけていく。墨が乾くのを待って紙をたたみ、封筒に入れた。それを、どうぞ、と雷蔵に渡してきた。見ると、暁徳様、と宛名が書かれている。かたじけない、と雷蔵はありがたく受け取り、懐にしまい入れた。

「暁徳というお医者には決して迷惑はかけぬゆえ、安心してくれ」

「よくわかっております。でも、もしその多顕尼という宗祖が暁徳先生の患者でなかったら、雷蔵さまはどうされますか」

「二人の蘭医を訪ねるつもりだ」

「でしたら、そのお二人の御名と住まいも教えてさしあげましょう。書状もいま書きます」

「ありがたい。蘭医の二人は、自分でなんとかするつもりだった。長飛どの、心より感謝する」

「礼をいわれるほどのことではありません。私は、雷蔵さまにいわれたことを実行しているだけですから」

その言葉に雷蔵は当惑を覚えた。

「俺にいわれたことというと」

「お忘れですか。長崎で雷蔵さまは、私によくおっしゃいました。『人に親切にすることが、結局は最も得をすることだ。本当は損得など考えず親切にするのが一番なのだが、なかなかそうもいかぬ』と」

「ああ、思い出した」

雷蔵は軽く膝をはたいた。

「そのようなことを、俺は口癖のようにいっていたな。長飛どのは覚えていたのか」

「忘れるわけがありません。その一念で、今も患者さんと接しています。ただ、薬代がどうしてもかかりますから、損得抜きでというわけにはいきませんが……」

「それは仕方あるまい。金がないと、医者という仕事を続けられぬし。仕事を失っては、人に親切にすることもできぬ」

「確かにその通りですね。――では、あとの二枚の書状を書いてしまいますね」

長飛がまた紙に筆を走らせた。

雷蔵は二枚の書状を手にし、二人の蘭医の名と住所も教えてもらった。

「長飛どの、ありがとう。俺もそなたに負けぬよう、これからも多くの人に親切にしていく所存だ」

気持ちを新たにした雷蔵は立ち上がって医療部屋を出、無人の待合部屋を抜けた。土間で雪駄を履いていると、背後の式台に長飛が端座した。

引手に手を当て、雷蔵は障子戸を開けた。冷たい風が入ってきた。

戸口の前には、患者たちの長い列ができていた。式台に座っている長飛を見て、おはようございます、と口々に挨拶してくる。にこやかな笑みを浮かべて、長飛が患者たちに辞儀をする。

「では、これで」

頭を下げて雷蔵は長飛に別れを告げた。

「またおいでください」

うむ、と大きくうなずいて雷蔵は歩きはじめた。供の米造が後ろにつく。

「寒い中、申し訳ありませんが、もう少し待ってくださいね」

患者たちに長飛が優しく声をかけているのが、雷蔵に聞こえてきた。

――長飛どのの美しさも患者を引きつけているのだろうが、医者としての手並みと優しさのほうが、ずっと大きいのであろうな。

いくら美貌の女医で名医であろうと、患者に親身にならず、つんつんと取り澄まして威張っていたら、町人たちは寄りつかないにちがいない。

――長飛どのは、素晴らしい道を歩んでいるな。俺も見習わなくてはならぬ。

そんな思いを抱きつつ雷蔵は、米造を連れて麴町二丁目に向かった。

六

四半刻ほどのち、暁徳という町医者が営む医療所の前に立った。

ぐるりにめぐらされた塀は、雷蔵の屋敷のものより高さがあった。暁徳はやはりかなり儲けていて、盗賊が気になって仕方ないのだろう。

塀には木戸が設けられており、その脇に『医療所』と記された小さな表札がかかっていた。ただそれだけで、暁徳の名はどこにも書かれていない。

医療所の前に、行列をしている者は一人もいなかった。富士診庵とはえらいちがいだな、と雷蔵は思った。

長飛もいっていたが、暁徳という医者は町人を相手にする気は一切ないのだ。大名家や大身の旗本家だけを患者としていれば、大金が次々に入ってくるのは疑いようがない。それほどの成功をおさめるには、並大抵ではない努力が必要だったのだろうが、医術をそこまで金儲けの道具にしてよいものか、という思いは雷蔵の中で消えない。

――いや、今はそのようなことを考えている場合ではない。

木戸に歩み寄ろうとして、雷蔵は背後で人が放つ物音を聞いた。振り返ってみると、道を挟んだ斜向《はすむ》かいに書物問屋があり、一人の客が一冊の本を買い求めているところだった。ときが許せばあとで寄ってみるか、と雷蔵は思った。どんな書物が置いてあるのか、興味があった。

雷蔵は前に進み、暁徳の屋敷の木戸を拳で叩いた。少し間を置いて人の気配が木戸の向こう側に立ち、どちらさまでしょう、と若者らしい男がきいてきた。

「それがしは伊香雷蔵と申す。暁徳先生にお目にかかりたい」

朗々たる声を雷蔵は発した。

「えっ、伊香さまでございますか」

若者も、さすがに名高い江戸の雷神のことは知っているようだ。

「あの、まことに伊香さまでございますか」

少し警戒するように若者が確かめてくる。

「嘘などいわぬ。俺はまちがいなく江戸の雷神と呼ばれた男だ」

それでようやく門の外される音がし、木戸が開いた。彫りの深い顔をした若い男が、目を輝かせて雷蔵を見る。

雷蔵は微笑してみせた。若者がまぶしげにした。

「あの、伊香さまは、どのようなご用件でいらしたのでございますか。もしや病にかかられたのでございますか」

「そうではない」

雷蔵はかぶりを振った。

「肺病の患者について聞きたいことがあるゆえ、暁徳先生にお目にかかりたいのだ」

「あの、それは先生の患者のことでございますか」

眉を曇らせ、若い男が難しい顔になる。そうだ、と雷蔵は認めた。

「患者について医者が他人に話せることなどほとんどないのはよくわかっているが、こたびは人殺しの一件に関することゆえ、どうしても暁徳先生にお会いし、お話をうかがいたいのだ」

「えっ、人殺しでございますか」

若い男が目をみはる。そうだ、と雷蔵は断じた。

「その一件を解き明かし、下手人を捕らえるために、暁徳先生のお力添えがほしい。そのために俺はやってきた」

「わかりました。そういうことでしたら、先生にお話ししてまいります。まことに申し訳ないのですが、こちらでお待ちいただけましょうか」

「これを暁徳先生に渡してほしい」

懐から長飛が書いた書状を取り出し、雷蔵は若い男に手渡した。

「これは……」

若い男がじっと書状を見る。

「鮫ヶ橋谷町で医療所を開いている長飛先生を知っているか」

「はい、存じております。とてもきれいなお方で、うちの先生も大層お気に入りでございます」

口を滑らしたと思ったか、若い男が黙り込み、渋い顔になった。

「そちらは、その美しい先生が書いてくれたものだ。なにゆえ俺がこちらに来たか、わけが記されている」

「さようでございますか。では、先生に渡してまいります」

「よろしく頼む」

ぱたりと木戸が閉まり、若い男の顔が見えなくなった。

「殿、暁徳先生に会えましょうか」

米造が案じ顔で雷蔵を見つめてくる。

「会えるだろう。長飛どのの書状がきっと効くはずだ」

若い男が戻ってきた気配がし、木戸が静かに開いた。

「お待たせいたしました。お目にかかるそうでございます」

「かたじけない」

米造をその場に残し、雷蔵は木戸をくぐった。若い男が雷蔵の背後で木戸を閉め、閂を下ろした。

敷石を踏んで、枝折戸を入る。庭に面した濡縁から、雷蔵は母屋に上がった。そこは広間になっていたが、鼻を打つような薬くささが漂っていた。

ここまで案内してきた若い男に勧められて座布団に座っていると、失礼いたします、と頭を丸めた小柄な男が部屋に入ってきた。

この男が暁徳であろう。歳は三十代半ばか。意外な若さに雷蔵は驚きを覚えた。

もっとも、多顕尼と同じで、暁徳も若く見える質《たち》なのかもしれない。

「それがしは伊香雷蔵と申す。突然にお邪魔して申し訳ない」

晩徳から目を離し、雷蔵は頭を下げた。

「いえ、伊香さまほどのお方をお迎えして、邪魔など、とんでもないことでございます。手前は晩徳と申します」

両手を揃え、晩徳が低頭する。

「どうぞ、お見知り置きを。江戸の雷神さまがこの家にいらしてくださり、うれしくてなりません。今お茶がまいりますので、しばしお待ちください」

「どうか、お構いなく」

背筋を伸ばし、雷蔵は晩徳を見つめた。つやつやと頭が輝き、顔色もよい。医者の不養生とはよく聞くが、晩徳のようにいかにも健やかそうだと、患者は安心して身を委ねられるのではないか。

この事実だけで、晩徳が名医と呼ばれるわけがわかったような気がした。

間を置くことなく雷蔵は水を向けた。

「先生におうかがいしたいのは、仁旺教の宗祖多顕尼に関することだ。先生の患者に多顕尼がいるのではないかと思うが、いかがであろう」

「長飛さまの書状にもそのようなことが記されておりましたが……」

厳《おごそ》かな口調で暁徳が語りはじめた。

「多顗尼さまがどうかされましたか」

多顗尼のことを気にするとは、やはり患者の一人のようだな、と雷蔵は拳をぎゅっと握り締めた。

「先日のこと、多顗尼は市谷柳町で幸三という人物を殺し、死骸から心の臓を抜き取ったものと思われる」

「なんと」

なにも知らなかったようで、暁徳が目を大きく見開いた。

「まことに多顗尼さまが、そんな大それたことをされたのでございますか」

「おそらく」

「おそらく、でございますか……。もしそれが本当なら、なにゆえ多顗尼さまは、そのような真似をされたのでございましょう」

「心の臓を食するためだな」

「ええっ」

絶句し、暁徳が信じられないという顔になった。

「心の臓を食するとは、いったいなんのためにそのようなことをされたのでございますか」

　暁徳がさらに問いを重ねてきた。

「暁徳先生が荼枳尼天をご存じかどうか知らぬが、多顕尼は荼枳尼天に傾倒しているようだ。荼枳尼天は心の臓を食べ、命の源となるものを得ているという。多顕尼が荼枳尼天の真似をしているのは、多分、肺病を治すためであろう」

「なんと――」

　あっけにとられた様子で、暁徳が腰を上げた。すぐに座り直す。

「それでは、手前が差し上げている薬は多顕尼さまには効き目がないことになります」

　完全に自らの患者と認めたな、と雷蔵は思った。

「その通りだ」

「しかし、薬を飲んで病状はよくなっているとおっしゃっていましたが……」

「本人は人の心の臓を食べて、よくなっていると考えているかもしれぬ」

　むう、と暁徳がうなる。

「その心の臓を抜いたという一件ですが、多顕尼さまが下手人だという証拠は挙がっているのでございますか」

　真摯な顔つきで暁徳がきいてきた。

「まだ確たる証拠はつかめておらぬ。だが、多顕尼が下手人とみて、まずまちがいない」

「証拠はないのでございますね」

どこか安心したように暁徳が確かめてきた。

「さよう」

雷蔵はうなずくしかなかった。そのとき先ほどの若者が茶を運んできて、雷蔵たちの会話は中断した。若者が、失礼いたしました、と頭を下げて部屋を出ていく。

「ところで伊香さまは――」

一口だけ茶をすすって暁徳が口を開く。

「多顕尼さまについて、なにをお知りになりたいのでございますか。手前に、人殺しの一件を伝えにいらしたわけではありませんでしょう」

「最も知りたいのは多顕尼の住処だ。今どこにいるのかを知りたい。暁徳先生は、多顕尼の住処に往診に行かれているはずだ」

少しうつむいていたが、暁徳が面を上げて雷蔵を見る。

「多顕尼さまがどちらに住んでいるか、手前が往診しているかも含め、話すことはできません。伊香さま、まことに申し訳ないのでございますが、人殺しの確たる証拠をおつかみになったら、またおいでくださいますか。そのときは、必ずすべてをお話しいたします」

出直せと申しているのか、と雷蔵は思った。

「証拠がなければ、教えぬということか」

暁徳をじっと見て雷蔵は質した。

「確たる証拠がないのに、下手人扱いというのはいかがなものかと、手前は思います」

落ち着いた声音で暁徳が語った。

「多顕尼さまが真の下手人だと明瞭になれば、手前は知っていることを、包み隠さずお話しいたします」

暁徳の表情から、今の言葉が嘘偽りなどでないことは、はっきり伝わってきた。脅しても賺《すか》しても、暁徳は多顕尼についてなにも口にしないだろう。

仕方あるまい、と雷蔵は引き下がることにした。暁徳が多顕尼を診ていることだけは、まちがいないと知れたのだ。それだけでも大きな一歩である。

――それに、俺がこうして訪れたことで、この暁徳という医者に、なにか動きがあるかもしれぬ。

今はそれを期待するしかない。手間を取らせた詫びを述べ、雷蔵は立ち上がって広間をあとにした。濡縁で雪駄を履き、枝折戸を抜けて木戸に手をかける。

後ろについてきた暁徳が、おいでいただきまことにありがとうございました、と雷蔵をねぎらうような言葉を口にした。

「証拠を握ったら、必ずまた来る。そのときはよろしく頼む」

「お待ちしております」

外に出た雷蔵は木戸を閉じ、そこにいた米造に、待たせた、と告げた。道を横切って斜向かいにある書物問屋に向かい、店頭に並べられた本の一冊を手に取った。

店の奥に座している主人らしき年寄りはなにもいわず、にこにこと雷蔵たちを見ているだけだ。

放っておいてもらえるのは、ここでときを潰したいと考えている雷蔵には、ありがたかった。米造は、黄表紙とおぼしき書物を遠慮がちに見ている。

しばらくそうしていると、暁徳の屋敷の木戸が開き、若い男が出てきた。先ほど雷蔵の応対をした、彫りの深い顔の若者である。

やはり動いてくれたな、と雷蔵は心中で安堵の息をついた。

若者は書物問屋にいる雷蔵たちに気づかず、道を東に向かっていく。千代田城の方角だ。

「米造、行くぞ」

本を元の場所に戻し、店主に会釈してから雷蔵は書物問屋を出た。米造が後ろをついてくる。

四半刻もかからず、若者は大名小路にある広壮な屋敷の前で足を止めた。表門ではなく、屋敷の裏門に当たるほうである。

小窓を通じて門番となにやら話をしている様子だったが、軽く頭を下げてくぐり戸から屋敷内に入っていった。

半町ほど離れた松の陰で雷蔵は立ち止まり、その様子をじっと眺めていた。

――あの屋敷は……。

「あそこは、ご老中首座の松平伊豆守さまの役宅ではないでしょうか」

後ろから米造がささやきかけてきた。うむ、と雷蔵は返した。

あの屋敷には、これまでに何度も足を踏み入れたことがある。火盗改の頭として表門から堂々と入ったのだが、いつも雷蔵の気持ちは張り詰めていた。松平伊豆守とは、人に緊張を強いる男なのだ。

――しかし、暁徳どのの使いが松平伊豆守の屋敷に来るとは……。

江戸で屈指の医者だけに、暁徳が松平伊豆守とつながりがあるのは不思議でもなんでもない。御典医のような扱いを受けていることも考えられる。

――しかし暁徳どのの使いは、なんのために松平伊豆守の役宅を訪れたのか。

考えるまでもない。雷蔵が多顕尼のことを調べに、医療所にやってきたことを伝えるためである。松平伊豆守は、多顕尼と関わりがあると考えるべきだろう。

もしかすると、と雷蔵は思い当たった。松平伊豆守が、多顕尼に肺病の権威として暁徳を紹介したのかもしれない。

裏口のくぐり戸が開き、例の若者が外に出てきた。こちらに歩いてくる。このまま松の陰にいたら、見咎められることに雷蔵は気づいた。

「米造、ちと動くぞ」

米造とともに雷蔵は松の陰から素早く出た。五間ほど先にある角を曲がり、松平伊豆守の役宅の塀に背中を張りつける。

若者は雷蔵たちに気づかず、まっすぐに道を進んでいった。

麴町二丁目の医療所に戻るのではないかと思えたが、雷蔵は念のために、米造にあとをつけるように命じた。もしかすると、多顕尼の住処に向かうことも考えられないではない。

わかりました、と米造が駆け出そうとする。

「米造」

小声で声をかけると、はっ、と米造が立ち止まった。

「よいか、あの若い男がどこに行くか見届けたのちは、こちらに回ってこずともよい。屋敷に戻り、俺の帰りを待て」

「承知いたしました」

「よし、行け」

はっ、と低頭して米造が走り出し、角を曲がっていった。塀を離れた雷蔵は辻へと進み、米造が走った方角を見た。

米造の先、半町ほどに若者の姿があった。よほどのことがない限り、米造が見失うことはあるまい。

雷蔵は、また先ほどの松の陰に戻った。身じろぎ一つせず、役宅の裏門に目を据える。

七

米造が去ってから四半刻ばかりたった。

だが、裏門からは誰も出てこない。

表門に回るべきだったか、と雷蔵は思案した。

——いや、裏門でまちがっておらぬ。

自分の直感を信じることにした。

——腹を据えよ。

自らに強く言い聞かせた。その祈りのような心の声が届いたのか、裏門のくぐり戸が開くのが見えた。出てきたのは若林《わかばやし》堅太郎《けんたろう》だった。頭巾を深くかぶっているが、物腰からそうと知れた。

若林は松平家の用人を務めているが、相当の遣い手ではないかと、雷蔵がにらんでいる男である。若林は若党らしい供を一人、連れていた。

若林がどこかに使いに出るということは、と雷蔵は考えた。松平伊豆守にじかに用をいいつけられたゆえだろう。

——多顕尼のところへではないか。

よし、と思ったのも束の間、雷蔵は、むう、と心中でうなった。若林がこちらに向かってくるのがわかったからだ。先導する供の者が雷蔵のいるほうへと進みはじめていた。

顔を隠しながら松の陰を出た雷蔵は、先ほどの角を曲がった。

だが、ここで武家屋敷の塀に背中を張りつけたところで、若林には必ず気配を覚られ、見咎められる。どこか別の場所にひそむ必要があった。だが、あたりには人けがまったくなく、隠れられそうな場所など、どこにもなかった。

——あの角の向こう側に行ってみるか。

半町ほど北に辻が見えており、雷蔵はそちらに足を急がせた。

辻に近づいていくと、角の左手から大勢の人の気配がしてくるのに気づいた。なんだろう、と雷蔵は走りつつ首をひねった。

角を曲がる直前、背後を見やる。若林の供侍の姿が見えた。

——若林はこちらに来るのか……。

角を折れると、別の老中の役宅とおぼしき屋敷の門前に、五十人ばかりの供の者らしい男たちが所在なげに腰を下ろしていた。どこかの大名が、この屋敷のあるじである老中を訪ねてきているのだろう。家臣たちは、あるじの戻りを待っている様子だ。

——仕方あるまい。

雷蔵は大名家の家臣たちの端に、同じ家中のような顔をして座り込んだ。こちらに来るはずの若林に勘づかれないよう、両腕の中に顔を伏せ、さも居眠りをしているかのような振りをした。

下手に気を放つわけにもいかない。もしそんなことをすれば、若林は必ずや覚るだろう。本当に居眠りするつもりで、雷蔵は体から力を抜いた。

間髪を容れず眠りに誘われるように意識が遠のいていったのは、昨夜は熟睡したとはいえ、夜明け前に起き出したせいかもしれない。

若林が近づいてきたのかも、前を通り過ぎたのかも、雷蔵にはわからなかった。

はっ、として顔を上げたときには、なぜここにいるのか思い出せなかったくらいだ。若林のことが心によみがえり、雷蔵は左側に顔を向けた。

すでに一町近くも先を歩く若林の姿が目に入った。立ち上がり、雷蔵はあとを追いはじめた。

――あのような場所で眠ってしまうなど、俺は馬鹿なのか。それとも、ただ放胆にできているだけなのか。

若林の後ろ姿を見つめ過ぎると、眼差しを覚られる。あまり凝視しないように気を配りながら歩いた。

おや、と雷蔵が首をかしげたのは、若林の歩き方がぎこちなかったからだ。

――どこか怪我でもしているのか……。

いったいどんな傷を負ったというのだろう。どうやら右肩に怪我をしているのが知れた。

そんなところに傷を負うとは、若林になにがあったのか。

即座にひらめいたのは、長屋にいた六右衛門を襲撃したという刺客のことだ。六右衛門は、相手が一人だったといっていた。

若林は、松平伊豆守の命で六右衛門を襲ったのではないか。つまり六右衛門は、松平伊豆守の怨みを買ったということか。

元主家の家臣でない凄腕が襲ってきたと六右衛門は口にしていたが、それが若林だとしたら、どういう図になるのか。

以前、六右衛門は元主家から追っ手を差し向けられていた。四人の刺客に囲まれ、襲われていたところを雷蔵が救い、いったん屋敷に連れ帰った。

それが今度は確実に六右衛門を討つために、主家の者ではなく、遣い手の若林が刺客として遣わされたということか。

六右衛門の元主家と松平伊豆守とのあいだには、深い関わりがあるのだろうか。

六右衛門は、元主家に対し、なにをしたのか。松平伊豆守が首を突っ込んでくるくらいだから、相当のことであるのはまちがいない。

血縁になにかあったのかもしれぬな、と雷蔵は思い当たった。松平伊豆守の弟が養子として入り、当主になっている大名家は、四つばかりあるはずだ。六右衛門の元主家も、そのうちの一つなのか。

――安斎どのは、主君になにかしたのだろうか……。

今のところ、なにかあったという松平伊豆守の弟のことは、一人として耳に入ってきていない。

しかし、いずれ松平伊豆守の弟が死んだという知らせを、雷蔵は受け取ることになるかもしれない。

そうなれば、六右衛門の元主家がどこか、そして六右衛門がなにをしたのか、本人にきかずとも、はっきりするだろう。

ただし、これらはすべて当て推量に過ぎない。だが、まずまちがいないのではないかと、雷蔵は確信している。

若林は、後ろも見ずに西へ向かってひたすら歩き続けている。麴町を過ぎ、四谷も素通りしたが、内藤新宿下町《ないとうしんじゅくしもちょう》に入る直前の角を右に曲がって、北へ向かいはじめた。

雷蔵も、かなり距離を置いてその道に入った。両側は武家屋敷ばかりで、人けはまったくない。

身を隠すところがまるでなく、雷蔵は若林との距離を広げるしかなかった。

さらに何度か道を曲がり、若林が武家屋敷街を抜けていった。

あたりは緑が多く、百姓家らしい家が多くなった。西大久保《にしおおくぼ》村に入ったのではないか、と雷蔵は思った。

――やつはどこまで行くのだろう。まさか人けのないところへ、俺を誘っているのではなかろうな。

それはあり得ぬ、と雷蔵はすぐさま断じた。若林は怪我をしている。あの体では、雷蔵を討てるはずがない。傷を負っているのは、芝居でもなんでもない。

つまり、傷を負っていようと、若林のような松平家にとって重要な人物が使いをしなければならないところへ、向かっているということだ。松平伊豆守が、懐刀にしか教えていない秘密の場所であろう。

となると、と雷蔵の胸は躍った。やはり多顕尼の住処ではないか。

若林から二町ほど遅れて進んでいくと、視界の先に、大きな緑のかたまりが見えてきた。樹間に、寺の本堂のものらしい屋根がのぞいていた。

もしやあの寺に多顕尼はいるのだろうか。いてくれたらよいが、と雷蔵は願った。

寺の門前に着いた若林が、高さからして十段ほどはあると思える階段を、上りはじめた。供は後ろをついていく。

二人が山門をくぐっていったのを見届けて、雷蔵は階段の下にやってきた。見上げると、山門は屋根が朽《く》ちかけていた。柱にもひびが入っているように見えた。

山門のあいだから望める本堂の屋根には、何本もの草が生えていた。破れ寺だな、と雷蔵は見当をつけた。

ここに多顕尼が本当にいるのだろうか。とにかく、確かめなければならない。雷蔵は階段を一歩一歩、上っていった。

山門の柱の陰に身を隠し、境内を見渡す。若林と供は石畳の続く本堂には向かわず、右手にある庫裏らしき建物のほうへと向かっていた。

二人は庫裏には入っていかなかった。建物を回り込み、庫裏の裏手に行こうとしているようだ。

二人の姿が庫裏の陰に隠れたところで、雷蔵は山門を出た。気配を消し、足音を立てないよう、慎重に庫裏の裏手を目指す。

この寺が、そこそこ高い丘にあるのが知れた。この丘のどこかに多顕尼がいるのではないか。

雷蔵は庫裏の裏手に回った。そこには建物などなにもなく、鳥たちが飛び回る雑木林が広がっているだけだ。

雑木林の中に、踏み分けられた細道が続いていた。この道を若林たちは進んでいったようだ。雷蔵も足を踏み入れた。

雑木林は暗く、冷たい大気が重く滞っていた。ぶるりと胴震いが出そうになったが、気配が露わになるのを恐れ、なんとかこらえた。

雑木林の中を二十間ほど行ったところで、雷蔵は足を止めた。五間ばかり先に鳥居が立ち、その奥が小高い崖になっていた。

崖には、岩屋らしい洞窟が口を開けていた。岩屋の入口には、まるで暖簾のように太い注連縄《しめなわ》がかかっている。

おどろおどろしい雰囲気が醸し出されていた。初めて多顕尼を目にしたときのことを、雷蔵は思い出した。鳥たちもこの近くは飛んでおらず、あたりは静かなものだ。

ここが多顕尼の住処だな、と雷蔵は確信を抱いた。いかにも、新たに興った宗門の宗祖が好みそうな場所ではないか。

神経を集中し、岩屋の中の気配を探ってみた。人の気配は感じられるが、中にいるのはせいぜい三、四人ではないだろうか。

多顕尼と若林とその供か。あと、ほかに誰かいるとしても、多顕尼の腹心が一人くらいではないか。

どうする、と雷蔵は自問した。踏み込むか。それとも、待つか。

待つ、と決断した。ここで若林と刀を交えるつもりはない。若林は多顕尼に伝えるべきことを伝えたら、供と一緒に出てくるだろう。

雷蔵は足音を殺して、六、七間ほど離れた右側に立つ欅の大木に歩み寄り、身を寄せた。

大して待ちはしなかった。若林と供の者が岩屋から出てきた。鳥居を抜け、雷蔵に気づくことなく若林は獣道を歩いていく。やがて深い木々の向こうに、供の者とともに消えていった。

多顕尼になにか伝え忘れたようなことがあって若林が戻ってくることを警戒し、雷蔵は四半刻ほど、その場でじっとしていた。すぐにでも動きたいのを、なんとか我慢した。

――よし、若林は戻ってこぬ。

欅の陰を出た雷蔵は鳥居をくぐらず、まっすぐ岩屋の入口を目指した。

注連縄の下に立つと、岩屋からは冷たい風が流れ出てきているのがわかった。かなり寒い。気合を入れるために、雷蔵は肩をそびやかした。

中の気配を再度、嗅いだ。どうやら一人しかいないようだ。いるのは多顕尼だけだろう。

丹田に力を込め、雷蔵は岩屋に入った。中は一丈ばかりの高さがあり、頭を岩にぶつける心配はなかった。人が二人は並んで歩けるほどの幅もあった。ところどころに火のついたろうそくが立ててあり、前に進むのに、なんの支障もない。

十間ほど進むと、いきなり広い場所に出た。二十畳ばかりの広さがあり、正面に神棚が祀ってあった。洞窟はここで行き止まりのようだ。

女が一人、こちらに背中を見せて神棚の前に座し、なにか祈りを捧げている様子だった。紛れもなく多顕尼である。本当にここにいたことに、雷蔵は安堵の息を漏らした。

――こんなところに隠れて住んでいたのなら、捜してもわからぬわけだ。

「誰だ」

静かな声で多顕尼がきいた。雷蔵はなにもいわずに多顕尼をじっと見ていた。

「誰だときいておる」

多顕尼が、さっと振り返る。雷蔵と目が合った。

「やはりおのれか」

雷蔵を認めて多顕尼が素早く立ち上がった。多顕尼を見据えて雷蔵はきいた。

「信者はおらぬのか」

「今は伝道をさせておる」

「だから出払っているのか。しかしおぬし、そんなに金を稼ぎたいか」

「皆の幸せのためだ」

「俺と初めて会ったとき、女房を返せと男にいわれたことを覚えているか」

「覚えている」

「あの男の女房はどうした」

「とっくに死んだ。あのときには、もう生きていなかった。あの女はあの男のもとに帰ろうとした。それゆえ殺した」

いまだに女房が死んだことを知らない男も、殺されてしまった女もかわいそうでならない。

「きさまは、どうやってここに来た」

多顕尼が憎々しげにきく。

「おぬしは、天網恢々《かいかい》疎にして漏らさず、という言葉を知らぬのか。天道は厳格で、悪事を行った者に、遅かれ早かれ必ず罰を下すという意味だが……」

多顕尼が不思議そうな顔で雷蔵を見る。

「私がなにか悪事をはたらいたか」

「幸三を殺し、心の臓を抜いて食したではないか。もちろん、殺した女房の心の臓も食べたのだな」

「それらが悪事であるわけがない。幸三もあの女房も、私のために死んでいったのだ」

「幸三を殺したのを認めるのだな」

「ああ、この手で刺し殺したからな」

多顕尼が下を向き、口元をゆがめた。

「そうか、きさまがここに来たのは、若林がつけられたゆえか。遣い手とは聞いていたが、大したことはないいな。なにやら怪我をしているようでもあったし……」

気づいたように面を上げ、多顕尼が雷蔵に強い眼差しを注いできた。雷蔵は多顕尼を見返した。

「おぬしは、なにゆえ幸三を殺した」

「あの男は、仁旺教から抜けようとした。そういう者は必ず天罰を受けねばならぬ」

「おぬしが殺したのに、天罰というのか」

「当たり前だ。我が仁旺教は天道によって守られておる。その仁旺教の宗祖が手を下したのだ。それを天罰といわずして、なんという」

気が触れているのだな、と雷蔵は思った。

「幸三を殺したあと、なにゆえ死骸の始末をしなかった。ほかの者の骸は川に流したり、土に埋めたりしたはずだ」

よく知っているなといいたげな顔で、多顕尼が雷蔵を見る。

「幸三の心の臓を取っている最中、急に私の胸が痛くなり、立ち去らざるを得なくなった。死骸の始末をすることにこだわり、あの場にとどまっていたら、気絶したまま朝を迎えたであろう」

「つまり、捕まることを恐れ、あの場を去ったわけだな」

「捕まったら、心の臓を食べられなくなるではないか」

「おぬしは人の心の臓を常食しておるのか」

「そうだ」

胸を張って多顕尼が答えた。

「荼枳尼天の化身として、当然のことではないか」

むう、と雷蔵はうなり声を上げそうになった。こんな女がこの世にいるとは信じられなかった。

「なにゆえ幸三は仁旺教を抜けようとした」

心を落ち着けて雷蔵は質問を重ねた。

「私が心の臓を食べているところを見て、逃げ出した」

それは無理もなかろう、と雷蔵は幸三に同情した。

「心の臓をいくら食べても、おぬしの肺臓の病は治らぬではないか」

「量が足りぬだけだ」

雷蔵をにらみつけて多顕尼がいい放った。

「いくら食べても無駄でしかあるまい。おぬしは不治の病にかかっているのだ。それは自分でもわかっているはずだ」

「うるさい」

多顕尼が雷蔵を怒鳴りつける。

「まだきくぞ。おぬしは、なにゆえこんな胡散臭い宗門を興そうと思った」

「胡散臭いなどというな。一年半前、床に臥しているとき、夢に荼枳尼天があらわれ、私に力を授けた。半年後、起きられるようになったとき、私はまことに霊力を得ていた。その霊力を、困っている人々のために使わねばならぬと考えた」

「だが、実際には仁旺教を抜けようとした者を次々に殺していっているではないか」

「殺すことで、幸せにしてやっているのだ。私に心の臓を供し、あの者たちは今、本物の心の平穏を得ておる」

やはり気が触れているのだな、と雷蔵は改めて思った。

「おぬしが俺を殺そうと狙ったのは、俺が弟を討ったからだな」

「そうだ。弟の怨みを晴らさねばならなかった」

「おぬしが送り込んできた三人は返り討ちにした」

「報告に来ぬゆえ、それはわかっていた」

「それで次はどうする」

「私がきさまを殺す。きさまには、なにゆえか私の呪術が効かぬ。なので、これで殺してやる」

神棚の下に刀架の長いような物があり、槍が置かれていた。手を伸ばし、多顕尼がそれを取った。雷蔵に少し近づき、槍を構える。さまになっていた。

「おぬしも槍を遣うのか」

「そうだ。弟よりも腕は上だ」

「それだけの腕があるなら、俺を殺すのに、なにゆえ人任せにした」

雷蔵が指摘すると、ふん、と鼻を鳴らし、多顕尼が馬鹿にするような目で見てきた。

「私は宗祖だ。宗祖たる者が、自ら手を下すなどあり得ん」

「しかし、幸三は自分で殺したではないか」

「幸三が、同郷の私をおぞましいものを見るような目で見たからだ。あの男だけは私が殺らなければならなかった」

槍を構えた多顕尼が、すすすと前に進んできた。

「まことにやるのか」

首をかしげて雷蔵はきいた。

「やるに決まっておる」

「いくら弟より腕が上でも、おぬしの腕では俺には勝てぬ」

「たわごとを」

雷蔵を見て多顕尼がせせら笑う。

「おぬしが自分で俺を殺そうとしなかったのは、勝つ自信がなかったからだ」

「自信はある」

「あったとしても、まことにやれるかどうかは定かではない」

「ごちゃごちゃと、うるさい男だ。行くぞ」

姿勢を低くし、多顕尼が槍をしごいた。穂先が雷蔵に向かって突き出される。

鋭い突きだったが、弟より上というには、ほど遠かった。昔はそうだったのかもしれないが、今は明らかに病に体がむしばまれている。雷蔵はあっさりとよけた。

むっ、という顔で多顕尼が雷蔵を見る。

「まさか、今の突きを俺がよけられぬとでも思ったのか。そいつは、いくらなんでも俺を甘く見過ぎだな」

また突きが来た。雷蔵は愛刀の伊勢守重郷を引き抜きざま、それを上に弾いた。多顕尼の両手が万歳の形になり、大きな隙ができた。

つけ込むのはたやすかったが、雷蔵は見逃した。女を殺す気はなかった。

それに、病が高じて、多顕尼はもうじき寿命を迎えるのではないかと思えた。顔色がどす黒くなっている。わざわざここで息の根を止める必要はなかった。

「やめておけ。おぬしは俺に勝てぬ」

「うるさいっ」

怒号し、多顕尼が突っ込んできた。雷蔵は身をかわすようにしていなした。

多顕尼がこちらに向き直った。また槍をしごいたが、その腕が止まった。手から槍がこぼれ落ち、地面を転がった。手で口を押さえたが、同時に、ごぼっ、と音がした。指のあいだから血があふれ、ぼたぼたと落ちていく。

どう、と音を立てて多顕尼が倒れ込んだ。まだ口から血があふれ出てきているが、指で地面をかき、必死に立ち上がろうとしている。

だが、多顕尼にその力はもはやなかった。

雷蔵は身じろぎせずに、地面に横たわる多顕尼を見下ろしていた。多顕尼は瞳だけで雷蔵を見据えていたが、やがて小さく首を落とした。そのときにはすでに瞳からすべての光が消えていた。

死んだか、と雷蔵は一応、両手を合わせた。哀れな女だ、としか思えなかった。

雷蔵は刀を鞘におさめた。多顕尼の死で、仁旺教は終わりを告げ、信者は散り散りになるはずだ。

——顚末を冬兵衛に伝えなければならぬ。帰るとするか。

重い気持ちを引きずるようにして、雷蔵は岩屋の出口を目指した。外に出ると、一人の男が立っていた。六右衛門である。

「なにゆえここに」

雷蔵は驚いてきいた。

「やはりおぬしの身が心配だったゆえ、つけさせてもらった」

「そうか。かたじけない」

そんな気配にはまったく気づかなかった。

「すべて終わったか」

「終わった」

「では帰るか」

「うむ、帰ろう」

胸に温かなものが灯った。人に気にかけてもらえるということは、と雷蔵は思った。生きていく上でとても大事なのだ。

本書は書き下ろしです。

中公文庫

江戸《えど》の雷神《らいじん》
——敵意《てきい》

2021年11月25日　初版発行

著　者　鈴木《すずき》英治《えいじ》

発行者　松田陽三

発行所　中央公論新社
〒100-8152　東京都千代田区大手町1-7-1
電話　販売 03-5299-1730　編集 03-5299-1890
URL http://www.chuko.co.jp/

DTP　平面惑星
印　刷　大日本印刷
製　本　大日本印刷

Published by CHUOKORON-SHINSHA, INC.
Printed in Japan　ISBN978-4-12-207140-7 C1193

各書目の下段の数字はISBNコードです。978－4－12が省略してあります。

中公文庫既刊より

す-25-27
手習重兵衛　闇討ち斬　新装版
鈴木英治
江戸白金で行き倒れとなった重兵衛は、手習師匠・宗太夫に助けられ居候となったが……。凄腕で男前の快男児が謎を斬る時代小説シリーズ第一弾。
206312-9

す-25-28
手習重兵衛　梵鐘　新装版
鈴木英治
手習子のお美代が消えた⁉　行方を捜す重兵衛だったが……（「梵鐘」より）。趣向を凝らした四篇の連作が織りなす、人気シリーズ第二弾。
206331-0

す-25-29
手習重兵衛　暁闇　新装版
鈴木英治
旅姿の侍が内藤新宿で殺された。同心の河上が探索を進めると、重兵衛の住む白金村へ向かう途中だったらしいと分かったが……。人気シリーズ第三弾。
206359-4

す-25-30
手習重兵衛　刃《やいば》舞《まい》　新装版
鈴木英治
親友と弟の仇である妖剣の遣い手・遠藤恒之助を倒すため、新たな師のもとで〈人斬りの剣〉の稽古に励む重兵衛だったが……。人気シリーズ第四弾。
206394-5

す-25-31
手習重兵衛　道中霧　新装版
鈴木英治
親友殺しの嫌疑が晴れ、久方ぶりに故郷の諏訪へ帰れることとなった重兵衛。母との再会に胸高鳴らせる彼を、妖剣使いの仇敵・遠藤恒之助と忍びたちが追う。
206417-1

す-25-32
手習重兵衛　天狗変　新装版
鈴木英治
重兵衛を悩ませる諏訪忍びの背後には、三十年ごしの因縁が――家中を揺るがす事態に、重兵衛、左馬助、惣三郎らが立ち向かう。人気シリーズ、第一部完結。
206439-3

す-25-33
江戸の雷神
鈴木英治
その勇猛さで「江戸の雷神」と呼ばれる火付盗賊改役の伊香雷蔵は、府内を騒がす辻斬り、押し込み、盗賊らを追うが……。痛快時代小説シリーズ開幕！
206658-8

す-25-34
幕末 暗殺！
鈴木英治／早見俊／秋山香乃／神家正成／新美健／誉田龍一／谷津矢車
幕末の江戸や京で多くの命が闇に葬られた。暗殺——。彼らはなぜ殺されたのか。実力派によるオリジナル競作アンソロジー、待望の文庫化！〈解説〉末國善己
207004-2

あ-59-4
一 路（上）
浅田次郎
父の死により江戸から国元に帰参した小野寺一路は、参勤道中御供頭のお役目を仰せつかる。家伝の行軍録を唯一の手がかりに、いざ江戸見参の道中へ！
206100-2

あ-59-5
一 路（下）
浅田次郎
蒔坂左京大夫一行の前に、中山道の難所、御家乗っ取りの企てなど難題が降りかかる。果たして、行列は期日通りに江戸へ到着できるのか——。〈解説〉檀 ふみ
206101-9

あ-59-6
浅田次郎と歩く中山道 『一路』の舞台をたずねて
浅田次郎
中山道の古き良き街道風景や旅籠の情緒、豊かな食文化などを時代小説『一路』の世界とともに紹介します。いざ、浅田次郎を唸らせた中山道の旅へ！
206138-5

あ-59-7
新装版 お腹召しませ
浅田次郎
幕末期、変革の波に翻弄される武士の悲哀を描く傑作時代短編集。書き下ろしエッセイを特別収録。司馬遼太郎賞・中央公論文芸賞受賞作。〈解説〉橋本五郎
206916-9

あ-59-8
新装版 五郎治殿御始末
浅田次郎
武士という職業が消えた明治維新期、行き場を失った老武士が下した、己の身の始末とは。表題作ほか全六篇に書き下ろしエッセイを収録。〈解説〉磯田道史
207054-7

あ-83-1
闇医者おゑん秘録帖
あさのあつこ
「闇医者」おゑんが住む、竹林のしもた屋。江戸の女たちにとって、そこは最後の駆け込み寺だった——。女たちの再生の物語。〈解説〉吉田伸子
206202-3

あ-83-2
闇医者おゑん秘録帖 花冷えて
あさのあつこ
子堕ろしを請け負う「闇医者」おゑんのもとには、今日も事情を抱えた女たちがやってくる。「診察」は、やがて「事件」に発展し……。好評シリーズ第二弾。
206668-7

各書目の下段の数字はISBNコードです。978－4－12が省略してあります。

う-28-8
新装版 御免状始末 闕所物奉行 裏帳合㈠
上田秀人
遊郭打ち壊し事件を発端に水戸藩の思惑と幕府の陰謀が渦巻く中を、著者史上最もダークな主人公・榊扇太郎が剣を振るい、謎を解く！ 待望の新装版。
206438-6

う-28-9
新装版 蛮社始末 闕所物奉行 裏帳合㈡
上田秀人
榊扇太郎は闕所となった蘭方医、高野長英の屋敷から、倒幕計画を示す書付を発見する。鳥居耀蔵の陰謀と幕府の思惑の狭間で真相究明に乗り出すが……。
206461-4

う-28-10
新装版 赤猫始末 闕所物奉行 裏帳合㈢
上田秀人
武家屋敷連続焼失事件を検分した扇太郎は改易された出火元の隠し財産に驚愕。闕所の処分に大目付が介入、大御所死後を見据えた権力争いに巻き込まれる。
206486-7

う-28-11
新装版 旗本始末 闕所物奉行 裏帳合㈣
上田秀人
失踪した旗本の行方を追う扇太郎は借金の形に娘を売る旗本が増えていることを知る。人身売買禁止を逆手にとり吉原乗っ取りを企む勢力との戦いが始まる。
206491-1

う-28-12
新装版 娘始末 闕所物奉行 裏帳合㈤
上田秀人
借金の形に売られた旗本の娘が自害。扇太郎の預かりの身となった元遊女の朱鷺にも魔の手がのびる。江戸闇社会の掌握を狙う一太郎との対決も山場に！
206509-3

う-28-13
新装版 奉行始末 闕所物奉行 裏帳合㈥
上田秀人
岡場所から一斉に火の手があがった。政権返り咲きを図る家斉派と江戸の闇の支配を企む一太郎が勝負に出たのだ。血みどろの最終決戦のゆくえは⁉
206561-1

う-28-14
維新始末
上田秀人
あの大人気シリーズが帰ってきた！ 天保の改革から二十年、闕所物奉行を辞した扇太郎が見た幕末の闇。過去最大の激闘、その勝敗の行方は⁉
206608-3

た-94-1
まんぷく旅籠 朝日屋 ぱりとろ秋の包み揚げ
高田在子
お江戸日本橋に、ワケあり旅籠が誕生⁉ 人生のどん底を知り、再出発を願う者たちが集められた新生「朝日屋」が、美味しいご飯とおもてなしで奇跡を起こす！
206921-3

各書目の下段の数字はISBNコードです。978－4－12が省略してあります。

と-26-33
闇の獄（下）
富樫倫太郎
座頭として二重生活を送る男・新之助は、裏社会から足を洗い、愛する女・お袖と添い遂げることができるのか？　著者渾身の暗黒時代小説、待望の文庫化！
206052-4

と-26-34
闇夜の鴉
富樫倫太郎
大坂の追っ手を逃れてから十年——。新一は江戸で再び殺し屋稼業に手を染めていた。『闇の獄』に連なる暗黒時代小説シリーズ第二弾！〈解説〉末國善己
206104-0

S-14-24
マンガ日本の古典24　好色五人女
牧　美也子
自由恋愛が禁じられた封建制下、打算もなく一途な愛を貫いた五人の女たち……。お夏と清十郎の密通など、事実に材をとった西鶴の代表作を華麗に描く。
203805-9

S-14-25
マンガ日本の古典25　奥の細道
矢口　高雄
俳聖芭蕉が風雅の新境地を開いた「みちのく」の旅の記録。旅路での出会い、数々の名句が生まれてゆく過程を、こまやかな情景描写とともに描きあげる。
203817-2

S-14-27
マンガ日本の古典27　心中天網島
里中満智子
表題作ほか「女殺油地獄」「鑓の権三重帷子」「曾根崎心中」を収載。最高の戯曲作家近松が書きあげた悲恋四篇を長篇ロマンの名手が情念豊かに描く。
203848-6

S-14-29
マンガ日本の古典29　東海道中膝栗毛
土田よしこ
酒屋の払いをふみたおし、お伊勢さんまで厄払い。花も嵐もふみたおす、男ふたりの珍道中。土田よしこが存分に活写する、江戸の笑いと息づかい。
203882-0

S-27-1
新装版 マンガ日本の歴史1　秦・漢帝国と邪馬台国
石ノ森章太郎
旧石器時代から高度成長時代まで。巨匠・石ノ森章太郎のライフワーク『マンガ日本の歴史』がついに新装版で刊行開始！　始まりは古代史のヒロイン卑弥呼から。
206943-5

S-27-2
新装版 マンガ日本の歴史2　倭の五王と大和王権
石ノ森章太郎
宋への朝貢をてこに「倭の五王」が日本を統合、大和王権が超越的権力へと発展する。だが、唐からもたらされた「仏教」が豪族を崇仏派と排仏派に分かち……。
206944-2

S-27-3
新装版 日本の歴史マンガ3
律令国家の成立
石ノ森章太郎

血なまぐさい暗闘が激化した大和王権に登場した初の女帝推古天皇と聖徳太子は、国内改革を大胆に推進。その後、古代最大の内乱〈壬申の大乱〉が勃発する。

206945-9

S-27-4
新装版 日本の歴史マンガ4
平安遷都と密教の隆盛
石ノ森章太郎

大仏開眼供養から四〇年、桓武天皇は平安遷都を実現する。最澄と空海が密教を新たな思想的支柱として確立、京では藤原北家が擡頭し摂関政治の端緒を開く。

206946-6

S-27-5
新装版 日本の歴史マンガ5
延喜の治と将門・純友の乱
石ノ森章太郎

九世紀末、宇多天皇は菅原道真を側近に抜擢、続く醍醐天皇以来の国衙支配強化は東国に将門、西国に純友の乱を生む。王朝国家は「兵」たちを取り込み成熟へと向う。

206947-3

S-27-6
新装版 日本の歴史マンガ6
王朝国家と摂関政治
石ノ森章太郎

十世紀末、長年の他氏排斥の末に藤原道長は摂関政治の全盛を迎える。だが、平忠常の乱を皮切りに地方から寺社・武士勢力が擡頭、歴史は中世へと転回する。

206948-0

S-27-7
新装版 日本の歴史マンガ7
平氏政権と後白河院政
石ノ森章太郎

武士・寺社ら諸勢力が乱立するなか白河天皇により院政が生れるが、鳥羽法皇死没を機に勃発した保元・平治の乱を経て平清盛による初の武家政権成立へと向かう。

206949-7

S-27-8
新装版 日本の歴史マンガ8
鎌倉幕府の成立と承久の乱
石ノ森章太郎

源平争乱に勝利した頼朝は義経及び奥州藤原氏を討滅し東国に幕府を確立。頼朝亡きあと尼将軍北条政子のもと幕府は内紛、実朝暗殺を契機に承久の乱を迎える。

206950-3

S-27-9
新装版 日本の歴史マンガ9
蒙古襲来と室町幕府の成立
石ノ森章太郎

フビライの国書を無視した鎌倉幕府に蒙古襲来という〝国難〟が迫る。北条専制により幕府の権威は揺らぎ、後醍醐帝と足利尊氏という両巨星が頭角を顕す。

206951-0

S-27-10
新装版 日本の歴史マンガ10
南北朝動乱と足利義満
石ノ森章太郎

後醍醐帝が吉野に行宮を設け、南北朝が分立。足利尊氏・直義の兄弟争いも勃発した動乱を経て、三代将軍義満は、将軍絶対の新時代到来を天下に示す。

206952-7

各書目の下段の数字はISBNコードです。978－4－12が省略してあります。

S-27-11
新装版 マンガ日本の歴史11
室町幕府の衰退と応仁の乱
石ノ森章太郎
有力守護大名のくじ引きで足利義教が六代将軍となるも飢餓と悪疫が流行するなか日本初の土民蜂起が発生。続く応仁の乱は栄華を誇った京の都を焦土と化す。
206953-4

S-27-12
新装版 マンガ日本の歴史12
自立する戦国大名の台頭
石ノ森章太郎
応仁の乱の世、宗祖親鸞と蓮如の一向宗と、法華宗が隆盛し「一揆の時代」を招く。乱後は、権力の地方分散が顕在化し、戦国大名相互の国盗り合戦の時代へ。
206954-1

S-27-13
新装版 マンガ日本の歴史13
織田信長と関白秀吉
石ノ森章太郎
万国安寧を掲げて上洛を果たしながら志半ばにして斃れた信長。その信長の大業を継承した秀吉。天下統一を目指した二人の生涯を中心に動乱の時代を描く。
206955-8

S-27-14
新装版 マンガ日本の歴史14
徳川家康の天下統一
石ノ森章太郎
天下人秀吉が描いた対内外政策は潰え、天下分け目の関ケ原の戦を勝ち抜いた家康は泰平の世の扉を開く。徳川幕府三百年の礎を築いた〈天下殿〉の戦略とは。
206956-5

S-27-15
新装版 マンガ日本の歴史15
江戸幕府の成立と鎖国政策
石ノ森章太郎
武家諸法度・公家諸法度を定め権力を強化する二代将軍秀忠。幕閣体制を整えた三代将軍家光は、鎖国令で外国貿易の統制とキリシタン弾圧を強化するが……。
206957-2

S-27-16
新装版 マンガ日本の歴史16
大開発時代と忠臣蔵
石ノ森章太郎
寛永の大飢饉を経て、幕府は勧農政策、藩主は領内の開発を推進。〈犬公方〉綱吉のもと、西鶴や近松、芭蕉らが輩出し、町人文化が花開く元禄時代を迎える。
206958-9

S-27-17
新装版 マンガ日本の歴史17
満ちる社会と米将軍吉宗
石ノ森章太郎
新井白石と間部詮房が支える六代将軍家宣のもと、商品流通の発達で社会は活気づき、八代吉宗は米政策に加え〈享保の改革〉で幕藩制国家を再建していく。
206959-6

S-27-18
新装版 マンガ日本の歴史18
天明の飢饉と町人文化の萌芽
石ノ森章太郎
度重なる凶作・飢饉に田沼意次は年貢不足を補うべく幕府専売制の推進などの経済政策を打ち出す。一方、宣長・源内・蕪村・玄白らが輩出し江戸文化が花開く。
206960-2